죽어서 개가 될지라도

죽어서
개가 될지라도

이원우 열네 번째 수필집

선우미디어

이원우 열네 번째 수필집

죽어서 개가 될지라도

차례

| 제3부 | 그들은 영원한 내 친구

| 제 6 부 | 아들 곁에 묻히리라

제1부

속(續) 대통령의 오줌 누기

속(續) 대통령의 오줌 누기

　진영에 간다, 아주 자주! 노무현 대통령이 31회로 졸업한 대창 초등학교 맞은 편 진영 노인대학에 강의를 하기 위함이다. 1년에 여남은 번? 가히 틀린 계산은 아닐 것이다.

　대창 초등학교에도 자연히 들르게 된다. 운동장에서 뛰노는 어린이들을 물끄러미 바라본다. 62년도 초임 교사 시절 거기 근무했던 K형을 만나기 위해 발걸음 하던 기억을 되살린다. 만감이 교차한다.

　교문에, 그야말로 특별한 시설이 하나 있다. 역시 이 학교 졸업생인 손명순 여사가 기증한 게시판이다. 오래 됐지만 아직 끄떡없다. 그러니까 이 조그마한 시골 초등학교가 한 대통령과 두 영부인을 탄생시킨 셈이니, 명문 중의 명문이라 해도 과언 아니리라.

　싱거운 소릴 잘하는 나는 전직 대통령에 얽힌 일화도 거침없이 쏟아 놓는다. 손명순 여사의 친정아버지가 양조장을 운영했다는 것쯤은 노인학생들이라면 모두가 안다. 그래서 그런지 학생 상당수에게 김영삼 전 대통령 이야기도 회자된다. 겨울 방학이 시작되기 전 11월 셋째 주에 나는 '(김) 대통령의 오줌 누기'를 소개(?)했더니 모두가 박장대소하는 게 아닌가.

김 대통령이 현직에서 물러난 지 얼마 안 되어 고려 대학교에서 대통령학 강의를 해 달라는 초청을 받은 모양이다. 당연히 수락할 수밖에. 약속한 시각에 승용차를 타고 교문 앞에 도착하였는데, 구름처럼 운집한 학생들이 들어갈 수 없도록 인(人)의 바리케이드를 치고 결사 저지한다.

대통령의 일행도 물러설 수 없어 진입을 시도했지만, 학생들은 꿈쩍도 않는다. 몇 차례 밀고 밀리는 공방 끝에 대통령은 고립무원의 처지에 이르게 되었다. 그런데 정작 문제는 강의가 아니라 요의(尿意)였다나? 다시 말해 오줌이 마려운 것이다.

그러나 아무리 대통령의 승용차 안이지만 '소변기'가 있을 턱이 없다. 시간이 흐를수록 급박해져 마침내 바지에 실례를 해야 할 처지에 이르고 만다. 하지만 하늘이 무너져도 솟아날 구멍은 있기 마련, 누가 기지를 발휘해서 우유 곽을 구해다 줘 그 입구에 정조준, 사태를 수습했다는 신문 기사! 그걸 재구성해서 학생들에게 구연한 것이다.

대통령이 오줌 때문에 고생했다는 것은 후문을 통해서도 증명이 된다. 그 사건이 있고 나서 얼마 뒤 일본으로 건너가 전립선 비대 수술을 받았다는 것. 그런 상황을 예측하지 못한 경호원이나, 대통령을 해외 토픽감의 주인공으로 만든 학생들 모두에게 책임이 있다고 진단했다니 다시 한 번 터지는 박수와 웃음소리, 덕분에 강의는 성공이었다는 자평을 내리고 돌아 나오려는데 누가 던지는 말이다. 김대중 대통령은 말년에 신장이 나빠 혈액 투석했다 아닌교?

하기야 그건 그랬다. 오줌 때문에 곤욕을 치른 얘기를 모은다면 김대중 대통령이 훨씬 더 많으리라.

그런데 실은 '대통령의 오줌 누기'는 내 유머 수필집의 제목이다. 서울 어문각에서 출판한…. 시제만 다르지 위 이야기와 내용은 비슷하다.

다만 진영이라는 지명과, 손명순 여사의 게시판 등장이 실감을 더 보탰을 따름이라고나 할까? 한 대통령과 두 영부인을 배출한 시골 초등학교 풍경은 차라리 양념으로 돌리자.

어제 그러니까 12월 26일엔 예정대로 초량 시각 장애인 복지관에 가는 날이었다. 그런데 역시 내 실력이 부족하다는 생각에 발걸음이 무거웠다. 화교(華僑) 거리의 짧은 오르막길이 버겁게 느껴졌다.

점심을 먹는 둥 마는 둥 하고서 일찌감치 휴게실로 올라갔는데, 평소에 비해 모인 가족의 숫자가 몇 안 된다. 나는 적이 당황하였지만, 노래방 기기 전원을 켰다. 그런데 맨 앞자리에 '박정희' 할머니가 보이지 않는가? 일흔 다섯 살의 전설적인 낙천가, 항상 얼굴에서 웃음이 떠나지 않는 분위기 메이커!

할머니를 부추겨 박정희 대통령의 애창곡 '황성 옛터'를 부르게 하고, 고함을 질렀다. 대통령이 왔다!

와자지껄, 뜸을 들일 틈도 없이 '대통령의 오줌 누기 이야기'를 끌어내었다. 다행이다. 박정희 할머니가 위기를 극복해 준 것이다. 아니 악역(?)을 맡아 주었다고 하자. 나는 회심의 미소를 지었다.

내친김에 박 대통령의 생전 에피소드를 하나 곁들였다. 워낙 소탈한 나머지 농민들과 들판에서 막걸리를 나누어 마시다가 요의(尿意)가 생기면 그 자리에서 조금만 비켜 돌아서서 시원하게 볼 일을 보았다는 것. 경호원들의 묘한 표정을 상상할 수 있는 나 자신이나, 상상할 수 없는 복지관 가족들이나 제법(?) 웃었다. 분위기는 그렇게 정점을 향해 치닫고 있었다.

어쨌거나 오늘은 85점? 그것도 박정희 할머니가 도와 준 덕분이지 만약에 할머니가 없었다면 곤두박질쳐도 이만저만 아니었으리라. 나는 씁쓰레한 미소를 삼켜야만 했다.

전동차에 오르고 나서야 아차 했다. 미래 이야기도 했어야 하는데……. 차기 대통령 선거가 코앞이지 않은가? 단순한 지지율로만 치면 여자가 당선될 가능성이 가장 크다! 아니 대권을 향한 빠른 걸음걸이를 시작한 박근혜 전 대표의 경우는 일찌감치 신문과 방송을 탔더라.

그러나 미래의 그를 상정해 보니, '대통령의 오줌 누기'도 유머로서는 이제 시한부 존재인 것 같다. 여성 대통령을 잡고 오줌 어쩌고저쩌고? 그거야말로 천부당만부당한 일이다. 2년 뒤 여성의 진정한 아름다움을 대통령으로서 한번 보여줬으면…….

행여 다음에 수필집 한 권을 내게 되면 <속(續) 대통령의 오줌 누기>가 안성맞춤이란 느낌이 든다. 당위성이 있어서가 아니지만.

촉○바요르의 장녀 오란빌○ 내외 이야기

거듭 말하지만 주례를 서면 행복하다. 따지고 보면, 난 외관(外觀)만으로써는 자격 미달이다. 그래도 주말엔 심심찮게 주례 청탁이 들어오니 알다가도 모를 일이다. 행복 운운하는 것은 오늘처럼 가끔 신랑 신부에 얽힌 특별한 일이 있어서다.

오늘은 동구청 예식장에서 마지막 결혼식이 오후 두 시에 있었다. 서면 로터스 예식장에서는 마음이 조마조마했었다. 축가를 부른다는 신랑 친구가 신곡이라는 대중가요 하나 붙잡고 어찌나 멈칫거리는지……. 급히 사진을 찍고 부리나케 달려 나왔지만, 택시가 잘 잡히지 않았다. 천신만고 끝에 동구청에 도착했더니 시작 10분 전이다.

땀을 훔칠 겨를도 없이 주례석 탁자에 얹힌 청첩장을 보았다.

신랑/ 문복○ 씨의 장남 백○필, 신부/ 촉○트바요르 씨의 장녀 오란빌○! 나는 쾌재를 부르지 않을 수 없었다. 아, 신부가 외국 규수로구나, 어제는 공년조옷 씨와 응원티베의 차녀 김○희 양(베트남 규수인데, 이미 그는 개명을 한 모양이었다)이 신부였는데, 오늘 또 '국제결혼식'을 집전하게 되었다. 얼마나 좋은 인연인가?

조금 있으려니 중년 남자가 다가와 허리를 숙여 인사를 건넨다. 사회를 보게 된 아무개란다. 나는 눈치를 챘다. 아, 신랑이 나이 들었구나.

이윽고 내가 정말 존경하는 한영규 사장과 권혜옥 수모-도우미를 예식장에서 이렇게 부르는 모양인데, 실제 그들의 역할은 대단하다-까지 달려오더니, 오란빌○ 양은 몽골 규수란다. 한 사장과 나는 표정만 주고받아도 어떻게 분위기를 만들어 나가야 할지 정답을 창출하는 사이인데, 신랑 신부가 남매를 두고 있으며, 큰애가 초등학교에 다니고 있다는 말까지 전해 주니 얼마나 고마운가. 이윽고 한 사장이 넌지시 권유하는데……. 오늘은 축가 한 곡 불러 주셔야 하겠습니다. '사랑으로'나 '10월의 어느 멋진 날에', 둘 중 하나로 말입니다.

나는 속으로 환호했다, 야호! 여태껏 하객 수나 식장 내의 온도 차를 보고 내 재량으로 결정한 게 축가 열창(?) 여부(與否)였었는데, 오늘은 사장이 '불감청고소원'의 내 심사를 어찌 미리 헤아리고 있었다는 말인가.

다음 예식이 없다기에 짐짓 여유를 부리고 앉았는데, 신랑 신부의 아들딸이 귀여운 모습으로 내 곁에 몰려오지 않는가? 일곱 살이라는 큰아이 딸은 너무 예쁘게 생겼다. 두 살 터울인 듯싶은 작은아이(아들)도 보통 인물이 넘는다. 큰아이는 붙임성조차 많아, 묻지도 않았는데 자기가 다니는 학교 이름까지 댄다. 얼굴로 보아서는 '따돌림' 따윈 걱정하지 않아도 좋을 듯했다. 하객들이 우리들에게 눈길과 미소를 보여 주는 것 같은 착각에 빠졌다.

이윽고 예식이 시작되었다. 신랑 신부가 입장할 때부터 나는 만면에 웃음을 띠고, 팔도 치켜들어 보이는 등 분위기를 띄우느라 애썼다. 남들이 오버 액션이라 여길 정도로. 마흔 일곱 살 신랑과 여남은 살 아래인 신부는 썩 어울렸고, 특히 신부가 보기 드문 미인이다.

상견례와 혼인 서약에 이어 성혼 선언문 낭독이 끝나고 주례사가 시작되었을 때, 오늘 특별히 주례로서 새 부부에게 축가 한 곡을 선사하겠다고 마음 놓고 선언을 하자, 제대로 박수가 터져 나왔다. 사실 사전 합의 없이 노래를 터뜨리면 일순 모두가 당황하기 십상인데, 오늘은 거칠 것이 없잖은가? 아주 짧은 주례사가 끝나자 드디어 내 목소리를 빌어 '10월의 어느 멋진 날에'가 우렁차게 장내를 가득 채운다. ♫♬ **눈을 뜨기 힘든 가을보다 높은 저 하늘이 기분 좋아/ 휴일 아침이면 나를 깨운 전화…… 살아가는 이유 꿈을 꾸는 이유 모두가 너라는 걸/ 널 만난 세상 더는 소원 없어…… 1월의 어느 멋진 날에.** ♪♬

'1월의 멋진 23일에' 마지막 소절은 물론 '10월의 어느 멋진 날에'를 순발력 있게 바꾼 것이다. 1주일 전 해운대 어느 호텔 예식에 갔었다. 재즈 가수가 이 '10월의 어느 멋진 날에'를 '1월의 어느…'로 단순하게 개사(改辭)한 걸 귀담아 들었다. 그보다 내가 한 걸음 앞선 것 같아 기분이 나쁘지 않았다.

이걸 낙수라 하면 폄하하는 결과밖에 안 되는데 어쨌든 감동적인 장면 두 개.

신부측 혼주석에 우리나라에 시집 와서 산 지 오래 된 이모(姨母)와, 얼른 보아 신랑보다 나이 적은 것 같은 여자가 앉아 있었다. 그래도 신랑 신부가 큰절을 시키는 것은 우리끼리의 불문율이다. 그런데 신부가 아직은 우리 문화에 덜 익숙해서인지 드레스를 입은 채 그만 신랑과 똑같이 엎드려 이마를 바닥에까지 갖다대는 게 아닌가? 그러면서도 너무나 행복한 듯 그 아름다운 얼굴이 눈물범벅에 되고 만다. 다시 터지는 박수 소리.

신랑 신부의 퇴장에 앞서 신랑 백(白) 군이 노래 한 곡을 부르겠단다.

나이 든 신랑이 이국 규수를 앞에 두고 결혼식장에서 선사하는 사랑 노래, 어쩌면 소야곡을 몰래 엿듣는 것 같은 야릇한 충동을 느끼면서 귀를 기울였다. 하기야 그가 오래 전 이국 땅 몽골에서 이 아름다운 여인을 앞에 두고 사랑 고백을 그 노래로 대신했더란다. 그래서일까? 우리는 모두 애수의 소야곡이 아닌 슈베르트의 세레나데로 들을 수밖에. 내가 모르는 곡이라서 재현할 수는 없지만, 그만한 솜씨라면 신부가 반할 만하겠다는 생각이 들었다.

신랑 신부와 서서 사진 촬영을 마치고, 나오면서 장갑과 꽃을 부부의 큰아이 딸에게 건네면서 행운을 빈다는 말 잊지 않았다. 착각이었는지 모르지만 친지와 친척들로부터 고맙다는 인사를 가장 많이 받은 것 같다.

바로 밑이 재래시장이라 때늦은 점심을 선지 국수로 해결했다. 나는 계속 혼자서 웃음을 날렸다. 동구청 예식장이야말로 축복의 공간이라 곱씹으면서……. 문득 떠오르는 이 생각을 억누를 수 없었다. 정말 잔치 같은 분위기를 만들어야 한다면, 주례가 왜 '태평가'인들 못 부르랴.

♭ ♬짜증을 내어서 무엇하나 성화를 바치어 무엇하나/ 속상한 일이 하도 많으니 놀기도 하면서 살아가리// 니나노 닐리리야 닐리리야 니나노 얼싸 좋다/ 얼씨구나 좋다 벌나비는 이리저리 꽃을 찾아서 날아든다 ♬♪

주례 낙수도 이쯤이면

'가짜 어머니'가 있었다. 색동 어머니회 회원이 되기 위하여 아이가 있다고 속이고 동화 구연 대회에 나와서 입상한 규수. 사후 탄로가 났지만 그냥 애교로 받아들여진 모양이다. 몇 년 있다가 그가 결혼을 하게 되었는데, 내게 주례를 부탁하는 게 아닌가? 성은 밝힐 수 없고 이름이 '복 복(福) 자, 올 래(來) 자'였다. 복이 온다니, 면사포를 쓴 그 순간부터 복이 넘치는 가정을 이룰 것 같아 얼씨구나 하고 기분 좋게 예식장 문을 열고 들어섰다.

그런데 사회를 찾는데 역시 낯익은 얼굴이다. 엄명희 색동 어머니회 부산 회장. 세상에 여자가 사회하는 결혼식을 집전하다니, 절로 웃음이 나왔다.

무슨 기록이나 세웠다 싶어 떠벌이고 다녔다. 아닌 게 아니라 십 년이 훨씬 지난 얼마 전까지만 해도 여자 사회를 봤다는 말조차 듣지 못했으니……. 기고만장해 있었다고나 하자. 그러다가 작년에 나는 큰코다치고 말았다. 세상에, 박희선 동인이 여자로서 주례석까지 점령(?)했다는 게 아닌가? 정말 박희선 동인은 작은 거인이다.

어쨌든 우린 참 좋은 세상에 살고 있다는 생각이다. 주례가 남자의 전유물이 되란 법은 없으니까 제2, 제3의 박희선 동인이 나왔으면 얼마나 좋겠는가 말이다.

이런 아름다운 이야기가 있는가 하면, 지금 이 순간에도 결혼식장 안에서 요지경이 벌어지고 있다. 얼굴을 찡그리게 하는 그런 '경우의 수'(?) 두서넛.

그 날 나는 새로 맞춘 양복을 입고 서둘러 사상에 있는 뷔페를 겸한 예식장으로 나갔다. 사회자와 몇 마디 주고받은 뒤 주례대 옆 의자에 앉아 시계를 들여다보고 있었다. 이윽고 화촉 점화 차례, 바야흐로 장내의 미묘하고도 나지막한 웅성거림을 느끼는 순간, 신랑 혼주석으로부터 터져 나오는 대갈일성! 이놈의 자슥들 장사 처음 하나? 신랑 신부 이름도 안 갈아 붙이다니.

여담인데, 이보다 더 심한 욕지거리가 있었지만 적을 수 없다.

나보고 하는 소리는 아니지만, 적이 불안하였다. 팀장의 얼굴을 바라보니 무척이나 당황한 표정이다. 자칫하면 불똥이 나한테 떨어지지나 않을까 조마조마하기도 했고. 긴장하여 조심조심 결혼식을 이끌어 나갔다.

무사히 마치고 팀장이 건네주는 사례를 받으려니, 되레 내가 부끄러웠다. 자신에게 질책했다. 적어도 주례라면 30분 전쯤에 입장하여, 제일 먼저 주례대 옆 어디에 신랑 신부 이름이 바로 붙어 있는지부터 확인해야 할 게 아니야?

거기 버금갈 만한 또 다른 아찔한 얘기.

솔직히 말해 결혼식에 사회자는 중요하지 않다. 아니 사회자가 없으면 오히려 매끄러운 진행이 된다. 그들 중 더러 군더더기가 붙은 다듬어지지 않은 시나리오로 분위기를 이상하게 끌어가는 친구를 보면 기가 막힌다.

며칠 전 실로 경악할 말이 어느 사회자의 입에서 튀어나오는 게 아닌가? 양가 혼주의 화촉 점화가 있다는 말만 하면 될 텐데, 이 친구 그 앞에다 슬쩍 끼워 넣는다는 말이 '신랑 신부를 낙태(落胎)한 양가 어머니의 화촉 점화' 어쩌고저쩌고. 한숨 소리가 예서 제서 터져 나왔다. 그가 이벤트 회사에 근무한다는 소릴 듣고 실소하였다. 물론 그것도 주례가 책임져야 한다.

사회가 있어야 한다면, 적어도 반 시간 전에 만나서 할 말 안 할 말을 일러줘야 한다. 부산 시내 모든 예식장의 시나리오 첫 머리를 '바쁘신 와중(渦中)에'가 차지하는데, 굵게 나오는 네임 카드 펜으로 '와중'을 '중(中)'으로 고치고. 사회자의 농간에 놀아난다면, 일촉즉발의 위기가 도사리고 있는 공간이 예식장이다.

그런 아찔아찔한 순간을 이겨 나가고 사진 촬영까지 마치고 안도의 숨을 쉬면서, 돌아 나온다. 양복 윗호주머니에 꽂았던 꽃과 손에 끼었던 장갑은 가까이 있는 아기들에게 건네주는 여유를 보이면서 받는 봉투 안을 열어 보면 일금 7만 원, 많지도 않고 적지도 않은 액수다.

사상에서 간접 수모를 당하던 그 날 나는 거짓말 같지만 네 쌍의 새로운 부부를 탄생시켰다. 당연히 10만 원 짜리 수표 석 장에서 2만원을 뺀 게 결산(?)이다. 그런데 나는 아직 두 건은 미수금으로 수첩에 적어 놓은 채다. 말하자면 외상이다. 1년이 넘었는데……. 그게 주례의 현주소다. 대신 동구청 예식장의 H팀장은 너무 산뜻하다. 남이 보든지 말든지 자리에 앉은 내게 다가와 호주머니에 넣어 준다. 그런 신사가 없다. 그가 있어서 나는 여태껏 '영일만 친구'며 '사랑으로', '10월의 어느 멋진 날에'를 주례로서 신랑 신부에게 선사할 수 있었다.

가끔 나는 이런 생각을 한다. 주례야말로 어느 분야의 예술가보다 일가를 이룬 전문직이라는 자존심을 가져야 한다고. 기껏해야 30분 안쪽이지만 휘둘리지 않는 소신은 기본이다. 충성이 어떻고 효도가 어떻다는 식이 아니라, 한 편의 수필을 읽는 것 같은 산뜻한 주례사를 창작할 줄 알아야 한다. 전과(前科)나 이혼 경력이 주례로서의 결격 사유라던데, 글쎄 그건 평등의 원칙에 어긋나는 것 같기도 하고.

나 자신은? 40대 중반부터 경력을 쌓았으니 실적 하나만은 그런 대로 만만찮다. 오래 전이긴 하지만, 효도를 강조한 나머지 '어머니 은혜'를 끝까지 독창한 일이 있는 걸로 보아 흥분 잘하는 천성이 그대로 드러날 염려가 있다. 귀에 내 말이 들어오지도 않을 신랑 신부에게 중국 전한 시대 유안이 쓴 〈회남자〉의 '그물 한 코'를 너무 자주 우려먹는다. 은사 정신득 선생님의 저서에서 인용한 거다. 이런 경망함이 자칫 마흔이 넘은 한 쌍에게 딸 아들 구별 말고 셋 이상 낳아 잘 기르라는 주문으로까지 발전하지 말라는 법이 없다.

그래도 강행군을 하는 이유가 있다. 왕복 교통편까지 세 시간이 걸린다 해도, 귀가하여 사례를 봉투째 아내에게 쥐어줄 때 그가 보이는 미소가 좋아서라고 하자. 주례를 서는 날은 정말 특별한 이유가 없는 한 점심 한 끼라도 밖에서 먹지 않은 정신, 그게 또 나로 하여금 소시민의 애환을 실감나게 하지 않는가?

축복 가운데 얻는 낙수(落穗), 그것 또한 자산이다. 그래 나는 다음 일요일을 기다린다.

체중아, 이제 내가 '막춤'까지 추랴!?

네가 결코 만만히 볼 수 없는 존재라는 것쯤 안다. 그런데 여태껏 나는 너를 너무 푸대접하지 않았지 뭐야. 그러나 오늘 낮 외출했다가 핀잔을 먹었으니, 널 원망 좀 해야겠다. 남들이 뭐라 했는지 알아? 나더러 얼굴이 부었다더군.

오랜만인데 보기 좋을 만큼 살이 붙었다면 이렇게 내가 좌절하지 않았을 거야. 아무튼 오늘 내가 네게 맹꽁징꽁 지껄여도 고깝게 생각하지는 마라. 내 오늘 희한한 결심을 했으니, 네가 못마땅하여 구시렁거려도 난 초지일관 내 목소리를 낼 거야.

2002년도 내가 메리놀 병원에서 먹지도 못한 채 보름 입원해 있다가 와 보니, 네가 가리키는 저울의 바늘이 63이었단다. 그러다가 내가 퇴원 후 갑자기 증가하는 식욕을 억제하지 못해 게걸스럽게 먹었잖니? 삽시간에 78! 나는 저울에서 내려와서도 한참이나 어리둥절한 채였지.

네가 그렇게 사람의 애간장을 태우리라곤 예전엔 미처 생각도 못했었지. 너는 십 년 넘게 내가 통제하는 그대로 66킬로그램 이쪽저쪽에서 머물러 있었으니 말이야. 그래 오랫동안 다소곳이 네 자리를 지키고 있는 너를 사랑하지 않을 수 없었어. 때론 자랑까지 하고 다녔다.

오늘 나는 네게 푸념을 좀 늘어놓아야겠다. 다섯 자 다섯 치의 단구에 73킬로그램, 그게 허울 좋은 너와 나의 현주소다. 주치의 김순철 부민병원 의무원장의 전언을 여기 옮기면서 창피를 느낀다. 나더러 건강을 제대로 유지하려거든 너의 10분의 1은 깎아내야 하겠다는 거야.

너 기억하니? 68킬로그램만 되어도 흔히 이런 표현을 쓰면서까지 너를 탓했다, 아니 탄했다. 땀을 발바닥을 통해 땅으로 쏟아내야 할 '비계'가 2킬로그램이 넘는다고…….

근래까지 그런대로 운동이라는 이상적인 처방으로 70의 숫자에 만족하면서 체중계를 오르내렸다. 정확히 말하면 69.5~70.5, 그러다가 외형부터 남의 눈을 속이지 못한다는 건 나는 절감했어. 근래 만나는 이마다 살이 쪘다는 거야. 개중에는 고개를 갸웃거리는 노인학생도 있어. 밖에 나가면 그래서 낙담하고 돌아오기 일쑤지. 오늘 아침에 드디어 73을 돌파, 한숨이 절로 나오더구나.

두 가지 장애 요건이 생겼다는 걸 너도 알지 않니?

이 이야기부터 해야겠다. 메리놀에 입원해 있을 때, 너 기억하니? 외출을 해서 태종대로 나갔는데, 그 비싼 복국을 시켜 놓고 국물 한 숟가락 못 떴다. 주체할 수 없을 정도로 눈물만 주르르 뺨을 타고 흘러내리고. 나는 속으로 한탄했지, 아니 소리는 못 냈지만 나는 부르짖었다. 이건 사람이 아니다. 사체인들 이보다 못하랴!

그로부터 겨우(?) 8년인데 나는 분명 살아 있으니 기적이랄 수밖에. 그리고 서글프게도 식탐(食貪)의 노예가 되어 버렸어. 나이 겨우 초로에 접어들었는데, 생존이란 환희와 음식과의 전쟁 사이에서 갈등을 느끼다니 너무 버거워. 가톨릭 신자로서 늘 기도야 하지. 특히 '식사 전 기도'는 절대 빼먹지 않는 건 너도 알지 않아? 은혜로이 어쩌고저쩌고 하면서.

내가 나를 너를 원망하게 된 이유 중 또 하나는 운동 부족이란 거야. 하루 40분 빠르게 걷기는 내 생활의 일부분인데 언제부터인가 그 약속이 파기되어 버린 점, 실로 통탄해야 될 지경이야. 발톱이 빠질 정도로 열성을 보여 오다, 어쩌다 한번 쉬고 보니 '도로아미타불'이 되고 마는 게 아니겠니? 그 며칠 동안의 절망감을 내 글재주가 모자라 여기서 나타낼 수 없다는 걸 너도 알 거야.

인간은 본래 간사한 것 같아. 운동을 하다가 쉬다가 하는, 이번과 같은 악순환이 여러 번 계속되다 보니, 이제 만성이라는 질환으로 변해진 것인지도 몰라. 그래 잠정적 포기, 언제 다시 운동장으로 나설지 아리송하여 하염없이 한숨만 쉬고 있구먼, 체중, 네가 알다시피. 어디서든 한마디 빌어다 써야 하겠는데, 아 참 '도래떡이 안팎 없다.'가 안성맞춤이겠네. 변명 하나 그럴싸하고 두루뭉술하게 하네. 내일 운동화 끈을 매게될지 모르니까.

그러나 그 가능성은 희박할 것 같아.

여전히 나는 눈코 뜰 새가 없어. 오늘 낮에도 부산에서 가장 가난한 동네인 금곡동 1단지 공창 종합 복지회관에서, 함흥이 고향인 아흔 살이다 된 할머니 등 60명 노인 앞에서 '눈물 젖은 두만강'을 부르느라 목이터질 뻔했잖니? 4시 반부터는 종빈이 어린이집에 상담하러 가야 하고. 내일은 요크셔테리어인 손녀 후로다 2세의 장례를 치러 주었었던 애견장례식장 파트라슈를 방문할 예정. 아 참, 12시부터 아이리스에서 결혼식 주례를 맡았으니 거기 두어 시간 매여야 하지 않겠어? 모레는 초량 시각 장애인 복지관 설립 기념일이라서 11부터 오후 늦게까지 사회든지 심부름이든지 맡아야 하고, 도무지 틈을 찾을 수 있어야지.

이쯤에서 정답게 너를 부른다. 체중아! 너 '막춤'이라고 알지? 오래 전, 어느 방송국의 '파랑새는 있다'는 인기 무술 드라마가 있었지. 나는 말이야. 나이트클럽인가 잘 기억이 안 나지만, 그 무대 위에서 댄서가 마구 흔들어대는 그 몸짓이 참 좋더라. 매료? 아니 그 정도로써는 안 되겠고. 섹스어필을 지나 거의 환상이라고 하자꾸나. 그 여자 탤런트를 화면에서 못 본 지 오래라, 섭섭하기 이를 데 없다. 내 격(格)은 그 정도밖에 안 된다.

이왕 버린 몸, 내 건강을 막춤에 맡기고 싶단 말이야. 나는 막춤과 27년여 동안 더불어 살아 왔으니, 일가견이 있는 셈이라 해도 지나친 말이 아니다. 노인 학교에서 학생들과 어울려 추던 그게 바로 그거야. 관광 춤과 뭐가 다르냐고 묻는다면 내 대답은 '오십보백보' ! 좀 고급스럽게 표현해서 나는 인프라를 구축하고 있는 셈이지, 막춤 아니면 관광 춤에서.

며칠 전 인터넷을 통해 점찍어 놓은 메들리가 있어. 30분짜리인데, 거의 다 아는 노래고, 템포도 2/4박자 폴카 혹은 폭스트로트더라.

애, 체중아. 오늘 밤 이슥해서 내가 불조차 꺼놓고 저급(低級)의, 하지만 찬란한 그 막춤의 진수를 보일 참이야. 도와주려무나. 땅바닥이 아닌 방바닥을 통해 네 스스로의 그 쓸모없는 덩치를 줄여 주는 계기나 시발이 되었으면 해. 자, 너와 내가 반려가 될 운명인 걸 어쩌겠냐, 체중아.

슬슬 시작해 볼까. 간편복 차림으로… ♬♪ 청춘은 봄이요 봄은 꿈나라/ 언제나 명랑한 노래를 부릅시다/ 진달래가 쌩긋 웃는 봄봄/ 청춘은 싱글벙글 윙크하는 봄봄봄봄…♬♪

암캐 지참금과 약방 기생 볼줴지르기

나는 배달된 조간신문을 다시 한 번 펼쳐 든다. 신음 소리를 내지 않을 수 없다.

세계에서 가장 몸값이 비싼 개가 소개되어 있는데, 무려 17억 원에 팔렸다는 것이다. 견종은 티베트 산 마스티프이고 털 전체가 붉은 색이다. 뭐 개 이름은 '홍둥'이라나? 칭기즈칸이 3만 마리의 이 마스티프 종을 데리고 전쟁터로 달려 나갔다는 부연 설명은 그야말로 흥미진진하고도 남는다. 마르코 폴로는 이 티베트 산 마스티프를 보고 이렇게 놀랐단다. 녀석들은 당나귀만큼 크고 사자 울음소리를 내더라!

믿거나 말거나 이전에, 전설이 있단다. 티베트 인들은 마스티프란 견종이 환생하지 못한 수도승과 수녀의 영혼을 지녔다는 것. 이쯤 되면 실로 황당하다는 생각마저 든다. 왜냐 하면 티베트 국민의 절대 다수가 불교 신자이고, 우리 나라 개신교 선교사들의 활동도 '통성 기도'하는 정도로 미미하다는 얘기니까. 그런데 수녀가 등장한다? 하기야 내가 신앙 지식이 부족한 탓인지 모르되, 해괴하기까지 하다고 해야 직성이 풀릴 것 같다.

그러나 여기까지의 내용을 두고 보면 흥미를 불러일으킬 소지는 충분하다. 글쎄 당나귀만큼 어쩌고저쩌고? 뻥튀기임은 삼척동자라도 짐작할 테지만. 몸무게가 다 자랐을 경우 130킬로그램에 다다른다는 데에서 고개를 갸웃거리게 된다. 그리고 자연스레 입 밖으로 나오는 말, 이건 지나치게 부풀렸구나. 여태 기네스북에 오른 최중량인 그레이트데인이 111킬로그램이었다니까.

여기서 기자가 웃음거리에 지나지 않는 허구를 들이댄다. 실로 가관이다.

이제 겨우 열한 달 된 녀석에게 청혼이 들어왔다는 것이다. 40킬로그램인 중형견 셰퍼드도 수컷일 경우 만 2년이 넘지 않으면 교배를 시키지 않는데, 녀석은 그보다 엄청나게 큰 마스티프이다. 녀석의 주인이 넋나간 사람이 아니고서야 이제 겨우 소년기를 지난 녀석을 장가보내겠는가?

딱 하나, 1천 8백만 원이라는 지참금 액수는 맞는 것 같다. 대개 견주는 자기 수컷 종견이 교배를 할 때 자기 아들—애견가들은 대개 그런 호칭에 익숙해져 있다—녀석 몸값의 1/100을 교배료로 받으니까. 17억 원의 1/10이라면 비슷한 계산이 나온다.

나도 한창 전국을 떠돌다시피 하면서 내 집 암캐, 아니 딸들을 시집보내면서 그 정도의 돈을 '개 사돈' 손에 쥐어 주었다. 91년도, 강경대 군치사 사건 때였던가? 서울 역 앞 최루탄 뚫고 종로 3가까지 갔던 게……. S씨의 요크셔테리어, 한국 최고의 수컷 견종인 아레스와 내 딸 후로다를 짝지어 주면서 들고 간 일금 30만 원정, 한 푼도 깎지 못했다.

그리고 그 조건이라는 게 무척이나 까다로워 보통 사람으로서는 엄두도 못 낼 정도였다. 정확하게 배란 일자를 계산해 올 것, 교배는 48시간 내—정자가 자궁 안에서 24시간 동안 살아 있다나?— 두 번 시켜 주는데,

그것으로 수태가 안 되었을 경우 상황 끝. 요컨대 자기 개는 완벽하다. 이번에 불임 시, 부산 등 지방 사람들이 흔히 그러듯이 불임 시 암캐의 결함은 도외시하고, 다음 발정 때 한 번 더 어쩌고저쩌고 하며 매달리지 말라는 엄포다.

어쨌거나 순간순간의 위기를 넘기고 나는 후로다를 통해서 손자를 보았기에 망정이지, 하마터면 나 자신 '견계(犬界)'에서 우셋거리가 될 뻔했다. 지금도 가끔 머리끝이 쭈뼛해지니 어쩌랴.

이쯤에서 다시 홍둥에게로 이야기를 되돌리고 싶다. 이건 어디까지나 가정인데 만약에 녀석이 성견이 되어, 신부로부터의 지참금 1천 8백만 원을 받고 신방을 꾸몄다 치자. 아마도 그 조건이라는 게 대동소이할 것이다. 배란 검사, 48시간, 실패했을 경우의 각서 등등.

신부, 그러니까 암컷의 주인은 엄청난 모험을 하는 셈이다. 요즈음 중국엔 그 정도의 내로라하는 큰 부자가 수두룩하다는 이야기야 들어 알고 있지만, 그래도 그렇지 2천만 원이 어느 누구 집 강아지 이름도 아니고, 그걸 어리바리하다가 한꺼번에 날린다고 가정해 보라. 제삼자가 들어도 가슴이 두근거린다.

대신 출산까지가 순조롭게 진행되어 만약 일고여덟 마리의 2세를 보았다 치자. 얼른 계산이 안 된다. '친정아버지'에게 적어도 6억은 안겨다 줄걸?

그런데 이 홍둥이에게 엄청난 라이벌이 나타났으니, 어느 텔레비전 방송 '동물의 왕국'에 등장한 짱하오, 무려 그 값이 28억 원이라는 것이다. 나도 녀석이 철옹성 같은 집에서 관리인 여남은 명한테서 시중을 받는 장면을 시청했는데, 정말 상상하기조차 힘든 호강에 빠져 있더라. 털도 붉은 색이 아니다. 17 : 28=0.18 : X! 하여 X의 값은 0.3, 다시 말해 교배료가 자그마치 3천만 원이란 계산이다. 대신 손자를 볼 수 있다면, 주인의 호주머니엔 10억 정도의 돈이 들어가고.

여기까지 분수에도 안 맞는 사치스런 이야기를 늘어놓고 보니, 오히려 섬뜩한 느낌이 든다. 시러베장단에 호박죽 끓여먹는다더니, 내가 그 맞잡이란 생각인들 왜 들지 않겠는가? 내일 이웃에 있는 유기견 보호소에 들러 보려는 계획인데, 너무 얼토당토않게 중국과 티베트 개 결혼 이야기며 녀석들의 지참금 거래 따위를 계산하느라 하루해를 보냈다.

말이 쉬워서 유기견 보호소지, 그저 개를 좋아하는 아주머니가 부군의 동의하에 자비를 들여 떠돌아다니는 개 서른 마리쯤 모아다가 기르는 데란다. 물론 외부로부터 아무런 지원도 없다. 전하는 말에 의하면, 약방 기생 볼줴지르게 잘 생긴 우리 소형견도 있다니, 행여 내가 그 녀석에 미혹되는 건 아닐는지……. 그래도 그렇지 왕년엔 나도 명색이 애견가였는데 녀석들과의 첫 상면에서 용모 따위 따지겠는가? 미물의 생명을 아끼고 사랑하는 주인아주머니에게 정신을 쏟아놓고 볼 일일 것 같다. 참, 그 집단생활에서 꼭 필요한 중성(中性) 수술은 어떻게 하는지 알아보는 것은 오늘 허송한 시간과 상쇄하는 의미가 될지 모르겠고.

상재(上梓), 그 불행한 시제

내가 시원찮은 책, 즉 졸저(拙著)를 내놓고 기고만장해 가지고 우쭐대면? 그게 바로 꼴불견이다. 늘 그래 왔으니, 몇 번째인가를 밝힌다면 오히려 내 정서에 부정(否定)의 항체만 생긴다.

거기서 겁도 없이 한 걸음 나아가기 예사라, 존경하는 어른께 올리면서 ○○○님 '혜존(惠存)'이라 썼다. 혜존이 한자라 저자인 내 이름 뒤에는 맞서는 말로 '근정(謹呈)'이라 스무 다섯 획을 보태고, 제법 유식한 척했다. 그게 뒤죽박죽 엉망진창이란 걸 근래에 알았으니, 낭패로다. 어디에 가서 얼굴을 바로 들 것인가?

내가 문제를 끄집어냈으니 내가 설명을 하자.

'혜존'이란 말은 은혜 惠, 있을 存으로 이루어진 것이다. 존(存)이 뒤에 붙는 말은 '보존(保存)'이 대표적이겠다. 그런데 이 혜존이 일본말 찌꺼기라는 것이다. 그 뜻을 밝히면 아연실색할 정도다. 내가 은혜롭게 쓴 이 책을 잘 보존하시오. 얼굴이 달아오르는 걸 보니 아직은 내 정신이 완전히 간 건 아닌 모양이다. 휴우 안도의 숨이 나온다.

그제 어디 함부로 말해도 되는 자리에서 나는 또 입을 벌렸다. 그리고 지껄였다. 상대편이 자기보다 수상(手上)이거나 동년배일 경우에는 '님'

이라 호칭하는 게 대단한 결례라고. 그럴 경우 ○○○님 혜존이라면 망발 중의 망발이라고 우겨댔다. 예의 그 '짝짓기'를 강조하여 이왕 저질러진 일이라면 거기에도 '謹로'이 어울릴 거라고 우겼으니 낭패로다. '드림' 이라는 말은 사라져야 한다는 지론으로 뱉은 건데 '로'이 드릴 정 자라는 걸 뒤늦게 알았기 때문이다.

하늘이 무너져도 솟아날 구멍이 있다더니, 어쨌든 피난처는 '께'와 '올림'이다. 나는 다시 무릎을 쳤다. 글을 잘 썼든 못썼든 상관없다. 수하라면 '○○○님에게/ 저자 이원우'면 족할 터.

오늘은 하릴없는 사람처럼 문인 협회와 관계되는 홈 페이지를 여기저기 들락날락한다. 부산 문인 협회가 모태인지 모르지만, 대개가 그 형태를 취하고 있다. 뭐 대동소이하다고나 할까? 그런데 불만이 하나 있다. 자기가 쓴 글을 자기가 클릭하면 조회 수가 따라서 올라가는 것, 이건 유혹(?)의 한 원인이다. 문협회원이 1천 명 남짓인데, 수백 명이 그 글을 읽은 것 같은 결과쯤 예사롭게 나타난다. 요컨대 허수다. 반면 '부산 수필 문인협회'나 '가톨릭 문인협회' 같은 경우는 어림없다. 자기 것은 자기가 손대 봐야 헛일이다. 그래서 신뢰감이 가는 것이다.

어쨌거나 신간 소개가 많이 나온다. 봇물처럼 터진다. 나 같은 어정뱅이가 한꺼번에 두 권의 졸저 이름을 밀어 넣었으니 두말해 무엇하랴.

우리가 언제부터 '상재(上梓)'라는 말을 써 왔는지 모르지만, 이 시원찮은 말이 판을 친다. 그냥 출간이라면 될 텐데 왜 위(上)에서 한 자, 가래나무(梓)에서 나머지를 빌어오는지 이해가 안 된다. 나는 다행히 용케도 잘 피해 다녔다. 솔직히 말해 뜻을 잘 몰라서였을 것이라는 게 맞는 고백일 테지만.

내친김에 이것저것 뒤져 보자.

가래나무 : 가래나뭇과의 낙엽 활엽 교목(8미터 이상 높이 자라고 위쪽에서
  가지가 퍼지는 나무로 큰키나무라고도 함)
상재 : 출판하기 위하여 인쇄에 돌림

    그 이상도 이하도 아니다. '상재'는 책을 인쇄하고 있는 것을 뜻함인
것이다. 그걸 뭐 대단한 일이라고 '출간' 혹은 '출판'을 제치고 앞세우는
가? 더욱 충격적인 것을 적을까, 말까 망설이다가 나는 전자를 택한다.
〈강희자전(康熙字典)〉이라면, 중국 최대의 자전 즉 옥편이다. 49,030
자 수록! 42권 12집, 239부로 이루어졌다나? 거기에서의 '상재'는 사람
을 놀라 자빠지게 만든다.

俗謂上文書於板曰梓

    풀이하면 이렇단다. 가래나무는 재질이 굳고 좋아 글을 새기는 판목
으로 쓰여 왔다. 그래서 본래 가래나무에 글자를 새기는 걸 '상재'라 했
는데, 나중에는 '활자 인쇄로 도서 출판하는 것'까지 포함하게 되었다
나?
    아리송하다. 오직 '가래나무와 글자 새김'만 주장해 온 나 자신이 민망
할 지경에까지 이르렀다. '도서 출판'까지 외연이 확대되었다. 나무에
글자를 새기는 것만 아니라, 보라, 찍어내는 것까지 포함될 수도 있다지
않는가?
    그런데 단서가 있는 것이다. 하늘이 무너져도 솟아날 구멍이 있다더
니 말이다. 〈강희자전〉에서는 '상재'를 '출간'의 속어(통속적으로 쓰는 저속
한 말)로 보고 있다 했으니. 길을 두고 메로 간다는 자체가 현명하지 못한

선택이다. 이 경우 '출간'은 길이요, '상재'는 메다.

그리고 말이다. 상재는 출간의 전 단계지, 결코 출간 자체가 아님은 쉬 짐작이 간다. 인쇄되어 고고의 소리를 낸 지 몇 년이나 지난 책과 저자에다가 상재라니 개발에 편자다. 기어이 '출간'이라 우기기 망설여진다면, 이는 현재 진행형인 그 책과 저자는 시제의 모순으로부터 영원히 벗어날 수 없을 것이다.

혜존이니 근정이니, 님과 상재(시제), 출간 모두가 혼란을 부추기는 요인이다. 그들과 더불어 사는 우리가 불행하다고나 할까?

전설을 품다, 궈채이 선수

누가 그랬다. 가장 획수가 많은 한자는 '수다스러울(혹은 말 많을) 절'이라고. 그런데 별로 매력이 없는 것 같다. 웬만한 옥편에는 나오지도 않기 때문이다. 용 룡(龍)을 두 자 나란히 깔고 또 하나씩 그 위에 포개면 된다던데…….

용이 네 마리 모이면 수다스럽다? 용의 소리를 들어보지 않았으니 모르지만, 고만고만한 용들이 많이 모이면 포효가 아닌 말이 많은 건 인간 세상과 다를 바 없는 모양이다. 대선을 앞둔 잠룡(潛龍)들이 그러하다. 참 64획이라는데 나는 아무리 써 봤자 68이 맞는 것 같아 낭패다. 그래서인가? 우스갯소리로 남에게 들려 줄 정도의 매력도 없는 게 이 '절'자다.

이렇게 한 번씩 고개를 갸웃거릴 때, 나는 아버지가 더욱 그립다. 고향에서 서당을 여셨던 당신께서 우리들에게 재미난 한자를 일러 주시면서 학습에 흥미를 느끼게 하셨기 때문이다. 위의 질문을 누가 던진다면 나는 그래서 정답을 '비익조 만'이라고 대답할 수 있다. 역시 인터넷에서도 찾을 수 없는 건데, 오랑캐 만(蠻)에 새 조(鳥)를 이어 붙인 글자다.

그런데 근래 조그마한 우리말 사전에서 보고 여기저기서 주워들은 풀이이다. 이 비익조는 암수의 눈과 날개가 하나씩이라서 짝을 짓지 않으면 날지 못한다는 전설상의 새라는 것이다. 남녀나 부부 사이의 두터운 정을 비유적으로 이를 때도, 이 비익조를 쓴다니 아마도 현실에서는 원앙 정도로 해석해도 좋을지 모르겠다. '비익조 만은 36획이다.

전설 이야기가 나왔으니 말이지만 우리 나라의 희성(稀姓)을 누가 화두로 삼으면, 나는 단연코 궉 씨를 앞세운다. 그 중에서도 한 인물 궉채이! 누가 뭐래도 궉채이야말로 한국을 대표하는 인라인 스케이트 선수다. 나이도 이제 겨우 23살, 그는 앞으로 얼마든지 발전 가능성이 있다고 보아야 하리라.

미모로써도 한 몫을 한다. 오죽하면 광저우 아시아 경기 대회 1만 미터에서 금메달을 목에 건 우효숙마저, 이런 저런 이유로 궉채이를 대놓고 미워했다는 고백을 했을까? 궉채이의 미니 홈피를 슬쩍 들여다보았다. 아닌 게 아니라 우리 같은 초로들도 미혹에서 깨어나지 못하게 할 정도의 외모마저 지니고 있다.

그런데 궉(鴌)씨라니, 귀가 아직 적응이 안 된다. 하기야 갸 밑에 ㄱ이 붙어 갸이 되고 그게 출과 짝을 이루어 갹출(醵出)이 되지만, 상식적으로 ㄱ이 궈를 받쳐 한문 한 자가 생긴다는 자체가 경이롭다.

이 궉 씨에 유래가 있었단다.

과년한 처녀가 우물가에서 쌀을 있는데, 갑자기 하늘에서 커다란 새 한 마리가 내려와 처녀의 가슴을 발톱으로 공격하곤 날아가 버리는데…… 궉 궉, 소리를 내더라는 것. 이윽고 처녀는 임신을 하여 아들을 낳았으니, 그가 바로 궉씨의 시조라나? '믿거나 말거나'랄 수밖에.

이제 겨우 인구 2백 명이 채 안 되는 궉씨 탄생의 전설은 그저 흥밋거리에 불과하다 하겠다. 처음에 나는 성모님이 성령에 의해 예수님을 잉

태하신 것을 흉내 낸 것 같아 웃고 말았다. 세상 살면서 전설(기적과 동의어는 아니지만) 같은 이야긴 수없이 들어왔으니 그 정도엔 면역이 되었다고 해도 괜찮겠다.

한데 궉(鶀) 자를 살펴보면 재미있다. 하늘 天 밑에 새 鳥라, 새가 하늘을 이고 있다는 파자(破字)가 가능하다. 얼마나 새가 컸으면 하늘을 일 수 있을까? 그래서 鶀은 하늘새 '궉' 자다.

아무튼 드문 게 귀하다는 논리를 내세운다 치자. 궉씨는 그 세상 사람들로부터 기림을 받아야 한다. 남산에서 돌멩이를 던지면 십중팔구 김씨 혹은 이씨(혹은 박씨)−김가 아니면 이가로 표현한다−지붕 위에 떨어진다 했으니, 궉 씨야말로 그런 '사고사' 따위 걱정 않아도 되어서 좋겠다.

다만 궉씨 본관도 통틀어 세 개나 되는데, 오직 궉채이 혼자서 세상에 이름을 드러내다니 안타깝다. 앞으로는 운동선수 아닌 학자도 나오고 부자도 나와야 한다.

그나마 선두주자인 궉채이가 모델이나 가수도 아니면서, 선정적인 차림으로 대중의 눈요기나 되다니 가문의 불명예이기 때문이다. 궉채이가 다음 아시아 경기 대회에서 대표 선수가 되어 금메달이나 몇 개 따면 좋겠다는 간절한 바람을 덧붙인다. 송충이는 솔잎을 먹어야 하니까.

용도, 비익조도, 하늘새도 전설 속의 동물들이다. 반면 궉씨는 현실에 존재하고 있는 사람이다. 궉채이를 비롯한 궉씨들에게 전설을 품으라는 격려의 메시지를 전한다.

예식장 별실 비밀

아버지는 단신이셨다. 그러나 그 다섯 자 다섯 푼이 채 안 되는 작은 키로도 어디서든지 당당하셨다. 나는 당신의 반의반도 못 따라가는 일상에 헤맨다. 엄마는 대신 키 때문에 남 앞에서 기죽지 않고 사셨다. 그러니까 엄마가 아버지 키에다 두 푼을 보태어 나를 낳으신 셈이다. 미터법으로 환산해서 지금 나는 165센티미터에 약간 못 미친다.

일흔이 내일모레인 내가 이 처지에 주례를 선다. 남들이 거짓말이라 할지 모르지만, 비교적 자주. 오늘 2월 13일 동구청 예식장에서의 열한 시와 오후 두 시도 내 몫이었다.

주례의 외관상 결점 중 하나가 키다. 나로선 적잖이 신경을 쓸 수밖에. 결혼식 집전 내내 높이 20센티미터쯤 되는 이동식 간이무대(?) 위에 올라서 있어야 한다. 하객들이야 그런 게 있는 줄 알지 못하지만…….

사진 촬영 시간이 되면, 약간은 볼썽사납고 우스꽝스러운 광경이 탄로 난다. 사진사나 기타 스태프 중 누가 간이 무대를 신랑 신부 뒤에 갖다 놓는 등 부산을 떨어 줘야 하니, 약간은 신경이 쓰인다고 할 수밖에.

주례의 얼굴 생김새도 조건이 된다고 누가 그랬다. 뭐, 다른 건 몰라도 머리가 심하게 벗겨지면 기피의 대상이라나? 그래서 대단한 실례의 얘기지만, 대머리인 사람은 주례로서 인기를 누리지 못한단다. 인물이 못난 내가 그래도 머리숱이 많은 건 그나마 다행이다.

그런데 내 오른쪽 귀밑머리 근처에 백 원짜리 동전만한 제법 큰 점이 하나 있다. 언젠가 한번 수술을 받았지만 웬걸 몇 년이 지나니 새로 생기지 않는가? 그로부터는 누가 성형외과로 가라는 말을 해도 무시한 채 지내고 있다. 귀밑머리만 잘 길러 손질하면, 신랑 신부나 혼주들을 감쪽같이 속일 수 있으니까.

다만 부산진 역에서 내려 예식장에까지 걸어 올라가는 동안 바람이라도 세차게 분다 치자. 머리카락이 흐트러지기 마련이다. 어디에든 들어가, 묘한 데에 자리 잡은 귀밑머리를 다시 매만지고 안경다리로 살짝 눌러줘야 점 걱정에서 빠져 나올 수 있다.

동구청 예식장에 드나든 지 어느덧 두서너 해 되는 모양이다. 그러다가 몇 달 전부터 까짓 키나 점 따위의 구속에서 벗어나는 방법을 터득했으니, 비록 만시지탄의 감은 있어도 이만저만 다행스러운 일이 아니다.

어느 날 거기 주례석 옆에 출입문이 하나 있기에 손잡이를 잡고 돌렸더니 쉽게 열리는 게 아닌가. 세상에, 거기 별실이 하나 있었던 것이다. 제법 너르고, 무대 장치 때 쓰는 듯한 소품들이 그래도 비교적 정리가 잘 되어 있었다. 코트를 벗어 개켜 그 위에 얹으니 걱정 하나가 줄었다 싶었다. 내친 김에 나는 탁자 위에 아무렇게나 흩뜨려 두었던 사전이며 노래책―꼭 갖고 다닌다―까지 갖고 들어왔다. 나는 무릎을 치며 쾌재를 불렀다. 아하, 이제 주례석이나 탁자 위에 외투 등을 얹어 놓지 않아도 좋게 되었군 그래. 여태껏 하객들이 얼마나 혼란스러웠을까?

우스운 얘기 하나. 동구청 예식장은 구조적으로 여간 키 큰 사람이 아니면 간이 무대 신세를 져야 하는데 거듭 말하지만, 주례가 난쟁이 비슷하다는 소릴 듣고 싶지 않는 게 솔직한 심정이었다. 그런데 몇 달 전에 큰 맘 먹고 산 키높이 구두가, 내 계산 착오였던 듯 별 보탬이 못했다. 글쎄 본래 것에 플러스 3센티미터? 그것 갖고서야 어떻게 생색을 내겠는가 말이다.

신기료장수에게 갔더니 묘책을 하나 내어 놓는데, 헌 구두 밑바닥에 굽을 덧붙여 대어보라는 것이다. 그러면 적어도 '165센티미터+8센티미터', 해서 너끈히 173센티미터의 초로(初老)로 탈바꿈될 수 있다는 것. 다만 그 차림으로 거리를 활보하기 힘드니 그게 걱정이라나?

나는 한 달 전, 그를 다시 찾아 그의 말을 그대로 따랐다. 당장에 나는 중키를 갖추게 되었다. 그 구두를 비닐봉지에 싸서 예식장으로 들어섰다. 아무도 이상하게 생각하지 않는 것 같았다. 사회자를 만나 시나리오를 보면서 몇 마디 의논하고 별실로 들어섰다.

구두를 갈아 신고 보니, 아닌 게 아니라 바닥을 내려다보는 내 눈의 위치가 제법 높아 보인다. 나는 지갑 안에서 손거울을 꺼내어 들여다보면서 흐트러진 머리카락을 빗으로 손질했다. 귀밑머리로 적당하게 '동전'을 덮어 씌웠다. 넥타이도 반듯하게 다시 매고 행여나 싶어 양복 어깨를 털고 나니 흐뭇한 미소가 나오는 것이었다.

그런데 오늘 그러니까 2월 13일 11시, 주례를 설 준비를 하다가 별실 문이 그만 잠겨 있는 걸 발견하고 적이 당황하였다. 그러나 다음 순간 나는 문과 주례석 사이에 약간의 공간이 있다는 것을 알고 안도했다. 게다가 커튼까지 쳐져 있다. 임시방편으로 거기서 구두를 갈아 신고 머리 손질을 대충 할 수 있었다.

간이 무대 위에 올라서고 보니, 보통 키라도 되는 주례가 왜 으스대는

지 다시 한 번 깨닫게 되었다. 오늘 따라 시야도 넓어지는 게 아닌가? 머리 손질도 됐겠다, 한껏 마음의 여유를 찾을 수 있었고. 신부가 중국에서 일어 통역을 하던, 등(鄧) 양이라—등소평, 그 다섯 자 단구의 종씨인지 모르지만— 이왕이면 다홍치마라는 말이 생각났다. 그에게 외관이 너무 형편없는 주례라는 인상을 주고 싶지 않아서 좋았다. 속임수를 쓰고 있으면서도…….

키높이 구두를 별실에 두고 귀가하지 못하는 아쉬움이 있지만, 그건 아무래도 괜찮다. 직원 몰래 별실 키라도 하나 준비했으면 하는 엉뚱한 생각이 아니 떠오를 수 없다. 그래도 까짓 것 뭐 큰 짐은 아니니, 역으로 향하는 걸음이 가벼웠다.

주례의 강단(剛斷), 기운 센 소와는 다르다

바야흐로 결혼 시즌이다. 우리 같은 장삼이사도, 하객이 아닌 주례로 예식장에 드나들게 된다. 예식을 집전하면서 세상이 참 많이 바뀌었다는 생각을 하기 예사다. 엄숙이나 경건과는 거리가 먼, 식장 안의 분위기에 이제 어지간히 익숙해져 가고 있다.

내친김에 그 풍속도를 간단히 설명해 보자. 폐부에 새길 주례사를 다듬어가도, 사회가 '주례'와 '주례사'도 구분 못하는 처지이면서, 하객들로 하여금 곁눈을 팔게 하는 말을 예사롭게 한다.

코미디 대사 같은 언어를 마구 뱉어내기도 하고. 웬 군더더기가 그리 많은지 주례사 순서가 끝나면, 사회가 거기 해설(?)을 친절히 덧붙인다. 가장 큰 문제는 이벤트인가 뭔가 하는 차례다. 신랑 신부의 소위 '봉 잡는' 고함치기, 거침없는 키스신 연출, 체력 테스트쯤 예사다. 어지간히 나이든 노인들도 가가대소니 세월의 무게를 절감하지 않을 수 없다.

그러다 보니 주례는 예식이 시작되기 전 30분 정도는 일찍 따로 사회를 만나야 한다. 그리고 의견을 주고받아야 하는 것이다. 시나리오를 검토하고 경우에 따라서는 '신랑신부 하객에 대한 인사' '신랑신부 퇴장'에 대해선 주례가 언급하겠노라는 압력(?)도 넣어야 한다.

다른 특별한 계획, 예를 들어 축하 연주가 많고 길면, 주례로서 긴 말을 하지 않아야 하겠다는 결심도 한다. 문제는 역시 일생에 한 번뿐인 결혼식의 분위기를 사회가 흐리게 할 염려가 있다는 것이다.

이쯤에서 참 아름다운 경험 둘.

몇 년 전 충무동 어느 예식장 사장이 월요일 오후인데 주례를 좀 서 달라는 간곡한 부탁을 해 왔다. 외로운 한 쌍의 부부라 했다. 식장에 가 보니 과연 썰렁한 느낌이 들 정도였다. 신랑 신부를 비롯한 혼주, 친척 전부 포함해 일고여덟 명? 사회가 있을 리 없었다.

그런데 신랑은 그저 좋아서 싱글벙글, 신부도 마찬가지였다. 신랑에게 뜬금없이 신접살림을 어디서 시작할 거냐고 물었더니, 영월이란다. 섬광처럼 떠오르는 노래가 있었다. 발음이 비슷한 '영일만 친구', 주례의 제안에 의해 모두가 영일만 친구를 제창함으로써 어느 결혼식보다 뜨거움이 넘치는 분위기를 연출할 수 있었다. ♫♪ **바닷가에서 오두막집을 짓고 사는 어릴적 내 친구/ 푸른 파도 마시며 넓은 바다의 아침을 맞는다 / 누가 뭐래도 나의 친구는 바다가 고향이란다/ 갈매기 나래 위에 시를 적어 띄우는/ 젊은 날 뛰는 가슴 안고 수평선까지 달려 나가는 돛을 높이 올리자/ 거친 바다를 달려라 영일만 친구야 영일만 친구야 ♫♬**

역설적으로 말하면 사회가 없음으로써 가능한 일이었다. 여담이지만 나는 얼마 전 전동기 신부님으로부터 최백호를 닮았다는 얘길 들었다. 뭐 흰 머리, 작은 키, 약간 기운이 없어 보이는 모습 등 때문이겠지. 그는 내가 1년 근무한 바 있는 일광 초등학교 출신이기도 하다.

한 달 전 동구청 예식장에서의 행복했던 기억. 신랑신부가 50살쯤 되고 슬하에 자녀가 있단다. 그런데 역시 하객이 별로 없다. 일부러 주례사

를 짧게 끝맺고 또 한 번 파격적인 제안을 하였다. 주례가 축가를 부르겠
노라고. 예서제서 터지는 박수소리. 나는 그 여음이 가시기도 전에 해바
라기의 '사랑으로'를 열창하였다. 그런데 백미(白眉)는 뜻밖에 신부가 보
여 준 것이다. 신부의 말이 이랬었다. 노래 참 잘 하네예.

역시 사회가 제 '고집'을 피우지 않음으로써 만난 뜻밖의 수확이었다.

넌지시 결론을 내세우자면, 중용(中庸)이다. 〈사전〉 풀이대로만 해도
그 결혼식은 시종일관 바람직한 분위기였다고 평판을 받을 수 있으리라.
어느 쪽으로나 치우침이 없이 올바르며 변함이 없는 상태나 정도, 얼마
나 좋은가?

그러기 위해서는 주례가 소신이 더 뚜렷해야 한다. 사회의 언어 장난
에 휘둘려서는 다음 차례의 예식에까지 지장을 줄 수 있다. 강단있게
장내를 장악하고 약간은 분위기를 띄우는 것, 그것이 주례의 지혜가 아
닐까? 주례는 그저 기운 센 소가 아닐진대……

가난한 부부에게 주는 선물 '사랑으로'

　금년 가을 들어 여남은 번 동구청 예식장에서 주례를 섰다. 오늘이 11월 20일인데, 내일도 12시 30분에 '성혼 선언문'을 낭독하게 되어 있다.

　동구청 예식장은 나와 체온이 맞다. 서민들이 활용을 많이 하기 때문이다. 물론 식장 입구로 발을 들여 놓으면서, 인파로 북적거리는 모습을 보면 '아, 오늘은 비교적 잘사는 사람이 혼주로구나.' 하는 생각을 하는 그런 예식을 집전할 때도 있다. 그러나 그리 흔하지 않아 평범한 사람인 내가 편한 마음을 갖는다는 뜻으로 체온 운운해 봤다.

　서민을 들먹였는데, 그렇기 때문에 눈물겹다. 내일은 어떤 한 쌍 앞에 서게 될지 모르지만, 오늘처럼 분위기라면 얼마나 좋을까? 나는 오늘 마흔이 넘은 신랑 신부와 다 합해도 쉰 명이 될까 말까 한 하객들 앞에서, …… 어두운 곳에 손을 내밀어 밝혀 주리라며, 주례로서 목청을 돋우었다. 신랑은 키가 아주 컸고, 신부는 반대로 155센티미터쯤 되어 보였는데 무척이나 행복해 보였다. 여기서 잠깐, 신랑은 물론 한국 총각인데, 신부는 중국에서 시집오는 조선족 규수라는 것이다.

　1주 전에는 신랑이 28살이고 신부가 20살이었고, 신부 어머니가 35살이라 했다. 재혼한 장모에게 큰절을 드리도록 한 것은 물론이다. 한 주 더 거슬러 올라가서는 신랑 신부가 각각 42세, 19세인 커플 앞에 서기도 했다. 왠지 나는 이런 신랑 신부가 부부의 인연을 맺을 때 그저 신바람이 나는 것이다. 단순하게, 으레 있을 수 있는 일이 아니라는, 그런 세속적인 '희소가치'를 따져서가 아니다. 뭔가 말로써는 간단하게 표현할 수 없는 외로움으로의 회귀 본능 같은 것을 느낀다고나 하자. 참 편안하다는 걸 다시 한 번 강조하고 싶다. 따라서 설사 하객석에서 시끌벅적한 소리가 들려와도 나는 고요적막에 휩싸일 수밖에.

그러면서도 나는 속으로 재빠른 선택을 한다. 오늘 이 부부와 하객들 앞에서 목청을 돋우어 '사랑으로'를 한 번 선보여도 괜찮을까? 물론 이벤트가 뭔가 하는 그게 길면 도무지 불가하지만, 그렇지 않은 경우에는 내 재량이다. 거듭 강조하지만, 그리 오랜 시간이 소요되지는 않는다.

여담인데, 혼주 화촉 점화가 시작되고 나서 신랑신부 퇴장, 주례와 함께 사진 촬영하는 것까지의 시간, 길어 봤자 20분이다. 만약 거기 아니 5분을 더 보탰다가는 80점 이하라는 '망신'의 소리라도 들어야 한다. 그래서 주례사도 여자 치마처럼 짧아야 한다던가? 그래도 주례사를 고무줄처럼 늘여야 할 경우가 생기긴 한다.

자칫하면 머뭇거리다가 여유 시간이 얼마인지 얼핏 잊어버리기도 한다. 벽면에 걸린 시계의 분침이 세 칸 정도 나갔다면, 나머지 10분 정도의 자투리로써는 '사랑으로'의 첫 소절도 못 내놓는다.

오늘은 모든 게 순조로웠다. 30분 전에 도착하여 사회를 만났는데, 한영규 사장과 권혜옥 도우미가 앞서 내가 들먹였던 신랑 신부의 신상을 자세히 일러 준다. 단번에 떠오른 화두가 이거였다. 잘 삶으로써 양국 간의 우의 증진은 물론 우리 동포들에게 행복의 메시지를 던지자!

이어 신랑 친구 사회자가 다가오기에, 이벤트에 대해 물었더니 '만세 삼창'뿐이란다. 시나리오대로만 들먹이지 군더더기를 붙이지 않겠다는 약속도 그가 먼저 했다. 얼마 전 꽤나 똑똑해 뵈는 사회가 화촉 점화를 위해 대기하는 혼주더러 '신랑 신부를 낙태(落胎)한 양가의 어머니'라는 바람에 아연실색하던 기억이 떠올랐다.

나는 그쯤에서 단단히 각오를 했다. 내 기어이 오늘은 '사랑으로'가 어떤 노래인지 혼신의 힘을 쏟아 부르리라! 거칠 게 없었다. 주례사를 줄여서 시간을 벌었다. 맨 마지막에 돌리려다 아들딸 많이(?) 낳으라는 당부도-신랑이 자신 있다고 대답했기에-주례사 속에 포함시켰다. 드디어 '사랑으로'가 내 목소리를 빌어 장내를 가득 채운다. ♪♬ **내가 살아 가는 동안에 할 일이 또 하나 있지, 바람 부는 벌판에 있어도…… 어두운 곳에 손을 내밀어 밝혀 주리라…….♪♬**

착각인가? 뜨거운 박수와 환호가 터졌다. '사랑으로'에서 항상 마음을 졸이는 느낌이었던 권혜옥 도우미도 만면에 웃음이었다. 나는 그제야 방송실 직원에게까지 손을 흔들어 보였다.

다시 한 번 스스로에게 물어 보았다. 너는 서민(庶民) 편이냐고. 자답으로 당연히 고개를 끄덕였다. 그 확실한 걸 오늘도 보여 주지 않았느냐고도 반문했다. 초야(草野) 바깥을 모르는 촌로이기 때문에 느끼는 행복감도 오늘 거듭 맛보았다.

나는 기도 중이다. 내일도 12시 30분에, 제발 오늘과 같은 시간을 주십사고. 이른바 서민에게 안기는 선물, '사랑으로'를 예찬하고 싶은 것이다.

청와대와 개(犬)

70평생에 청와대 정문 앞에도 서 보지 못했다. 내가 출입이 어지간히 없는 사람임에는 틀림없다. 다른 노인 학교에 가봤더니, 학생들이 입을 모아 누구의 초청으로 안에까지 들어가서 영부인하고 사진을 찍었노라고 자랑까지 하더라만 나는 약간 겸연쩍은 표정을 짓는 수밖에.

'대물'이라는 드라마가 드디어 오늘 막을 내리는 모양이다. 그럴싸하게 꾸민 청와대 세트이고, 이곳저곳을 샅샅이 훑어 오던 터라 약간은 섭섭하다. 25회가 계속되는 동안 나는 은근히 기대를 한 게 있었다. 행여 백악관처럼 강아지라도 한 마리 양념으로 나오나 하고……. 그러나 끝내 강아지의 '강' 자도 보이지 않았다. 하기야 그게 긴박한 정치 드라마지 대통령 가정 이야기가 아니기 때문에, 강아지가 등장하면 말 그대로 개발에 편자 격일지 모르지만.

청와대와 개라면 나는 애견가 박정희 대통령 내외를 먼저 머리에 떠올린다.

군인 정신이 몸에 밴 박정희 대통령이지만, 그는 개에게(도) 함부로 대하지 않는 사람이었다. 그만큼 감상적인 데가 있는 이가 박 대통령이었다. 방울이라는 스피츠라 여겨지는 개 한 마리가 있었는데, 이 녀석이 가끔 대통령의 의자에 앉기도 했다나? 그런데 대통령은 녀석을 쫓을 생각을 하지 않는 것이다. 거기서 끝나지 않고 더운 여름 날 방울이가 혀를 빼물고 할딱거리면, 대통령은 자기의 부채로 방울이에게 바람을 날려 보냈다는 것. 그래서였을까? 나는 여태 박정희 대통령이 보신탕을 먹었다는 얘기를 들은 적이 없다. 물론 그런 기사를 읽지도 못했고……. 하기야 대통령이 보신탕을 입에 댄다 치자. 그거야말로 지구촌 모든 사람들로부터 손가락질 받으리라.

박 대통령은 방울이보다 먼저 한 마리의 진돗개를 키운 모양이다. 영부인을 잃은 대통령이 허전함을 달래기 위해서였다. 진도 군수가 선물한 녀석이었다. 이름인 진도인 이 녀석은 본성 그대로 오직 주인인 대통령에게만 충성하는 바람에 다른 사람들이 더러는 곤욕을 치르기도 했는데, 대표적인 사례가 부속실 미스 리, 그만 녀석한테 엉덩이를 물린 것. 그리고 또 하나 저 유명한(?) 차지철이 달려드는 진도 때문에 혼이 나 비서관에게 SOS!

우여곡절 끝에 진도는 신당동 사저(私邸)로 유배되고, 쇠사슬에 묶여 지내다가 제 성질에 못 이겨 1년 만에 죽고 만다. 만약 육영수 여사가 살아 있었더라면 진도는 적어도 대통령과 운명을 같이했으리라는 추론이 가능하다.

육영수 여사.

육 여사를 국모라고 이야기하는 데 나도 주저하지 않는다. 그만한 품위가 여사의 언행에서 우러나왔기 때문이다. 특히 나환자촌을 방문하여 손가락이 떨어져 나간 환자들의 손을 잡고 환히 웃는 모습에서, '목련'을 나도 보았다.

그런 육 여사가 박 대통령 못지않은 애견가라는 데서 나는 육 여사에 대한 특별한 정서를 보탠다. 박정희 대통령이 사단장 시절 기르던 셰퍼드가 강아지를 낳으면 두 달쯤 지나 육 여사가 시장에 직접 팔았다는 것, 그걸로 가계에 보탰음은 두말할 나위가 없다. 지금도 신당동 집에 남아 있는 벽돌담과 차양(遮陽)은 강아지 출산이 가져다 준 선물이라는 것. 별을 두 개나 단 장군의 부인이 많은 사람들로 북적대는 시장에서 강아지를 사라고 조르는 모습, 그건 단순한 검소의 차원을 넘어서 있다.

박 대통령 내외를 제외하곤 이런 미담을 엮은 대통령 가족이 없다는 데에 나는 서글픔을 느낀다. K대통령 부인이 청와대에서 진돗개인가 뭔가와 망중한을 즐기는 모습을 얼핏 본 적이 있지만, 그 정도로써 기대가 충족될 리 만무하다.

지금이라도 새로운 문화가 청와대에서 창조되어야 한다. 영부인이 애견 몇 마리를 기르고 직접 목욕을 시키고 빗질을 한다면? 아마도 국민들의 호감이 날개를 달게 되리라.

애견가 박정희 대통령도 개 때문에 봉변을 당한 적이 있었으니, 미국에서 존슨 대통령과 회담을 할 때였단다. 두 정상이 정원에서 거닐면서 잠시 망중한에 빠지면서 일어난 일. 존슨 대통령이 애견 헨리와 리즈를 데리고 나온 것. 존슨 대통령은 박 대통령에게 리즈를 줄째로 건네주었는데, 리즈가 그만 박 대통령을 안 따라 가겠다고 뻗대더라는 것이다. 고개를 갸웃거리던 박 대통령이 몇 걸음 옮기다가 앞다리를 들어올리고, 가슴을 쓰다듬으며 이름을 불러주자 그제야 녀석이 꼬리를 흔들며 바싹 붙더라는 얘기다.

우리 나라에서 타국의 국가 원수와 정상 회담을 가진다면 이런 여유가 있어야 한다. 그렇다고 해서 자기 주인만 섬길 줄 아는 진돗개 따위는 어림없다. 풍산개도 비슷한 성깔이고, 원산지가 북한이니 그 또한 불가

하다.

그런 의미에서 보면 우리 고유의 개 삽살개가 적격일 듯싶다. 신라시대부터 이 땅에서 숨 쉬고 살아 왔다는 삽살개 몇 마리를 청와대에서 잘 길러 활용한다면, 여러 가지 얻는 게 있을 것이다. 진돗개와 달리 아가씨의 엉덩이를 물어뜯거나, 권력 2인자를 무턱대고 겁주는 일도 없을 테고. 그리고 누가 아나? 하찮은 미물이지만 삽살개가 외교에도 한 몫 할지 말이다.

다른 이유도 있지만 오늘 평화의 마을에 올라가기로 작정하고 보니, 단순한 겸사겸사가 아닌 것 같다. 두 달 전에 여덟 마리의 강아지를 낳은 삽살개 오순이와 도순이 가족이 무척 보고 싶다. 그리고 약간 허황된 이야기, 나 자신의 먼 장래에 대비한 또 다른 이런저런 명분 쌓기, 뭐 정도로 해 두자. 아직은 나는 개 편에 서 있다.

제 2 부

노래 아니면 못 살던 60년

이 노래를 찾기까지 10년 '부산 마도로스'

'참깨 방송' 대표 김종환 대표, 그는 내 노래 부르는 장면을 포함한 조갑제 기자의 강연 내용을 인터넷 동영상으로 전국에 띄운다. 우린 대중가요의 이모저모도 화두로 삼는다.

어느 날 김 대표가 내게 이러는 것이다. 자기의 꿈이 있었는데, '부산 노래'를 CD로 만들어 '부산의 상품'으로 내놓으면 제법 장사(?)가 되겠다는……. 내가 그것들 19곡을 이미 두 번에 걸쳐 취입한 적이 있다고 했더니, 그는 의아스럽다는 표정이었다. 촌로 주제에 뭐 거창한 말을 하느냐는 그런 뜻이겠지. 그러나 외관(外觀)만은 그럴싸한 내 CD를 넘겨주었더니 그가 하는 말이 이랬다. 와, 이거 선수를 빼앗겼는데요.

그에게 지난 이야기를 했다. 10년 전, 나는 회갑 기념으로 '부산 노래', 다시 말해 부산의 지명이나 공간명이 들어가는 대중가요를 녹음테이프에 한번 담아 보겠다고 결심을 하고 그걸 실천에 옮긴다. 사람들이 칭찬을 보내는 이유는 딱 하나, 아무도 엄두조차 내지 않는 일을 했다는 것. 무모한 짓이란 비난과 손가락질로부터 그래서 비껴갈 수 있었다.

당시의 상황 설명. 1천만 원쯤 쏟아 부을 수 있다면, 전문가에게 편곡을 부탁해야 한다. 그리고 악단의 생음악 반주가 따라야 하고. 물론 사전에 지도를 받는 것도 빼놓을 수 없는 과정이다. 그러나 그런 돈도 없을뿐더러, 거기 투자해야 하는 시간과 노력을 감당하기가 너무 버거웠다. 그래서 택한 것이, 저 유명한 '아빠 힘내세요 우리가 있잖아요'를 작사 작곡한 H선생의 스튜디오 행이었다. 결과? 시원찮았다. 그래도 부산 노래 18곡을 갖은 노력 끝에 찾아냈다는 게 기적 같은 일이었다.

아니 '기적'도 하나 창출했으니, 우여곡절 끝에 그 중 한 곡이 40계단 문화관에서 하루 종일, 1년 내내 울려 퍼지게 된 것. 천하의 박재홍 선생 사진만 걸어 놓고 실제는 내가 테이프를 통해 '경상도 아가씨'를 방문객들에게 들려주게 되었다는 말이다.

여담이다. 당시 무엇보다 '부산 노래'가 턱없이 부족했다. 반주기에 입력되지 않은 곡은 취입이 불가해서 하는 말이다. 노래방 곡목집이며 가요집을 수두룩하게 쌓아 놓고 그 앞에서 혈안이 되어 있었다. 듣도 보도 못한 게 나훈아 작사·작곡 '자갈치 아지매'와 '남천동 블루스', 김수희의 '남포동 블루스', 구하나의 '동백섬 그 사람'. 천신만고 끝에 악보를 구해서 연습하는 것도 엄청난 부담이었다. 설상가상으로 악보가 없을 땐, 장님 코끼리 만지기나 진배없었다. 오죽하면 내 고집을 철저히 꿰뚫고 있는 아내마저 '자갈치 아지매'는 너무 어려우니 포기하라는 권유를 했을까.

그래도 끝내 우격다짐으로라도 취입을 마쳤으니 그 열정만은 대단했다고 할 수밖에. 그런데 마음 한구석에, 끝내 지울 수 없는 찜찜함. 내가 그렇게 좋아했던 노래 한 곡을 끝내 찾을 수 없는 게 아닌가? 당시만 해도 노래 가사와 멜로디를 기억하고 있었는데…… ♪♬ 쌍고동 울어다오 징소리도 울어다오/ 오륙도 넘어서면 태평양 항로/ 하룻밤 정을 주고 떠나가는 뱃머리/ 부산의 부산의 아가씨야 마도로스 사랑을/ 야속

타 울지 마라 또 다시 오마♬♪

아마도 내가 직접 붙잡지는 않았지만, 건성으로라도 물어 본 사람이 수천 명은 되리라. 행여 '쌍고동 울어다오…' 노래를 아느냐고. 왜 이런 계산이 가능한가 하면 노인학교에 돌아다니면서 얼핏 그 노래가 떠오를 때 그런 질문을 던졌기 때문이다. 현재 임혜경 부산시 교육감이 야인의 신분으로 관계하고 있던 부산 포럼에서도 마찬가지. 대중가요에 굉장한 권위를 가지고 작곡까지 하는 인사들도 고개를 가로젓는 것이었다. KBS 라디오 노래 심사를 맡았던 김정우, 김인효 선생 등이 그랬다는 뜻이다.

세월만 그렇게 무심코 흐르고 나는 다시 두 번째로 '부산 노래'를 취입한다. 녹음실을 몇 번이나 들락거렸지만, 그 노래를 기억해 내는 사람은 없더라. 행여 내가 금지 노래와 씨름이라도 하는 줄 알았다면 더 말해 무엇하랴. 아니라면 어떻게 그렇게까지 철저하게 자취를 감춘다는 말인가. 그 흔한 KBS 가요무대에까지 얼굴 한 번 내밀 생각을 않으니…. 새로 나온 내 CD를 여기저기 들고 다니면서도 그 노래에 대한 미련을 버릴 수 없었다.

그러는 동안에 나는 새로운(?) '부산 노래'를 찾아냈으니, '저무는 국제 시장(황정자)'과 '고향의 그림자(남인수/영도다리가 등장)' 등 두 곡이다. 인터넷과, 시각 장애 복지관의 어느 자매를 통해서였다. 그 순간의 기쁨은 형용할 길이 없다.

'국제시장'과 '영도다리'는 분명코 부산에 소재하고 있지 않은가? 이 둘은 나를 삽시간에 추억의 소용돌이 속으로 몰아가는 것이었다. 워낙 밤낮으로 매달려 있다 보니 대중 앞에서 너스레를 떨면서까지 부르는 기회도 늘어났다. 김해며 진영 노인 학교에서도 거침이 없다.

어제 저녁이었다. 나는 행여나 싶어 인터넷 검색창을 앞에 놓고 시시 껄렁한 몇 마디 말들과 장난을 치고 있었다. 문득 생각나는 '쌍고동 울어다오 징소리도 울어다오' 16자를 두드려 넣었는데, 그만 놀라자빠질 내용이 뜨는 게 아닌가? 김용만 노래·1970년 발매·부산 마도로스! 당장에라도 악보로 옮길 수 있을 것 같았다. 4/4박자 트로트, 어디서 반 박자를 쉬고 들어가야 될지도 가늠이 되었다. 글쎄 한 85점? 그 정도 소화가 가능하다면 내 10년 소원이 엉뚱한 계기로 이루어진 셈이다.

나는 숫제 거드름을 피워 보았다. 온몸으로 노래를 부르며…… 쿵자리작작 삐약삐약, 야호! 할아버지의 돌출 행동에 놀라지도 않고 평소처럼 손자 종빈이는 덩달아 박수를 보낸다.

만 하루가 지난 지금 이 순간까지도 나는 흥분을 억누르지 못한 채다. 거듭 강조하지만 대단한 수확이다. 아니 정신적 자산이다. 부산의 어느 누구도 모르는 노래 '부산 마도로스'를 이제 언제 어디서나 내가 부를 수 있지 않은가?

다시 내가 세 번째로 부산 노래를 취입한다면 설사 비용이 일부 더 들어가더라도 이 '부산 마도로스'만은 생음악 반주를 통해 부르고 싶다. 그보다 먼저 조갑제 기자의 강연장에서 4백 명 원로들을 앞두고 선보이면 공식적인 데뷔(?)의 의미일지 모른다. 2월 말이다. 김종환 대표가 놀라는 모습이 기대된다. 내침 김에 '부산 마도로스' 2절까지 불러보자.

♪♬ 꽃구름 피어다오 무지개도 피어다오/ 갈매기 춤을 추는 태평양 항로/ 이별이 서러워서 부디부디 잘 있소/ 부산의 부산의 마도로스 파이프/ 이것이 순정이다 선물로 주마♬♪

40계단 관계자에 의하면 부산 노래가 마흔 곡 가깝다던데 이제 부를 수 있는 스물 둘. 성에 안 찬다. 이 겨울 방학, 시내에서 가장 많은 자료를 가진 해양대학교 박명규 교수라도 만나야지. 세속적이라는 폄하를 받을지언정 '부산 노래'에 대한 기득권(?)을 좀 더 강화시키고 싶다.

'권주가(勸酒歌)'를 옆구리에 끼고

♬♪ 오늘은 그만하려 했는데 작심하며 그만두려 했는데/ 한 잔 술이 또 한 잔 술이 거나하게 취하는구나/ 그래 그래 한 잔 술로 꾹꾹 누를 수만 있다면/ 그래 그래 취해 보려 툭툭 털어 버릴 수만 있다면/ 어이 너를 원망하랴 어찌 되다 가슴을 치랴/ 까마득히 가신 뒤에 실컷 취해 보련다/// 어제도 취하고 오늘도 취하고 매일 매일 취하는구나/ 한 잔 술이 또 한 잔 술이 내 가슴을 태워주누나/ 술아 술아 좋은 술아 촉촉이 젖고 싶구나/ 술아 술아 좋은 술아 철철 넘치고 싶구나/ 그런 저런 사연을 겪고 거시기가 떠나간다네/ 애간장을 녹인 술아 어디 한 번 취해 볼거나 ♬♪

김성한이 부른 '권주가'를 듣고 있다. 아니 배우려 애쓴다. 가사가 구구절절 가슴을 저미고, 멜로디에 향수 같은 한조차 맺혀서일까? 다행히 비교적 단순하여 며칠 안에 소화해낼 수 있을 것 같았다. 그렇게 시간 가는 줄 모르고 나는 누웠다 일어났다 하면서 컴퓨터 앞에서 하루를 꼬박 보냈다. 마침내 내가 취한 듯한 착각에 빠졌을 저녁 열 시가 넘어서야 오늘 특별한 일과를 마감할 수 있으려나 보다.

그제 나는 H교육 위원과 B문화 원장, A구포 2동장, B수필가 등과 저녁 식사를 함께 했다. 반주로 술 한 잔씩을 따르면서 나는 권주가를 불렀다. 소리 높여. ♪♫ 잡으시오 잡으나시오 이 술 한 잔을 잡으나시오/이 술은 우리 모두가 어깨를 겯는 동맹주(同盟酒)요♫♪

물론 내가 가사를 바꾼 것이다. 우리 넷이서 의기투합하여 할 일이 있어서 그걸 한 번 다지자고 해서 한 노릇인데, 좀 넘쳤는지 모르겠다. 뭐가 그래 그 모임이 대단하다고 동맹이 어쩌고저쩌고 했을까. 본래 권주가는 '♫♪… 이 술은 술이 아니라 먹고 놀자는 동배주(同杯酒)요♫'로 끝난다.

동배주란 신랑 신부가 하나의 잔으로 같이 술을 마시는 것을 말하는 것이니, 당연히 그 결과야 잠자리로까지 이어지는 것이리라.

그리고 보니 이번에 내가 파격을 하나 선택한 셈이다. 동맹과 동배에는 엄청난 격차가 있으니까. 다음에 뜻 맞는 사람끼리 만난 자리에서 나더러 권주가를 부르라면, 나는 '혈맹주'를 택하리라. '겯다'보다 실감나는 동사 하나를 골라 대체시키기로 하고.

어쨌든 두 권주가는 극명하게 대비가 된다.

전자는 마치 알코올 중독자라도 된 듯한 어느 남정네가 가슴을 치며 떠난 임을 못 잊는 절절한 심경을 담은 것일까? 눈물이라도 쏟아질 것 같다. 권주가가 권주가다워야 한다는 절박한 심정에 다다를 때 제대로 배워서 어느 술자리에서 쏟아 놓고 싶다. 다행히 며칠 안에 익힐 수 있으리라는 자신감이 생긴다.

후자는 대신 여유가 있다. 실제 내가 술자리라면 빠지지 않고 목청을 돋우었던 '동배주'('동맹주' 이전의)는 노인 학생들한테서 배운 건데 부끄럽게도 동배주의 뜻조차 근래에 알았으니 부끄럽지만. 약간은 혼란스러운 표현인데 그래도 어느 술자리에서든 내 입에서 마구 튀어나오는 권주가다. 그래서 나는 쇠양배양하다는 소릴 듣는다.

　어쨌든 내친 김에 권주가 하나 더.

　♫♫ 울도 담도 없는 집에서 시집살이 삼 년 만에/ 시어머니 하시는 말씀 얘야 아가 며늘아가/ 네 낭군 올 터이니 진주 남강 빨래 가라/ 진주 남강 빨래 가니 산도 좋고 물도 좋아/ 우당탕탕 빨래하는데 난데없는 말굽소리/ 고개 들어 바라보니 하늘 같은 갓을 쓰고/ 구름 같은 말을 타고/ 못 본 듯이 지나더라/ 흰 빨래는 희게 빨고 검은 빨래 검게 빨아/ 집이라고 돌아오니 사랑방이 소요(騷擾)하다/ 시어머니 이르기를 얘야 아가 며늘아가/ 네 낭군이 왔더구나 사랑방에 나가 봐라/ 사랑방에 나가 보니 수십 가지 안주에다/ 기생첩을 옆에 끼고 진주 낭군 '권주가'라/ 깜짝 놀란 며늘아기 못 본 듯이 물러나와/ 아홉 가지 약을 먹고 목매달아 죽었도다/ 이 말 들은 진주 낭군 버선발로 뛰어나와/ 왜 이럴 줄 내 몰랐네 사랑 사랑 내 사랑아/ 화류 정은 삼 년이고 본댁 정은 백 년인데/ 내 이럴 줄 왜 몰랐나 오호통재 애고지고/ 너는 죽어 꽃이 되고 나는 죽어 나비 되어/ 푸른 청산 찾아 가서 천년만년 살고지고/ 어화 둥둥 내 사랑아 어화 둥둥 내 사랑아 ♫♪

　우리 할머니들이 부르던 '진주 난봉가'란다. 도중에 권주가가 나오는 데 무슨 내용이며 가락이 어떤지 궁금할 수밖에. 행여 이 술은 술이 아니라 먹고 놀자는 동배주라? 하기야 벌건 대낮에 기생첩과 삼 년 만에 돌아온 낭군이 대놓고 정사(情事)를 벌이겠다니, 본댁(本宅) 어찌 목인들 안 매고 배기랴. 몰락한 양반 아들이 수십 가지 안주에다 기생첩이라면 황당하기 이를 데 없는 이야기지만.

　그래도 너는 죽어 꽃이 되고 나는 죽어 나비가 되겠다는 고백이라,

이 노랠 제대로 배워서 노인 학교에서라도 부르고 싶다. 내가 좋아하는 '뱃노래'에도 이와 비슷한 가사가 있었지. ♪♫ **임은 죽어서 벌 나비 되고요 나는 죽어서 돛대선 되잔다/ 어기야 디야차 어기야 디야 어기 여차 뱃놀이 가잔다♪♫**

이제 내 나이 내일 모레 일흔이어서, 잔자누룩하게라도 지난 날 되돌아보는 게 버릇이다. 1년 고스란히 보내 봐야 혼자 마시는 술이 소주 한 병도 안 되는 무지렁이. 단 한 번 대취하여 여봐란듯이 거리를 활보해 보지도 못한 주제라, 어디 쥐구멍이라도 있으면 숨고 싶다.

아내 또한 술이라면 질겁하여 달아나기 바쁜 터라, 평생 동배주 마시고 후사(後事) 한 번 도모해 보지 못했다. 어찌 무미건조의 대명사란 소릴 듣지 않고 살아올 수 있었으랴.

그래도 권주가가 있어 좋다. '동배주'는 아니 될 테지만, '동맹주'나 '혈맹주'는 어디에서든 가능할 것이다. 꿩 대신 닭이라 했고, 술보다 더 취하게 하는 권주가로써 좌중을 압도할 수 있다면? 욕심내어 더 나가지 말고 적어도 김성한의 흉내는 내어 보자는 각오다. ♪♫ **오늘은 그만 하려 했는데 작심하여 그만 두려 했는데……애간장을 녹인 술아 어디 한 번 취해 볼거나♪♫**

'진주 낭군'은 거두절미하자. 다만 기생 첩 옆에 끼고 대낮부터 방탕한 짓거리에 놀아나다 졸지에 본댁 잃은 사내의 꼬락서니로 스스로 변모하여 (벌)나비의 심경으로 돌아가 봤으면…….

권주가, 그걸 옆구리에 끼고 바깥출입을 하는 시대가 올지도 모르는 일 아닌가? 왜 이렇게 가슴이 설레는지 이유를 짐작할 수 없을 따름이다.

'가거라 삼팔선아'

지난 주 토요일 오후 2시부터 20분 조금 넘게까지 부산일보사 대강당. 400명 조금 넘은 원로들이 모여 앉았었다. 나는 고르고 골라 인쇄한 '삼팔선의 봄', '가거라 삼팔선아', '전우야 잘 자라' 등을 들고 앞자리를 차지했고. 그걸 미리 입구에서 나누어 주었으니 여기저기서 흥얼거리는 소리가 들릴 수밖에.

그래도 무대라는 건 약간의 긴장감을 불러일으킨다. 소개가 끝나고 나는 마이크를 잡았다. 서막은 역시 우스갯소리다. 양념이나 감초가 따로 없다. 입을 열려 하는데 같은 아파트에 사는 정운식 형님의 모습이 보이지 않는가? 그는 저 유명한 윤필용 장군과 친구이자 6·25때 참전한 용사다.

나는 그를 소개했다. 별다른 거창한 뜻이 있어서가 아니다. 장가 가서 처가에서 노래를 시켜서, 뜬금없이 '전우야 잘 자거라'를 불렀다는 일화는 금곡동 사람이면 거의 안다. 게다가 그와 내가 만나면 어디서든 장소쯤 아랑곳없이 목소리를 높인다. ♪♪**전우의 시체를 넘고 넘어 앞으로 앞으로/ 낙동강아 잘 있거라……♫♪**

여기저기서 폭소가 터졌다. 수업으로 치면 도입 단계는 성공이다 싶어서 그런지 그제야 마음이 편안해졌다. 그래서 그런지 '전우야 잘 자라'는 기가 막히게 맞아 떨어지는 것이었다.

그러나 '가거라 삼팔선아'에서 나부터 꼬이기 시작하는 걸 느끼기 시작한다. 무엇보다 첫 소절이 틀려 버리는 게 아닌가? 두 박자를 한 박자로만 끝내다 보니 400명 박수 장단과 일치할 턱이 없다. 일순 당황하여 바로 잡으려 했지만 이미 엎질러진 물이다.

아차, 내가 아직도 환상에서 헤어나지 못했구나 하는 자성에 빠졌다. 지난 20여 일 동안 하루에 열 번도 넘게 연습했으니 '삼팔선의 봄'을 통해 400명 대중의 정서와 호흡이 완전 맞아 떨어질 줄 알았는데, 이건 아니지 않는가? 경망스럽게도 노래의 맛을 더욱 살리기 위해 특유의 비음(鼻音)을 선보이기까지 했었는데.

한숨이 나왔다. 황망 중에 내린 결론은 아무리 대중가요지만 한 곡을 제대로 부르려면 수십 번 갖고는 불가하다, 적어도 백 단위로 올려야 맛깔스런 작품(?)으로 빚어낼 수 있다.

귀가하여 다시 나는 '가거라 삼팔선아' 구석구석을 처음부터 샅샅이 훑기 시작한다. 1946년 발매/ 이부풍 작사/ 박시춘 작곡/ 남인수 노래/ 내가 가진 희귀본 가요집 맨 처음 수록/ 4분의 2박자 트로트/ 얼토당토 않은 구절―특히 청승맞은―이며 가사가 수두룩하고/ 높낮이가 극심······.

망설일 여유나 명분도 없이 노래를 부른다. 하루에 열 번이 아니라 그 다섯 배쯤 '가거라 삼팔선아'와 더불어 산다. 자나 깨나 앉으나 서나. 심하면 밥 먹으면서도 흥얼거려야 직성이 풀린다. 김철 시인이 영역(英譯)하여 보내 준 가사는 갖고 있지만 본격적으로 거기 접근하는 건 아직은 무리인 듯싶다.

두렵기도 한 게 저음(低音)이다. 시원찮지만 혼신의 힘을 쏟아 취입한 CD를 통해 내 목소리를 들어보니, 그 부분에서 고개를 절레절레 흔들고 싶었는데, 다시 삼팔선의 봄에서 그 녀석들과 맞닥뜨려야 한다? 나로선 뚫고 나가야 할 하나의 과제다. 하기야 라이브(live)니까, 듣는 사람이야 그 눈치를 채기 힘들지 모르지만.

어젠 양산 부산대 병원에 입원해 있는 전희준 선배 문병을 했다. 재활 치료실에서 그를 만났는데 생각보다 예후가 좋은 것 같았다. 나는 평소처럼 형님이란 호칭을 붙였더니 깍듯이 존댓말로 대답한다. 하대(下待)를 강요(?)하다시피 했지만 막무가내다. 어쨌거나 그의 얼굴에서 회복에 대한 신념이나 의지가 번득이는 걸 읽었다.

오래 전 그와 함께 동인회에서 의견을 달리한 낱말 하나가 머리에 떠올라서 내가 그 추억을 우스개 삼아 건네었다. '일절'과 '일체', 나는 '일절'만 부사이고 일체는 명사라고 우겨댔더니 그가 웃으면서 둘 다 부사로 쓰이기도 하는데, 전자는 부정이고 후자는 긍정과 짝을 짓는다는 얘기였었다. 그걸 기억하겠느냐는 내 말에 그는 고개를 끄덕였다.

어쨌든 만약에 옆에 아무도 없었다면 나는 차라리 그에게 노래를 불러 드렸으리라. '사랑으로'나 '친구여' 등등. 까짓 내가 사들고 간 1만원이 조금 넘는 음료수 따위에 비교할 수 없을 만큼 그가 힘을 냈을지 모른다.

대신 가고 오는 데 걸린 50분 내내 나는 '가거라 삼팔선아'을 입에 올리고 있었다. 반 박자 쉬고 들어가는 데가 서너 군데 있어 헷갈렸지만, 발걸음에 박자를 맞추어가며 활보했다. 하늘을 날 것 같은 기분이었다. 날씨도 모처럼 풀려 군데군데 멈춰 서서 손수건으로 땀을 훔치다 보니 그 너른 양산 바닥이 좁아 보였다. '가거라 삼팔선아'와 내가 물리적인 혼연일체만이 아니었다고나 할까?

'가거라 삼팔선아'가 탄생했을 때 나는 만 네 살이었다. 나보다 5년 연장인 전희준 선배는 아홉 살. 당연히 그 노래를 나보다 그가 더 잘 안다. 이른 시일 안에 같이 한 번 불러 보고 싶은 욕심이다. 공간은 부산일보 대강당. 희희낙락하다가 이윽고 시간이 되어 둘 중 어느 누가 무대에 올라서고 나머지는 객석에 그대로 남아서 박수도 하고, 열창에도 동참하는 그때가 앞당겨졌으면 얼마나 좋을까?

그러기 위해서도 나는 오늘도 '가거라 삼팔선아'와 뒹굴 것이다.

'추억'과 '회상'의 60년

65년도였던가? 같은 읍내에서 직원들끼리 모여 친목 배구 대회를 했다. 그 날은 우리 학교 운동장에서 경기가 있었다. 끝나고 내 교실에서 술자리가 벌어졌다. 마침내 노래 자랑 차례로까지 이어지는 건 당연지사. 교실 주인인 내가 먼저 테이프를 끊어야만 했다. 나는 목청을 돋우었다. ♪♬ **생각마다 그리운 그대의 모습/ 훌륭한 내 빛이여 찬란한 그대여/ 그대가 주신 선물 아름다운 내…… ♪♬**

술집 아가씨들이 아닌, 두서너 학교 여선생(님)들로부터 우렁찬 박수를 받다니, 그것도 내 교실에서! 내 어깨가 절로 으쓱거려질 수밖에. 비록 얼굴은 달아올랐어도. 내가 가수의 꿈을 버리지 않고 방황하던 걸 못마땅하게 여기던 형님도 그 자리에 있으면서-이웃 학교에 근무했다-빙그레 미소를 보내 주는 바람에 내 딴에는 더욱 신바람이 났다.

그로부터 자그마치 50년이 흘렀다. 가끔은 꿈결에서도 이 노래를 더듬어 흥얼거릴 정도였다. 특히 20대 초반의 그 시절, 지금처럼 탁성(濁聲)도 아니어서, 때로는 혼자 부르고 혼자 들으며 스스로 감미로움에 빠질 수도 있었고.

세월은 많은 것을 앗아가 버렸다. 그러나 노래와 더불어 살아 온 수십 년이었다. 게다가 근래 내 기억 속에서 사라져 가던 노래를 찾느라 애를 써 오는 중이다. 그 속에 위 노래도 포함된 것은 당연하다. 한데 아무리 많은 〈노래책〉을 뒤져 봐도 '생각마다 그리운……'은 없다. 어느 누구를 붙잡고 물어 봐도 고개를 가로젓는다. KBS의 '가요 무대'나 어떤 가요제 비슷한 데에서조차 '생' 자(字)의 닿소리 ㅅ 귀퉁이도 내보내지 않는다. 심지어는 노래라면 모르는 게 없는 초량 시각 장애 복지관 형제자매들로 곤혹스럽다는 표정만 지을 뿐이다. 그러니 노래방 기기나 책 따위에 수록될 리가 만무고.

내가 이 '생각마다 그리운'에 목을 매는 또 다른 이유가 있다. 부산중학교 3학년, 나는 그 명문(名門)에서 방황만 했다. 마침내 가출을 결심하고 이제나저제나, 차라리 애타게 그 기회를 기다리던 어느 날, 무슨 바람이 불었는지 학교에 출석하여 음악 수업을 받고 있었다. 선 채로 가곡을 가르치던 선생님이 갑자기 작심한 듯 피아노 앞에 앉더니 말하는 것이었다. 제군들, 오늘 내가 뭐 하나 선사할까?

어리둥절해 있는 우리들에게 눈이 부시도록 현란하다는 표현이 어울릴 정도의 가벼운 터치로 건반을 두드리는가 싶었다. 그런데 선생님의 입에서 나오는 노래는 너무나 뜻밖이었다. 바로 ♫♪**생각마다 그리운 그대의 모습/ 훌륭한 내 벗이여 찬란한 그대여/ 그대가 주신 선물……** ♫

이윽고 이어지는 노래, ♫♪**봄 봄 봄 봄 봄 봄 봄 봄 새 봄이 돌아왔건만/ 가신 임의 모습이 다시 그리워……** ♪♫

선생님은 다시 몇 마디 덧붙였다. 제군들, 이 중 하나는 내가 작사 작곡한 거야, 그러나 제군들은 지금 음악을 배우고 있으니 공부에만 열중하도록!

얼마 있지 않아 나는 정말 집 대문을 몰래 빠져 나와 상행선 경부선

열차를 타려다가 삼랑진 역에서 형님한테 붙들린다. 그리고 고향에 유배(?), 1년 동안 혼자서 재수하면서 이 '생각마다 그리운……'도 엄청나게 많이 불렀다. 당시는 동네에 공용으로 하나 있는 유성기로 듣기도 했는데 아닌 게 아니라 '생각마다 그리운……'과 '봄'이 SP판 앞뒤로 녹음되어 있던 것으로 기억한다. 그러던 내가 약관의 나이로 모교에 교사로 부임하고 몇 년 안 되어, 내 교실에서 그 역사적 사건을 겪었으니 어찌 감회가 없겠는가?

그런데 여전히 오리무중. 이 날 이때까지 멜로디는 그대로 재생할 수 있는데, 가사를 떠올릴 수 없었다. 거듭 말하지만, 나름대로 발버둥을 쳐도 마찬가지였다. 근래 가끔씩 만나는 같은 중학교 선배 김철 시인(영어 번역가)도 정답을 갖고 있지 않을 바에야 포기라도 할 뻔했다.

오늘 낮잠에 취해 있다가 무슨 바람이 불었는지 섬광처럼 떠오르는 게 있어 벌떡 일어나 컴퓨터를 켰다. 그리고 검색창 란에 '생각마다 그리운 그대의 모습'을 쳐 넣어 봤다. 순간 내 눈을 의심할 만한 내용이 떠오르는 게 아닌가?

나만큼 간절한 사연을 띄운 사람이 둘이었다. 그 중 하나. 1951년 피난 시절, 광복동 다방에서 라디오를 통해 듣던 노래, 그리고 80년대까지는 귀에 익숙하였는데, 90년대에 와서 그만 우리 곁에서 흔적을 감춘 '회상(回想)', 홍민이 불렀고 작곡 작사는 김성진! 이만해도 내 갈증을 어느 정도는 해소시켜 주는데, 친절하게도 가사까지 수록해 놓았다.

♬♪생각마다 그리운 모습 그대의 모습/ 훌륭한 내 벗이여 찬란한 그대여/ 그대가 주신 선물 아름다운 내 빛이여/ 고요히 걸어가며 자연을 노래하던/ 그대가 추억 아아아아 그대가 추억//어스름 달 비치는 태화

강변에/ 고요히 들려오는 옛날의 그 노래/ 추억의 하룻밤을 마음속에 새기면서/ 백사장 돌고돌아 자연을 노래하던 그대가 추억 아아아아 그대가 추억♪♫

검색창을 통해 나는 다시 '봄 봄 봄 봄……'을 찾는다. 있다, '추억(追憶)', 1954년 김양일 작사 작곡이다. 나는 여기저기서 가사를 주워 담기에 바빴다. ♪♪봄 봄 봄 봄 봄 봄 봄 봄 새 봄이 돌아왔건만/ 가신 그대 모습이 다시 그리워/ 진달래 피는 언덕 속삭이던 냇가에/ 봄이 오면 옛 추억이 새롭습니다/ 봄 봄 봄 봄 봄 봄 봄 옛 봄이 그리워라//봄 봄 봄 봄 봄 봄 봄 봄 봄 새 봄이 돌아왔건만/ 허물어진 마을에 꽃필 그날을/ 들장미 꺾어들고 노래하던 그 옛날/ 애달픈 그 모습은 간 곳이 어디/ 봄 봄 봄 봄 봄 봄 봄 옛 봄이 그리워라♪♫

나는 환호작약하지 않을 수 없었다. 50년 만에 너무나 간단하게 그리고 쉽게, 문명의 이기를 통하여 두 곡의 노래를 다시 만난 것이다. 미심쩍어했던 시제(時制)도 들어맞다. 내가 음악 선생님으로부터 그 노래들을 들은 게, 1957년 어느 날이었으니 말이다.

나는 다시 '작사가 김양일'을 찾아보았다. 그러나 없다. 다시 세월을 거슬러 올라간다. 당시 선생님의 연세가 마흔 살쯤이었다 치면 지금 아흔? 살아 계시기도 힘들겠다. 그러나 어쨌든, 그리움이 몰려온다.

덧붙여 밝혀야 할 사실. 50년 전의 그 악동은, 일흔의 노인이 되어 부산 중고등 학교의 지역 동창회장을 맡아 가끔 모교에 들른다. 꿈만 같다. 그리고 등교하지 않던 날 내 무대였었던 화교(華僑) 거리에 자리하고 있는 시각 장애 복지관에 한 달에 한번 들러 노래를 부른다. '자(子)야 옥(玉)아 순(順)아 희(熙)야의 끝 이름자를 가졌던 내 교실에서의 그 평범한 여선생(님)들, 더러는 불귀의 객이 되고 더러는 사경을 헤맨다. 내

첫사랑을 포함해서. 섭리를 나는 이래서 다시 믿는다. 어느 새 밤이 깊었다.

이 시각 진영(進永), 인간 노무현 애창곡 '허공'

기차 통학할 때 경전선을 타고 다녔다. 모두 6년 동안이나. 결코 짧은 세월이 아니다. 당시 모자를 찢어 쓴다든가 챙을 줄였다 늘였다 하고, 몸에 착 달라붙게 바지통을 고쳐서 입고 다녔다. 유행을 따랐다고나 할까? 그런 내가 뒤에 교단에 서고 43년을 버텨냈다니, 심하게 표현해서 불가사의? 아니 그 정도는 아닌 것 같고……. 하여튼 내가 돌이켜봐도 고개를 갸웃거리게 된다.

게다가 스무 살 무렵엔 나 자신, 힘으로는 남에게 지지 않았다. 그렇다고 해서 사범학교에 다니면서 대놓고 주먹다짐을 할 수는 없어 그냥저냥 보냈지만, 이젠 세월이 흘러 그것들마저도 아름다운 추억으로 남았다. 아닌 밤중에 무슨 뚱딴지같은 폭력 이야기냐며 나무랄지 모르겠다. 하여튼 그 시절 우린 그렇게 성인으로 탈바꿈했다.

삼랑진에 집이 있었다. 자연히 기차 통학 고유의 문화(?)를 접하면서 지냈다. 이건 섬뜩한 예 중의 하나인데, 20세기파(칠성파?) 두목과 그 부하들이 구포 역에서 삼랑진 K선배에게 뭇매를 가하는 것까지 구경했으니 더 이상 말해 뭣하랴. 나도 '친구'의 엑스트라로 일찌감치 데뷔한 셈이라면, 곽경택 감독이 웃을까?

경전선, 그 여남은 역(驛) 중에서 주먹깨나 쓰는 친구들이 많은 데를 손꼽으라면 진영, 삼랑진, 구포였다. 말하자면 별난 곳이다. 구포엔 워낙 학생 수가 많은 탓으로 얼른 보아 가장 파워가 있어 보여도 실제 1:1로 맞대결을 했을 경우 최고 주먹은 삼랑진에 살았다. 절대 아전인수격이 아니다. 그게 뭐 품격 있는 일이라고, 비록 글재주가 모자라는 처지에 여기 행간에까지 빌어다 쓰겠는가? 송○만, 김○용, 박○학, 김○업 형 등이 다른 역의 또래들과 치고받는 모습은 거의 환상이었다.

그 삼랑진에서 교편 잡은 세월이 자그마치 19년이었다. 그러다가 양산을 거쳐 부산으로 전입했었다. 말이 북구(北區)지, 실상이나 내용은 구포구랄 할 수 있는 금곡동에 둥지를 튼 지 오래다. 벌써 15년이 가까워지고, 삼랑진 떠날 때 마흔 살이었던 내가, 이제 내 나이 예순하고도 여덟이니 세월이 무상하달 수밖에. 가끔은 옛날 구포 바닥에서 이름을 날리던 주먹들의 근황도 듣고 있다. '술이', '아가씨' 등이다.

그러다가 작년 4월부터 새로 인연을 맺은 곳이 진영 노인 대학이다. 더 정확하게 말하면 노인회 김해 지회 진영 분회 노인 대학. 이제 겨우 1년 반밖에 안 됐다. 하나 수업 횟수로 치면 여남은 번 훨씬 넘었다. 학생들과는 정이 들 대로 들어, 서로가 서로를 애타게 기다리는 처지라 해도 괜찮으리라. 뭐 나도 가고 싶고 학생들도 목이 빠지게 기다린다는 뜻? 그래 그 정도로 압축해서 표현하자꾸나. 그제는 어떤 여학생(노인)이 자주 왜 안 들르느냐며 주먹을 휘둘렀다. 맞은 부위는 오른쪽 팔! 가녀린 여학생의 애교에 나는 눈물겨움을 느낀다.

돌이켜보자. 63년도 전후 나는 진영에 두어 해 본격적으로 발걸음을 한 적이 있다. 저승에 먼저 간 김상수 형이 당시 대창 초등학교 교사로 근무했기 때문이다. 겨우 나이 한 살 위였지만 그는 세상사는 이치에 대해서 내게는 스승이었다. 물론 토요일 밤에 만나서 같이 자고 이튿날 오후 늦게 삼랑진으로 돌아오는 경우도 가끔 있었다. 수업을 공개해야 했는데, 준비를 진작부터 하지 않고 초라니 대상 물리듯 하다가, 그에게 가서 도움을 받은 적도 있었으니 더 말해 뭣하랴.

그게 50년 전 이야기다. 그러던 내가 진영에 다시 모습을 드러내게 되다니, 이건 '운명'이 아니라 '숙명'이다. 나는 그 두 글자를 떠올리면서 자세를 낮춘다. 까마득한 옛날 '파시'며 '미카'라는 이름을 가진 증기 기관차가 끄는 기차 칸에 몸을 실었던 시절이 아뜩히 느껴지는데, 내가 시공을 훌쩍 뛰어넘어 진영에 머무르는 것이다. 1960년대 초반 진영, 혹은 삼랑진과 구포에서 서로 스쳐 지났을지도 모를 '우리'가 어느덧 백발이 성성한 노인이 되어 만나게 되었다. 어찌 감회가 없으랴. 그렇다. 50년 세월의 총화가 가져다 준, 가늠할 수 없는 엄청난 서사와 변주의 섞바뀜 속에 나는 어리둥절해 있다고 하자.

왜 이렇게 내가 들떠 있는지 남들이 혹시 고개를 갸웃거릴지 모르겠다. 나는 서슴없이 대답한다. 인간 노무현의 체취를 진영에서 맡게 되었기 때문이다. 그와 묘한 인연이 있었다. 10년 전쯤 부산 강서구 노인 대학에서 그와 조우해서, 노래와 춤으로 노인 학생들의 분위기를 조율(?)한 적이 있었다. 그가 이승을 떠나기 며칠 전에 나는 진영 노인 대학에서 수업을 했다. 사후에도 그랬고. 1년이 훨씬 지난 지금도 거기서 목청을 돋우고 있으니, 시제로 보면 현재 진행형이다.

전직 대통령으로서의 그가 아니라, 거듭 강조하지만 비슷한 시대(46년 생이니까 나보다 네 살 아래일 것이다)에 살다간 인간 노무현을 염두에 두고 하는 말이다. 그 매체로 나는 그의 애창곡을 들먹인다. 대저 유명한 사람의 애창곡을 이야기하자면, 조심스러운 점이 없지 않다. 더구나 한 나라의 대통령을 지낸 분임에랴. 한갓 허섭스레기로 치부하는 빌미가 될까 봐 염려스럽기도 하다.

그의 애창곡은 서너 가지로 압축된다. '임을 위한 행진곡'이나, '외나무다리', '허공' 등으로 알고 있다. 작년 5월 20일 수요일, 진영 노인 대학에서 노무현 대통령에 대한 지역 노인들의 정서를 읽었다. 한창 수사가 막바지에 치닫고 있었다. 입만 벙긋하면 그 이야기가 튀어나올 민감한 시점에, 나는 그 소용돌이 한복판에서 있었던 셈이다. 그걸 여기서 한갓 무지렁이인 내가 어떻게 전하겠는가?

5월 27일 나는 다시 진영 노인 대학에 갔다. 같은 시각, 같은 교실! 검은 넥타이를 매고 정장 차림으로 120명 앞에 섰다. 나는 칠판에 '추모 노무현 대통령'이라 크게 쓰고 노래를 지도하였다. 그의 애창곡 중 하나인 '허공', 물론 가사는 16절 용지에 크게 인쇄해서 갔다. 교실이 떠나갈 듯한 그 열창(?)의 의미를, 내가 아무리 인두겁을 썼지만 설명할 수 있으랴. 여기서 거듭 불러 본다, '허공'을. ♬♪ **꿈이었다고 생각하기엔 너무나도 아쉬움 남아/ 가슴 태우며 기다리기엔 너무나도 멀어진 그대/ 사랑하는 마음도 미워하는 마음도/ 허공 속에 묻어야만 될 슬픈 옛 이야기……** ♬♫

다만 그 처연한 느낌은 현장이 있었던 사람만 알 거다. 그러고 나서도 몇 번이나 그 노인 대학엘 다녀왔다. 한 팔을 뻗으면 바로 닿을 만한 곳에 있는, 소년 노무현이 다니던 대창 초등학교에도 그때마다 들렀다.

지난 9월 초, 나는 다시 진영 노인 대학에 수업을 하러 갔다. 1학기가 지나고 나서 처음이니까 몇 달 만이다. 역시 120명, 작년 그 차림새대로 나는 노인 학생들 앞에 서서 '허공'을 터뜨렸다. 당연히 '노무현 대통령 추모'의 뜻이 담겼고, 칠판에도 그렇게 썼다. 세월은 변화를 가져온다.

그 동안 어쩌면 쉬쉬하는 것 같은 느낌을 주던 노인 학생들 중 몇몇은, 부엉이 바위에서 추락 지점까지의 그 찰나에 휩쓸린 '허공'의 뉘앙스를 묘하게 표현했다. 하지만 아직은 그런 걸 내 입으로 전하다니 언어도단이다.

이쯤에서 삼랑진과 구포 그리고 진영에서의 내 삶의 궤적이 얽히고설킨 묘한 함수 관계라는 걸 체감한다. 아직은 그 매듭을 푼답시고 열 손가락을 갖고 꼽을 시점은 아닌 것 같다. 다만 앞으로도 내 체력이 닿는 한 진영 노인 대학엔 드나들 테고, 자의가 아니라도 인간 노무현에 대한 여러 가지를 접하게 될 테니 약간은 두렵다고나 할까?

어디 진영뿐이랴. 내 퇴옥(退屋)은 구포에 있고, 삼랑진엔 평화의 마을과 성당 노인 대학이 있어 자주 오르내린다. 그렇다. 환상의 삼각주(三角洲). 결국 그 세 곳의 언저리를 맴도느라고 바쁜 일상을 보내는 것도 괜찮겠다. 이 시각, 거울을 보니 나도 늙었구나.

천박(?)과 '저급'을 마구 흩뿌릴지언정

나는 4라는 숫자가 좋다. 자다가도 벌떡 일어나게 하는 게 바로 4다. 2곱하기 2도 4다.

4를 만약 한자로 '사(死)'를 쓰는 경우를 상정할 수 있다. 이른바 '죽음'이다. 그 자체를 두려워하지 않는 것은 내게는 이미 기정 사실, 워낙 많이 죽어봤기(?) 때문이다. 지금 이 순간도 이승에 대한 미련은 남들에 비해 상대적으로 크지 않다. 다만 한 가지 아쉬운 게 있는데, 그걸 못 이뤄도 '덤으로 사는 인생 운운'의 상투적인 표현으로도 능히 상쇄시킬 수 있고말고. 4와 사(死)? 연상(聯想)의 매체이긴 하다.

대중가요에 트로트라는 게 있다. 한참 품격이 떨어지는 가사에 애절한 가락을 붙여 만듦으로써, 세파에 찌든 장삼이사들을 노래방으로 몰고 가는 원인이기도 한……. 여기서 트로트의 개념을 옮겨 보자.

트로트는 '빠르게 걷다' 혹은 '바쁜 걸음으로 뛰듯 한다'는 뜻의 연주 형태인, 폭스 트로트에 바탕을 두었다는 이론에 우선 눈이 간다. 그런가 하면 일제 강점기인 1920년대 말, 일본의 '연가(演歌)'가 유행함으로써 그 영향이 끝내 우리 가요와 얽히고설킨 끝에 우리 독창적인 가요와 접목된 장르로 보기도 한다나? 뽕짝으로 폄훼되기도 했다. 이미 거기 젖어

든 우리가 그걸 붙잡고 왈가왈부하는 건 격에 맞지 않다.

어쨌든 내가 애장품 정도로 여기고 있는 ≪한국 가요≫라는 비교적 고본에 속하는 책을 뒤져 보자. 그 첫 페이지에 '가거라 삼팔선'이 나온다. 이부웅 작사/ 박시춘 작곡/ 남인수 노래/ 1946(?)년 발매. 여기서 나이 든 사람끼리라도 소리 높여 한번 불러 보자. ♬♪**아 아 산이 막혀 못 오시나요/ 아 아 물이 막혀 못 오시나요/ 다 같은 고향 땅을 가고 오련만/ 남북이 가로막혀 원한 천릿길……♬♬**

2/4박자다. 강 약 강 약, 쿵 작 쿵 작.

다섯 장을 넘기면 '가슴 아프게'다. 이 노래를 모르면 1960년대 이후 이 땅에 산 사람이 아니다. 그만큼 알려진 노래다. 역시 트로트, 4/4박자다. 남진의 흉내를 내어 보자. ♬♪**당신과 나 사이에 저 바다가 없었다면/ 쓰라린 이별만은 없었을 것을/ 해 저문 부두에서 떠나가는 연락선을 / 가슴 아프게 가슴 아프게 바라보지 않았으리/ 갈매기도 내 마을처럼 목메어 운다♬♪**

작사가 정두수의 시대감각이 약간 의심되게 하는 노래이긴 하지만('연락선'은 광복과 더불어 우리 역사에서 사라지고 없다), 헤어진 하 많은 연인들의 가슴을 저몄다는 게 맞는 표현이리라.

나 자신을 아무리 치켜세워 봐야 남들이 안 알아준다. 트로트 그러니까 2/4박자 혹은 4/4박자인, 이 태생적인 이 슬픈 노래를 너무 좋아한다는 게 이유 중 하나다. 그런데 나와 줄곧 더불어 살아온 트로트가 어림잡아 1백 곡이니 어쩌랴. 〈한국 가요〉 책장을 넘겨가며 세어보는 보는 재미도 쏠쏠하달 수밖에.

그건 그렇고. 나는 근래 이런 생각을 해보았다. 내가 만약 초등학교에서 43년을 근무하지 않았었더라면? 얼핏 머리에 떠오르는 첫째 대답이 악보를 볼 줄 몰랐을 거라는 가정이다. 일흔이 가까울 때까지 이어온 건조한 삶에 부채질하는 그런 꼴이 되었을지 모른다. 거꾸로 말해 보자. 악보를 보고 흥얼거릴 수 있는 그 같잖은 능력 하나가 여럿 앞에서 고개를 들게 하기도 한다.

거슬러 올라가 병상에서 사투를 벌일 때 이야기. 70명의 의사 중 두서넛이 120번을 오르내리는, 말하자면 빈맥(頻脈) 증상을 보이는 내게 심호흡을 적극 주문했다. 설명해 보자. '하나 둘 셋 넷' 하면서 아랫배로 숨을 들이마시고, '편안하다'는 다짐(?)과 함께 날숨이다. 콧구멍 앞에 깃털을 대어도 흔들리지 않을 정도로 아주 천천히. 햇볕이 따스하게 내리쬐는 강가 모래밭에 누워 있다는, 말하자면 이 세상에서 가장 편안한 몸과 마음의 상태라고 스스로 다짐하면서. 그걸 일과로 삼을 때도 있었다. 물론 효험이 있었으니 지금 건강하지 않은가? 생로병사의 사고(四苦) 중 마지막 하나와만 멋진 씨름을 하면서 먼지로 돌아갈 수 있다고 줄곧 느꼈다. 지난 그 시절을 생각해 보면 미소가 나온다. 아름다웠다? 그런 의미로도 해석할 수 있겠지.

일흔을 두 해 앞두고 나는 여전히 번잡을 떤다. 초로답지 않게 동에 번쩍 서에 번쩍, 발이 땅에 닿지 않을 정도로. 아침에 밀양에서 만난 사람과 느지막한 오후, 부산 역 대합실에서 다시 맞닥뜨리고 물금 시장 바닥에서 국수를 먹는 일도 있다. 물론 녹초야 되겠지, 그렇다고 해서 사치스러운 택시를 이용하는 것도 아니다. 죽으나 사나 주로 지하철이다. 다섯 자 다섯 푼, 겉보기에도 초라한 육신은 그 공간의 체취와 숨소리조차 좋으니 어쩌랴.

의자에 앉으면 나는 ≪우리말 사전≫부터 펼친다. 이미 형광펜으로 여기저기 밑줄을 긋고 메모한 흔적이 본문과 섞여 어지럽다. 나 같은 것도 문인이라면 바른 말, 고운 말, 아름다운 말을 원고지에 옮겨야 하는데, 천학비재한 탓으로 그게 여의치 않아 택한 몸부림이다.

얼마 전부터 사나흘에 한 번쯤은 ≪가요 책≫을 들고 지하철을 탄다. 1,581쪽에 1천 곡이 넘는 대중가요가 수록되어 있다. 정말 기가 막히게도 그렇게 애타게 찾아 헤매던 '안개 낀 목포항'도 나온다. ♩♪유달산 기슭에 해가 저물면/ 영산강 찾아가는 뱃사공 노래/ 떠난 임 기다리는 눈물이더냐/ 안개낀 목포항에 물새가 운다······ ♩♬

좌절의 시절에 목메어 부르던 노래. 역시 2/4박자 트로트, 유춘산 노래, 1952년 발매.

그러던 어느 날, 서면까지 볼일이 있어 나가는 중 심호흡을 하면서 '안개 낀 목포항'에 매달려 있었다. 그렇다고 해서 전동차 안에서 소리 내어 노래를 불렀다는 얘기는 아니고. 의사 몇의 모습이 환상처럼 떠올랐는데, 글쎄 나는 그들이 내게 뭔가 부추기는 듯한 착각에 빠졌다. 여기서 감히 재현을 해 본다. '유달산 기슭에/ 해가 저물면'에서 / 앞까지의 4박자, 숨을 들이쉬면서—복식 호흡—소리 없이 연주(?)한다. '해가 저물면'에서는 반대로 날숨. 의사의 의견과 접목시키면 들숨 동안의 네 박자는 하나 둘 셋 넷에 해당하고 날숨 네 박자는 '편안하다'와 맞먹는다.

40분 동안 마치 정신 빠진 사람처럼 그러고 앉았는데, 서면에 닿기도 전에 내 기분은 하늘을 날 것 같았다. 무척이나 아플 때 진통제를 맞고 나서 느끼는 그 편안함과도 비유할 수 있는.

세상엔 어울리는 게 더러 있는 모양이다. 다만 드러나지 않을 따름이지. 얕잡아 보이기 일쑤인 트로트의 2박자 혹은 4박자가 '소리 없는 노래'의 복식 호흡과 짝을 이루었다? 마침내 그 조합이 내 일상과 접목되기 시작한 몇 달 동안 나는 우연만하다는 말에 실감을 갖는다.

어찌 앉아서만 그 소중한 일을 하겠는가? 밥을 먹으면서도 거리를 걸으면서도 극성스럽다는 자평을 간단없이 내면서 트로트와 호흡 삼매경에 빠진다. 잠자리에서 두말할 나위도 없고. 때문에 트로트는 천박하고 저급이라는 그런 느낌이 엄청나게 줄어들었다.

어제는 밀양 노인 학교에 수업하러 갔다가 내려오면서 '죄 많은 내 청춘'을 입에 담았다. ♬♪**청춘아 내 청춘아 죄 많은 내 청춘아/ 하룻밤 그 고개를 넘은 것이 한이 되어/ 죄 없는 그 사람을 못 쓰게 하고/ 보고도 못 본 체로 돌아서는 내 청춘을 꾸짖어 본다// 청춘아 내 청춘아 죄 많은 내 청춘아/ 못 만질 그 가슴을 만진 것이 한이 되어/ 봉오리 그 사람의 청춘을 뺏고/ 비웃고 뿌리치며 다시 찾는 내 청춘을 달래어 본다♪**♬

작사가? 밝히지 말자. 다만 가수는 내 콘서트에 우정 출연했었던 남백송 선배다. 그에게는 미안하지만 진짜 격(格)이 없는 노래다.

그런데 이상하다. 4박자 복식 호흡은 몇 십 분이나 계속되고(2/4박자 두 마디면 4박자다), 마음은 한없이 편안한 것이다. 나는 속으로 허허 웃었다. 천박과 저급, 내가 그걸 꼬집을 자격이 있는 공인이기라도 한가? 고개를 갸웃거리면서 계속 걸었다. 그리고 '죄 많은 인생'에다 몇 곡을 보태어 흩뿌렸다. 노인 학교에서 친구 천무룡 형의 승용차와 무궁화 열차 안에서도.

문득 인생이 아름답다고 느껴졌다. 트로트 몇 곡으로 거두는 게 만만찮으니. 가을 하늘이 유달리 드높았다. 트로트, 나는 2/4 혹은 4/4박자 '하나 둘 셋 넷'과 '편안하다'는 의사의 처치보다, 훨씬 윤택한 들숨과 날숨을 택한다.

드센 팔자 이야기 중에서

한마디로 내 팔자는 드세기 이를 데 없다. '전인미답(前人未踏)'이 적절한 인용이나 비유가 될지 모르겠다. 노래를 통해서만 참으로 희한한 체험도 더러는 했으니까 고백하는 것이다.

소년기에 나는 드잡이를 쳐서 남의 마음 다치게 하기 일쑤였다. 같은 성(性)끼리는 그렇다손 치더라도, 또래의 건넛마을 소녀들에게 이상한 몸짓을 하고 부른다는 노래가 이런 것들이었으니. ♬♪**조놈의 가시나 조래도 뱃가죽은 얇아도 동지 팥죽은 질긴다(즐긴다)♪♫**

응답(?)도 당연히 그런 수준이었다. 아닌 밤중에 홍두깨도 유분수지, 왜 그런 동지 팥죽 타령이 개울을 사이에 두고 오갔는지 이유를 알 수가 없었다. 사흘에 피죽 한 그릇 겨우 챙기던 그 시절, 1년에 한번 새알심을 세는 기다림을 두루뭉술하게 드러낸 것이라고나 할까?

그때의 소년 소녀 중 이미 고인이 된 사람도 많아, 가끔은 그로 인해 무상을 느낀다. 나도 이제 예순 아홉을 치닫고 있어, 과거사(過去事)는 이드거니 쌓였나 보다 하는 자책감에 빠지기도 한다. 사흘돌이로 아프던 몇 년 전의 모든 질곡도 이젠 추억으로 남는다.

초등학교를 졸업할 무렵, 나는 아버지가 열고 계시던 야학에서 명심보감을 공부하고 있었다. 견선여갈(見善如渴)하고, 문악여롱(聞惡如聾)하라, 즉 착한 일은 목마르듯이 찾아 하고, 악한 일일랑 아예 듣지도 말라.

그 무렵에도 내가 부르던 노래. ♬♪조놈의 엿장사(*엿장수) 좀 바라(봐라)/ 하루 종일 다녀도 엿 한 자루 못 팔고/ 옻나무 그늘 밑에서……(다음 가사는 못 적겠다.) ♬♫

그러던 내가 홀로 유학(遊學)을 떠난다. 영남 최고 명문인 부산 중학교(경남 중학교와 쌍벽)에 당당 합격한 것이다. 그래도 참 못돼먹은 노래들을 기차 통학하면서 배웠다. 여기 못 적는 것은 민망해서다. 가출 직전에 붙잡혀 아버지와 엄마 곁에서 다시 1년 머물며, 노래만 불렀다. 개사(改辭)는 내 특기!

우여곡절 끝에 특차(特次)인 사범학교에 들어갔다. 역시 기적 소리를 들으며 삼랑진에서 오르내렸다. 3학년 무렵이었던가? 우리 또래는 이 노래에 심취(?)하였다. ♬♪삼베 가다마이 걸쳐 입고/ 서울 가는 뺑돌이 요놈아/ 새끼 넥타이를 목에다 걸고/ 짚신 구두 신고 가는 뺑돌이/ 유리 없는 안경에다 사팔뜨기에…… ♪♫

가수 도미가 취입한 '청춘 브라보' 가사를 익살스럽게(?) 바꾼 것이다. 졸업하면 바로 현장에 투입될 예비 교사가 그 얄궂은 노래를 부른다? 물론 이치로 따져봐서는 천부당만부당이다. 그러나 외면만 하다가는 따돌림이라도 당했으리라. 그래도 앞의 몇 곡보다는 격이 높다.

이윽고 교사 발령을 받고 나서 술집에 가면 이 노래를 버릇처럼 입에 달았다. '이별의 부산 정거장'. ♬♪서울 가는 보소 김씨요/ 외상값이나 갚고 가소/ 밑천 없는 이 장사에 식구가 열 명 아니가/ 외상을 먹는 것도 한두 번이지/ 어느 때 영자 씨와 마주앉아서/ 술 한 되 과자 한 근을 웃어 가면서 먹지 않았소/ 외상값이나 갚고 가소 마♪♫

폭소를 참을 수 없었다. 술을 거의 못 마시는 내가 생각해 봐도, 남녀가 한자리에서 술-소주려니 싶다-한 되와 하필이면 과자 한 근일까? 한국 전쟁 후에 우리가 겪은 시대상이라 해도 과언이 아니리라.

이런 충격적인 이야기를 늘어놓는 내 공부는 어느 정도? 자타가 공인하듯이 곧잘 했다. 초등학교 6년 우등. 중학교 3년 초까지 605명 중 6등, 사범학교 졸업 시 5/120. 그러니 나보다 더 험하게 학창 시절을 보낸 친구들의 노랫말은 더욱 더 거칠었으리라. 짐짓 남에 복정을 씌우기 위해 이러는 게 아니다. 양심선언이라 해도 좋다.

그런 과거사에 비하면 지금 내가 더불어 지내는 노인들과의 '아침에 우는 새'의 한 소절에서 훈향이 난다. ♫♪**오동나무 열매는 왈각달각 하고요/ 큰아기 젖가슴은 몽실몽실하다/나냐 너냐 너냐 두리둥실 안고요/ 낮이 낮이나 밤이 밤이나 참사랑이로구나♪♫**

젖가슴 모두가 쪼글쪼글한데 몽실몽실 어쩌고저쩌고라니 폭소를 동반하고도 남는다. 애교가 철철 넘치는 현장이 그 곳이다. 27년 동안이나 그래왔었다.

근래 나는 내 드센 팔자의 클라이막스를 체험했다.

그제 복지관 창립 26주년 축하 노래 자랑 대회 등에서 어느 가족이 토해낸 한이 맺힌 노래, 그 가사를 우선 여기에 옮긴다. ♫♪**눈보라가 휘날리는 밤 촉촉한 이불 밑에서/ 빤쯔(*팬티) 벗고 이를 잡는 홀아비 신세/ 큰 이는 외출가고 째가리만 보초 서느냐/ 넓적다리 싹싹 긁으며 이를 잡는 홀아비 신세♪♫**

곡? 현인의 '굳세어라 금순아'에 맞춘 것이다. 복지관에서 처음엔 무척이나 당황하였다. 바로 아래가 바로 성전(聖殿)인데 싶어서였다. 만약 신부님이나 수녀님이 때맞추어 거기 계신다면? 그런 낭패가 없을 것 같았다.

그런데 정작 그는 너무나 천연한 표정이다. 일부러 시치미를 떼는 게 아니라 내면에서 우러나는 희열이 그대로 얼굴에 드러나는 순간이었다고 하자. 그뿐이 아니다. 나머지 가족들도 한결같이 박장대소하며 몽땅 그 분위기에 휩쓸리는 데야, 내가 항우장사라 한들 속수무책일밖에. 나아가 나도 이제 거기 합류할 지경에까지 이르렀다.

65년도 전후에 군대에 몸담고 있었던 대한민국 초로들에게 묻고 싶다. 모두가 아는 이 '변종(變種) 굳세어라 금순아', 그 따위와는 담 쌓고 살았었노라고 장담할 수 있느냐고. 그건 자기에 대한 기만이다.

하여튼 그런 날 복지관에서 귀가하면서 나는 항상 이런 생각을 한다. 후천적으로 시력을 잃은 형제자매들에게 사람 얼굴을 그려 보라 한다면, 대강의 형상을 나타내는 데까지는 가능하리라. 그러나 선천적일 경우? 아서라 상정하지도 말자. 그야말로 갈팡질팡할 따름, 그런 잔인한 주문이 어디 있겠는가? 하물며 눈꼽보다 작은 '이'랴. 그들에게 '이'는 실체가 없다.

나는 내 드센 팔자 이야기에 가끔 스스로 귀를 기울인다. '가시나와 동지 팥죽'에서부터 '십이 열차'를 거쳐 마침내 시각 장애 복지관에서의 '굳세어라 금순아' 등 여남은 곡이 일탈의 가면을 쓰고 한꺼번에 소릴 내니까 말이다. 그래도 지나간 모든 것은 모두가 아름답다. 추억이니까.

행여나 나더러 정신 나가지 않았느냐고 손가락질하는 사람도 있으리라. 이 시대에 '이'가 뭐냐고 하면서. 나는 그런 사람에게 소맷동냥이라도 하고 싶다. 시각 장애인 복지관에 가서 손뼉이라도 쳐 달라는.

지금도 초등학교 학생들 머리카락 속에 엄연히 '서캐'가 생존하고 있는 현실을 도외시한다? 차라리 빙충맞은 표정이라도 지어야 할까 보다.

그렇다고 해서 내가 '지저분한' 노래만 가까이 한 건 아니다. 두 달 전 부산 일보 대강당에서 'Oh Danny Boy'를 부르는 모습을 어느 방송국에서 녹화했다. 지금 전국 방방곡곡에 내 보내고 있는 동영상을 보면서 내 드센 팔자에 고개를 끄덕인다.

진화(進化)하는 '10월의 어느 멋진 날에'

재작년 11월 10일 '부산 어머니 오케스트라'(오충근 교수 지휘)의 삼랑진 오순절 평화의 마을 공연 때, 겁도 없이 내가 부른 노래가 '10월의 어느 멋진 날에'였다. 그것도 주로 지적(知的) 장애인인 3백 명 앞에서였으니, 글쎄 그게 어떤 의미를 지니는지 가늠하기가 어렵다. 나는 가끔 오케스트라와의 협연이라며 스스로 추켜세우는 데 반해, 남들은 개발에 편자 아니냐고 손가락질하기 예사이리라. 아니 난센스라 폄하한들 내가 뭐라 할 것인가?

현장에서의 반응은 약간 뜨거웠다고 해도 괜찮았다고 확신한다. 장애 가족들은 안면 보고 내게 박수를 보내지 않을 수 없는 그런 입장이니까.

작년 봄엔 피아노 반주에 맞춰 서면 영광 도서 문화 사랑방에서 '10월의 어느 멋진 날에'를 선보일 기회가 있었다. 어느 시 낭송 행사에 곁방석을 깐 셈이다. 음악을 아는 사람들도 더러 있었으니, 나더러 기역자 왼다리도 못 그린다며 수군대었을지 모를 일이고.

11월 말, 가톨릭 문협 시상식 무대에 나는 '10월의 어느…'를 들고 다시 서게 된다. 상을 받는 사람 둘에게 진심으로 축하를 보내고 싶어서였지만, 그 때까지만 해도 나는 악보를 보고서도 엉망일 정도였다. 무턱대고 한번 부딪쳐 보자는 심산, 그걸로 버텨냈다고나 하자.

그로부터 1년이 지났다.

날이면 날마다 노래와 더불어 살되 거의 대중가요(그것도 흘러간 옛 노래)를 입에 달고 있는 처지라—잠들어서도 그런다—'10월의 어느…'는 가끔씩 혼자서도 흥얼거리는 정도였다. 그 뒤 무슨 시 낭송회 같은 데서도 어찌된 영문인지 내게 손짓을 해 주지 않더라. 외압? 뭐 그게 전혀 근거가 없는 게 아니겠지만 설마 그럴 리야 있나. 착각이겠지. 어쨌든 내가 되레 옳다구나 싶어 포기한 게 정말 전화위복의 계기가 될 줄이야. '가거라 삼팔선아'며 '삼팔선의 봄' 등 삼팔선 시리즈로 월 1회 부산 일보 대강당 무대에 서서 4백 명 원로들 앞에서 열창하는 '고정 출연자'가 되었으니…….

그런데 신묘년 벽두부터 내게 '10월의 어느 멋진 날에'를 청한 팬(?)이 있었다. 바로 외손자 종빈이다. 자세히 들어 보니 독창이 아니다. 제가 다니는 어린이집에서 학예 발표회를 여는데, 장기 자랑 프로가 있으니 거기 우리 가족 넷이 제창을 하자는 것이다. 아마 제 할머니와 사전에 의논이 되었던 모양으로, 녀석은 노래 전에 바이올린 연주도 하겠단다.

바이올린이야 그렇다손 치더라도, 이제 만 여섯 살 되는 녀석이 '10월의 어느 멋진 날에'를 부른다? 나도 정확하게 익히지 못했는데……. 나는 적이 걱정이 되었다. 그렇다고 해서 이제 한 달 후면 우리 곁을 떠나 제 어미 아비한테 갈 녀석의 기를 죽이고 싶지는 않았다. 부랴부랴 악보와 키보드를 빌릴 수밖에.

부분 2부 중창이다. 일자가 바로 코앞에 다가왔으니 빠듯하지만, 한번 연습을 해 볼까 했다. 아내의 얼굴을 바라보았다. 아내는 안 되겠다는 눈치다. 내가 소프라노, 종빈이와 제 어미(곧 내려온댔으니까), 아내 등 셋

이서 알토 성부(聲部)를 맡아, 가족들이 넷이 모이면 어디서든 4부 중창도 가능하다는 이탈리아 이야기를 재현시켜 보고 싶었던 꿈은 그래서 막을 내린다.

그런데 나참, 이번에 희한한 사실 하나를 발견했다. 종빈이 녀석이 '10월의…'에 전혀 주눅이 들지 않는 것이다. 하기야 멋도 모르니 용감하기야 하겠지만, 건반악기로 첫 음만 잡아 주면 거리낌 없이 노래가 튀어나오는 게 아닌가. ♪♫눈을 뜨기 힘든 가을보다 높은 저 하늘이 기분 좋아/ 휴일 아침이면 나를 깨운 전화 오늘은 어디서 무얼 할까/ 창 밖에 앉은 바람 한 점에도 사랑은 가득한 걸……/ 널 만난 세상 더는 소원 없어 바람은 죄가 될 테니까……. ♪♬

끝내 우리가 녀석을 따라가는 형국이 되고 말았다. 최고로 높은 음이 '레'인데 녀석은 잘도 넘긴다. 물론 내가 짬짬이 흥얼거린 덕분이기도 하지만 어쨌든 녀석의 머릿속에 어느 새 멜로디가 입력된 모양이었다. 그러니까 틀린 부분은 모두 내 책임 아니고 무언가. 나는 허허 웃었다. 그러고 보니 내가 녀석의 팬이라는 게 맞는 말이겠다.

그렇게 극성을 떤 끝에 우리 가족이 스무 네 번째 프로그램, 피날레를 장식하게 되었다. 녀석은 용감하였다. 솔로를 이어나가는데 음정이며 박자가 덜 맞긴 하지만 걱정스런 정도는 아니다. 내가 이어 받았다. ♪♫ 가끔 두려워져 지난 밤 꿈처럼 사라질까 기도해/ 가끔 너를 보고 너의 손을 잡고 내 옆에 있는 너를 기도해/ 창 밖에 앉은 바람 한 점에도 사랑은 가득한 걸/ 널 만난 세상 더는 소원 없어 바람은 죄가 될 테니까…… ♫♬

마지막은 다 같이 장식할 수밖에. ♫♪아아아아아 아아아아아 아아아아아아/ 아아아아아 아아아아아아아 아아아아아아 아아아/ 살아가는 이유 꿈을 꾸는 이유 모두가 너라는 걸/ 네가 있는 세상 살아가는 동안/ 더 좋은 건 없을 거야/ 시월의 어느 멋진 날에♪♬

문자 그대로 대단원의 막은 그렇게 내렸다. 우레와 같지는 않았지만, 거기 버금가는 박수 소리가 안겨 주던 감격을 아직 잊지 못하고 있다. 아니 나는 오히려 지금 이 '역사적인' 노래에 더 빠져 있다. 바깥에 나갈 때는 웬만하면 악보를 집어 든다. 근래 교육청이며 세무서 은행, 새마을 금고에 다녀왔는데, 순번을 기다리는 시간 그걸 펼쳐놓고 계명창을 나지막이 한다. ♪♬미파솔도솔파 레미파레파미 도레미도라솔피솔…(눈을 감기 힘든 가을보다 높은 저 하늘이 기분 좋아……)♬♪

오른손으로 6/8박자 지휘까지 해가면서 삼매경. 문득 사범학교 시절 엄마와 아버지와 함께 논밭에 나가 농사일을 하면서, 콜위붕겐 즉 시창에 열중하던 기억이 난다. 그 시절 그런 과정을 거치지 않았다면, 내 죽음의 수렁에서 스스로를 건지지 못했을 거라는 확신도 그래서 다시 한 번 갖는다. 노래가 날 살렸다는 사실 차원에서의 강조다.

'10월의 어느 멋진 날에'. 참 좋다. 나는 한 번도 그 연속극을 보지 못했어도, 시크릿 세레나데의 주제 음악이라 했던가? 세레나데라니 소야곡이다. 즉 밤에 애인의 집 창가에서 부르거나 연주하는 사랑의 노래! 내가 대중가요에 사족을 못 쓰는 위인이기 때문인지 모르지만, 퍼뜩 떠오른 게 남인수의 '애수의 소야곡' 따위다. 그렇듯 슈베르트의 세레나데 근처에도 못 가는 내가 '10월의 어느……'와 어쩌고저쩌고 하는 건 무슨 억하심정(?)에서일까?

나는 이 순간에도 악보를 앞에 놓아 놓고 있다. 아침부터 망건 쓰고 세수한다는 비웃음을 살지라도, 애인이 있을 턱이 없는 이 나이에 차라리 아직도 서로 앙금이 남아 있는 친구와 이걸 중창으로 한번 불러 본다?

참 파격일 것 같다. 주님도 원수를 사랑하라 하셨으니. 나아가 종교가 달라 서로 맞서 있는 어느 신앙인과 어울리면 어떨까 싶기도 하고. 그 화합도 참 멋질 것 같다.

또 진화가 시작되었다. 나는 팔을 걷어 올린다. 네 번째 '10월의 어느…'는 어느덧 막을 내렸으니, 다음 차례는 숙명적으로 다가올 것이다.

나훈아 그 친구 참…

신문 한 귀퉁이에서 참 재미있는 기사를 읽었다. 아니 그렇게 얘기하면, 남들로부터 경망하다는 소릴 들을지 모르겠다. 천안함 폭침. 연평도 포격 사건으로 남북 사이의 긴장감이 최고조에 달해 있는 마당에……. 지금이 결코 그렇게 한가한 때가 아니다.

허나 내친김이니 에둘러서라도 개요만은 적어 보자, 며칠 지났으니 〈동아일보〉에서의 아기 손바닥만한 지면을 장식했던 내용을 머릿속에서 재생시키는 도리밖에.

오래 전 본격적으로 대북 심리전 방송을 내보내고 있을 때, 최고의 인기곡에서부터 5순위까지 소개했더란다. '꿈에 본 내 고향', '머나먼 고향', '모정의 세월', '고향역', '홍도야 울지 마라' 등등이다. 그러곤 나훈아의 전성기 운운 하면서, 마치 앞 네 곡을 나훈아의 노래인 것처럼 허위 보도를 했다. 이거야말로 나훈아에 대한 아부(?)가 아닌가 싶어 실소했다.

이들 중 실제 나훈아가 취입한 노래는 '고향역' 하나뿐이다. 그러니까 1/5을 4/5로 부풀린 셈이다. 아무려면 그 '고향역'을 여기서 한번 못 불러 볼까. ♬♪코스모스 피어 있는 정든 시골길/ 이쁜이 곱분이 모두 나와 반겨 주겠지/ 달려라 고향 열차 설레는 가슴 안고/ 눈 감으면 떠오르는 그리운 나의 고향역// 코스모스 반겨 주는 정든 고향길…… ♪♬

　방송을 통해 시청한 건데, 동(同)시대 3명 대형 가수의 인기 순위는 1-나훈아, 2-조용필, 3-남진이라더라. 어느 여교수의 잡문 한 편에서도 읽었다. 나훈아와 남진을 양자 대결에서, 나훈아가 압승했다는 것을! 가창력이며 성적(性的) 매력에서 나훈아가 훨씬 높은 점수를 받은 게 요인이었다. 그럴싸해서 나도 고개를 끄덕였다.

　인물이며 신체조건? 그야 물론 남진이 앞선다. 가방끈도 나훈아보다 남진이 길다. 나훈아는 고졸인데 비해, 남진은 학사 학위를 가졌으니. 한데 남진은 귀공자 타입이고 나훈아는 야성미가 넘친다. 이만하면 무엇이 무엇을 좌우하는지 밝혀진 셈이다.

　내 아내는 나훈아라면 고개를 설레설레 흔든다. 일부러 필요 이상으로 열을 내는 것 같아 내가 무안할 지경이다. 특히 어느 여배우와의 결혼을 발표하면서, 그 연상의 여인을 무릎에 올려 앉힌 걸 자기 정서로는 못 받아들이겠더라나? 꼴불견, 그런 이야기까지 한 것 같다.

　짐짓 여유를 부리면서 내가 내린 결론은 이렇다. 자기도 여자인데, 설마하니 남진 편이기야 하겠나. 그런데 이상한 건 나 자신조차 남진보다 나훈아에게 기울어 있다는 사실이다. 가끔은 김지미와 남진의 커플을 가상해 놓고는 거짓말 좀 보태어 소스라쳐 놀랄 정도로.

　나훈아의 노래는 트로트 일색이라 해도 과언이 아니다. 웬만한 장년 이상이라면 누구든지 부를 수 있는 몇 곡을 가나다순으로 적어 본다. '가지 마오(사랑해 사랑해요 당신을……)', '강촌에 살고 싶네(날이 새면 물새들이 시름없이 나는……)', '고향 역(코스모스 피어 있는 정든……)', '너와 나의 고향(미워도 한세상 고와도 한세상……)', '녹슨 기찻길(휴전선 달빛 아래 녹슨 기찻길

어이해서 핏빛인가……)' 등등. 다 트로트다.

나는 그의 트로트에서 묻어나는 *끈끈함*이 좋다. 그게 없으면, 그 자신이나 우리가 혼신의 힘을 쏟는, 소위 열창의 맛을 알기 어려우리라. 꽉 막힌 수챗구멍이 뻥 뚫리는 느낌을 가질 수 있는 노래, 그걸 나훈아가 가지고 있다.

여담인데, 내가 부산 노래를 두 번 취입하면서 저작권까지 물고 그의 노래 두 곡을 빌려 왔었다. '자갈치 아지매'와 '남천동 블루스'. 그러나 두 곡 다 대중에게 회자되지 못한 실패작이라. 노래방 기기를 통해 명맥만 지키고 있을 따름. 한번은 수영 구청장을 지낸 현 유재중 국회의원과 술자리를 같이한 적이 있는데, '남천동 블루스'라는 노래를 아느냐고 물었더니 고개를 가로젓는 것이었다. 세상에 자기가 관할하는 남천동을 무대로 한, 나훈아 작사 작곡 노래를 모르다니 싶어 적이 실망했다.

나훈아는 트로트를 벗어나 결코 빛날 수 없다. '자갈치 아지매'의 경우를 보라. 참, '자갈치'는 지명이기도 하지만, 자갈치라는 고기가 있다는 걸, 나훈아가 알고 있기라도 할까? 생각하면 우습기도 하다.

이 정도에서 거두절미하고서라도 나는 나훈아의 팬임을 거듭 강조한다. 여태까지 두서없이 이야기한 것을 한 마디로 요약한다. 그에게는 요즈음 설쳐대는 조무래기 가수들보다 카리스마가 있다! 그런 그가 칩거에 들어간 지 오래라 약간은 안타깝다. 그래서일까? 나는 삼랑진 역에서 천주교 성당이나 평화의 마을까지 걸어가면서, 작심하고 '고향역'을 흥얼거린다.

아 참, 나훈아에게 흉흉한 소문도 있었지. 후배 연예인 부인과의 근거 없는 염문 이야기에서부터, 남자 심벌이 손상을 입었다는 허위 사실에 이르기까지. 오죽하면 기자들 앞에서 바지를 내리는 흉내까지 냈을까?

대중들은 그가 바지춤 한번 잡는 걸 보고 잠잠하기만 하니 알다가도 모를 일이다.

하기야 이건희 회장이 거액의 출연료를 보장하고 초청해도, 꿈쩍도 않았다던 그가 자존심 구겨가면서 그런 식으로 건재(?)를 과시했다. 우리 같은 촌로의 왈가왈부에 귀 기울일 사람이 없다손 치더라도 세상사 알쏭달쏭하다고 할 수밖에.

어쨌든 천안함 사건 이후 FM 방송으로 북한군을 향해 노래를 보내는 모양인데, '신사동 그 사람'. '어머나', '무조건' 등이라나? 어처구니가 없다. 그런 나약한 노래들로 대북 심리전을 펼친다니 달걀로 바위치기와 뭐 다르랴. '삼팔선의 봄', '가거라 삼팔선아', '전선야곡', '전우야 잘자라', '고향 만리' 등으로 대체해야 한다. 그것들을 나훈아의 목소리를 빌려 북한군에다 포탄처럼 쏘아 올릴 수 없을까?

모르겠다. 나는 우국(憂國)까지는 못 들먹이더라도 충정(衷情)에서 우러난 이야기를 하는데 글쎄 동의해 주는 사람이 있을는지. 어쨌든 나훈아, 그 친구 대단하다.

'사랑으로', 그 파격의 변인

너무나 놀라운 일이 우리 주위에서 벌어지고 있는 것도 모르고 지낸다. 그렇다. 경천동지할 사건이라 표현해도 괜찮으리라. 그렇다고 해서 떠들어서도 안 된다. 어깨를 겯고 웅크린 채 자성이나 하자. 변화하는 세상을 향한 귀와 눈을 너무 닫고 있었다고.

영광도서에 나가서 고등학교 음악 교과서 몽땅 사 왔었다. 모두 다섯 권이다. 무심결에나 이것저것 뒤져보고 싶어서였다고 할까? 요컨대 뚜렷한 목적이 있어서가 아니라는 뜻이다.

머리맡에 놓고 책장을 넘기고 있었다. 그러다 교학사에서 펴낸 ≪음악과 생활≫을 집어 들고선 근 반 시간이나 손에서 놓지 못했다. 학창시절 나를 울렸던 노래 두 곡이 내 시선을 붙잡았던 것이다. 토셀리의 '세레나데'와 '아! 목동아', 물론 흥얼거려 보기도 했다. 며칠 전 부산일보 대강당에서—주로 노인들만 모이기 때문에 간다—내가 이 '아, 목동아' 부른 적이 있다. 누가 장송곡 어쩌고저쩌고 했지만, 그게 뭐 대순가. 내 애창곡 중 하나가 틀림없음에야!

얘기를 되돌린다. 정작 내가 아연실색(?)한 것은, 절대 불가한 것으로 여겨져 왔던 우리 나라 대중가요가 교과서에 실려 있다는 점이었다.

그것도 자그마치 여섯 곡이나. '사랑으로'(이주호 작사/ 이주호 작곡), '사(死) 의 찬미'(윤심덕 작사/ 이바노비치 작곡, 원곡 다뉴브 강의 잔물결), '눈물 젖은 두만강'(김용호 작곡/ 이시우 작곡), '눈이 큰 아이(작사자 미상/ 김홍경 작곡), '돌아와요 부산항에'(황선우 작사/ 황선우 작곡), '발해를 꿈꾸며'(서태지 작사/ 서태지 작곡)' 등등…. 세상에, 안 그래도 생명 경시 풍조가 만연한 이즈음 에 하필이면 사련(邪戀) 끝에 남녀가 현해탄에 몸을 던진 이야기(사의 찬미) 를 다루다니 싶어 아찔하기도 했지만.

한데 '눈물 젖은 두만강'과 '사랑으로'는 차라리 충격을 던져 주었다. 노인 학교에서는 전자(前者)를 앞세워 줄곧 목청을 돋우었고, 영광도서 에선 불과 몇 달 전까지만 해도 후자를 마치 전가의 보도나 되는 것처럼 높이 치켜들어 보였으니까. 둘 다 국민가요의 범주에 들 수 있는 요건을 갖추었다는 얘기는 눈치껏 내세울 만하다. 당위성? 그건 그런 공간에서 정서적으로 합류할 수 있는 사람들의 전유물이다.

지난주 토요일엔 일과가 좀 복잡했다. 특히 오후 2시 30분쯤. 중복되 는 중요한 일은 나를 잠시 혼란에 빠뜨리게 했다. 부산일보 대강당에서 내 노래가 시작되는데, 같은 시각에 걸어서 5분 거리에 있는 동구청 예 식장에서 주례를 서기로 되어 있었던 것이다. 문제는 강연 전 20~30분 동안이었다. '눈물 젖은 두만강' 외 한 곡. 아무리 몸부림쳐 봐야 해결하 기 힘들었다.

노래 한 곡 후딱 부르고 신문사에서 나와 냅다 뛰어 예식장으로 향했 다. 모두들 주례가 도착하기만을 기다릴 수밖에. 나는 이마에 송골송골 맺힌 땀방울을 손수건으로 연신 훔치면서 의자에 앉았다. 비로소 안도 의 숨이 나왔다. 남은 10분 동안 찾아든 '고유'의 편안함, 나는 여느 때처 럼 그걸 즐겼다.

그런데 시간이 흐를수록 식장이 하객으로 꽉 차야할 텐데 그런 낌새가 없다. 그래도 어쩌겠는가? 기다리는 도중 나는 묘한 계산을 하고 있었다. 신랑이 마흔 아홉 살이고, 신부와 한 살 차이라던가? 아들이 하나 있고. 마치 나는 하릴없는 사람처럼 하객들의 표정을 살피다가 하객들 숫자를 세어 보니 아뿔싸, 다 합해도 40명을 겨우 넘길 정도다. 신랑 신부의 어머니가 화촉 점화를 하기 위해 입장하기 전까지도 총화(總和)는 그렇게 바뀌지 않고 있었다.

드디어 내가 일어설 차례. 나는 결심했다. 그래 오늘 이 신랑 신부 한 쌍의 결혼식에서만은 뭔가 파격을 하나 던지리라. 섬광처럼 떠오르는 게 바로 '사랑으로'였다. ♪♫**내가 살아가는 동안에/ 할 일이 또 하나 있지……♪♫** 왜 가슴이 벅차오른다는 표현이 있지 않은가? 나는 그 정서와 완전무결하게 일치되어 가는 '소용돌이'의 한가운데에 있었다.

주례사는 역시 정신득 선생님의 〈그물 한 코〉에서 인용한 게 중심 내용이다. 중국 전한 시대 유안이 쓴 〈회남자〉를 읽어보자. 거기에 나오는 것이다. 그물 한 코로써는 아무 수확도 할 수 없다. 수천, 수만이 이어져야 재물도 정신적 자산도 거둘 수 있는데, 그 첫 출발은 부부가 짜는 한 코다. 주례인 나도 몇 코를 보태겠다.

나는 적당하게 뜸을 들이고 나서 왜 '사랑으로'를 이 부부에게 선사해야 하는지를 설명했다. 주례와 신랑 신부 혹은 가족 측 어느 누구와도 아무 사전 조율이 없었다.

대신 '영일만 친구'로써 삼보 예식장을 열광의 도가니로 몰아넣었던 옛날 일화는 들먹였다. 그 때의 한영규 사장이 지금 이 동구청 예식장을 맡아 운영한다는 얘기까지. 하객들은 어리둥절한 표정이었다, 처음엔. 그러나 나는 괘념치 않고 '사랑으로'를 불러 나갔다. ……♫♫**바람 부는**

발판에 서 있어도 나는 외롭지 않아/ 그러나 솔잎 하나 떨어지면 눈물 따라 흐르고/ 우리 타는 가슴 가슴마다 햇살이 다시 떠오르네/ 아 아……♪♬

교과서에 있는 악보는 여기까지다. 나는 더 이상 어깃장을 놓을 수 없어 입을 달았다. 그런데 그 순간 신부가 하는 말이다. 멋지네예.

내가 그걸 다시 마이크로 장내에다 그대로 옮겼더니, 여기저기서 터지는 박장대소! 여낙락해 뵈는 신부에게서 어찌 그런 용기가 났을까? 갑자기 내가 어정뱅이가 된 느낌이었다.

모든 피로가 한꺼번에 사라지는 걸 느끼면서 부랴부랴 부산일보사로 발걸음을 옮겼다. 대타로 나선 하철호 님이 나보다 더 잘 이끌어 간 듯, 그에 대한 칭찬을 많이 하더라. 나는 덩달아 또 기분이 좋았고.

시정이 모두 끝나고 나서 우리는 대강당 옆 레스토랑으로 들어가 차 한 잔씩을 마셨다. 조갑제 기자와 인천 여자 대학교 김길자 총장, 선배 조군자 교장, 참깨 방송 김종환 대표 등등 대여섯 명이 합석한 것이다. 우리는 노래도 부르고 손뼉도 치고 흘러간 옛 노래에 대한 이런 저런 이야기를 나누었다. 근 한 시간 그렇게 떠들다 보니 하루를 참 멋지게 보냈다는 자평에 빠져 들었다. 세상에, 결혼식장에서 주례가 축가를 완창(完唱)하다니. 발전이니 성숙이니 하는 따위의 단어까지 곱씹어 보게 되는 건 역시 내 경망 탓이려니 싶었지만.

그러나저러나 다음날에도 나는 동구청 예식장에서 두 쌍의 결혼식을 집전하였다. 10시 40분 식장에 들어서면서 전날의 반응을 은근히 걱정했는데, 한영규 사장이 만면에 웃음을 띠고 나더러 어제 대 히트를 쳤다는 게 아닌가?! 나는 나보다 젊은 그에게 허리를 굽히고 정말 고맙다는 예를 표시하였다.

약간 비뚤어진 세속적인(?) 결론인데, 다시 주례를 선다 치자. 한영규 사장이, 이왕이면 신랑 신부가 서민 중의 서민이고, 하객이 적은 그런 데와 나를 연결해 주었으면 한다. 안달을 내지 않고서도 '사랑으로'를 다시 열창할 수 있으리라. 그러고 보니 교학사의 ≪음악과 생활≫ 참 잘 산 것 같다. 대중 속의 나 같은 존재가 때로 이렇게 쓸모도 있다는 걸 깨우쳐 주었으니까. '사랑으로'는 독립 변인이자 종속 변인일까? 그 해답은 세월이 흐른 뒤에야 나올 듯하다.

노래 4제(題) 외, 불가사의 영역?

지하철 안, 오늘은 우리말 사전 대신 낡아빠진 〈팝송〉 책을 무릎 위에 얹었다. 그런데 나는 이 고본을 신줏단지 모시는 것 이상으로 조심해서 다룬다. 22쪽까지는 떨어져 나갔고 그 다음이 Anything That's Part of You인데, 그 동안 가사와 멜로디, 박자를 익히느라(외느라) 무던히 애를 써 왔었다. 그런데 아직 완전하지 않다. 글쎄, 90퍼센트 정도?

나는 내 휴대폰 메모난에 상식 밖의 여러 가지를 입력시키고 다닌다. 백미로 꼽을 만한 것은 올드 팝송 가사다. 책이 없을 땐 그것만 들여다보아도 지하철 안에서의 한 시간쯤 후딱 지나간다. 하이눈의 주제가 Do not Forsake Me……, 번안 가요로 한때 인기를 누렸던 칸초네 Casa Bianca, 앞서의 Anything……, 등등이다. 녀석들은 이제나저제나 내가 시선을 던져주길 기다린다. 그래서 나는 행복하다.

오늘도 책과 휴대폰을 번갈아 매만졌다. 도중에 허리가 몹시 굽은 어떤 할머니가 전동차에 오르는 것이었다. 아주 깨끗이 늙어가는 80대. 그런데 할머니는 옆의 아주머니에게 뭐라 이야기를 하는 눈치다. 주위가 워낙 왁자지껄해서 들릴 듯 말 듯한데, '나의 살던 고향은……' 어쩌고저쩌고는 귀에 잡힌다. 난 할머니가 어느 노인 대학에서 배운 '고향의 봄'을 자랑하는 줄 알았다.

이윽고 서면에 열차가 닿자 할머니는 내렸다. 나는 맞은편 아주머니 옆으로 자리를 옮겼다. 아주 진지한 표정을 짓고선, 할머니가 어떤 말씀을 하시더냐고 물었다. 그의 대답을 듣고 나서 나는 세상에 불가사의한 일이 어디서든 존재한다고 믿을 수밖에.

몇 년 전 할아버지가 그만 뇌졸중으로 쓰러졌단다. 진단은 거의 회복 불능, 죽음만 기다리게 되었다는 것이다. 그런데 다니던 노인 대학에서 배운 '고향의 봄'을 할머니가 수시로 불렀다. 그 때마다 할아버지는 그렇게 좋아할 수 없더라는 것. 이윽고 할아버지는 자리를 털고 일어난다. 그런데 이상하게도 회복되고 나서는 정작 할아버지가 '고향의 봄'을 잊어 버리더라나? 여기까지가 정훈교 시인의 혼사 때문에 해운대로 가면서 체험한 것이다. 내가 허구를 동원시키지 않았다는 근거로 해운대 행 지하철을 들먹였지만, 글쎄 설득력이 있는지 모르겠다.

역사(歷史)도 해석을 하지 못하는 불가사의? 정답이 '노래'다.

그제 밀양 노인 대학에 다녀왔다. 대용식으로 점심 한 끼를 역 대합실에서 때우다가 친구를 만났다. 노인 학교에 수업하러 왔다니, 뜬금없이 밀양 시장과 시의회 의장이 평양에서 우세를 한 이야기를 하는 거였다.

몇 년 전 어느 종교 단체에서 주관하는 북한 방문에 시장과 의회 의장이 동행했다는 것부터 께름칙한 느낌이 들었다.

아니나다르랴, 일행은 평양의 어느 식당에서 저녁을 먹은 모양인데, 그만 사건이 터진 것이다. 식당 종업원이 밀양 시장이라니 부탁한다며 '밀양 아리랑'을 한번 불러 줄 수 없겠느냐는 주문을 하더라나? 그런데 아뿔싸, 밀양 시장은, ♪♫**날 좀 보소 날 좀 보소 날 좀 보소/ 동지섣달 꽃 본 듯이 날 좀 보소/ 아리아리랑……♪♫** 그런데 2절 가사가 아니

노래 4제 외, 그 불가사의 영역? 99

나와 얼버무렸다는 게 아닌가.

그 뒤를 북의 식당 종업원이 이어 불렀으니 주객전도! 역사의 시공이 뒤바뀌는 순간이다. ♪♫**영남루 명승을 찾아가니/ 아랑의 애화가 전해 오네/ 아리아리랑…… ♫♪**

내 입에서 가벼운 신음소리가 터졌다. 아, 북한에도 올바른 장삼이사가 있구나! 불가사의와 다를 바 뭐 있으랴.

그래서였을까? 나는 노인 학생 120여 명 앞에서 여느 때보다 더 힘차게 '밀양아리랑'에 빠져 들었다. 지도 안에도 밀양아리랑 가사를 빼곡히 적어 뒀으니 그거야말로 안성맞춤이었다. 서투른 미술까지 동원해 가면서 나는 오히려 목이 멨다. 열광의 도가니, 모두의 이마에 땀방울이 송골송골 맺혔다.

오후 늦게 백이성 문화원장을 만났다. 그가 이끄는 대로 문화원에 들러서 지역 문화 돌아가는 얘길 나누었다. 마침내 그의 입에서 나오는 충격적인 소식, 그와 내가 너무나 아끼고 존경하던 박복명 할머니가 세상을 뜨셨다는 것이다. 전하는 그나 듣는 나의 입에서 동시에 튀어나온 탄식이다, 오호 애재라!

할머니와의 인연은 백 원장이나 나 자신 경중을 따질 수 없을 만큼 깊었다. 내 노인 학교에서 서른 곡 정도의 민요를 부를 수 있는 유일한 학생, 백 원장의 입장으로 보면 낙동 민속 예술제에서 구포 장타령을 간단없이 '퍼부을' 수 있었던 기능 보유자.

백 원장이 그와 나를 장타령으로 한데 '묶을' 생각을 한 적이 있었다. 전직 교장이자 현직 노인 학교장인 나와, 그 노인 학교 수제자 아니 애제자인 박복명 할머니의 동반 출연이 이루어졌다면? 체통 어쩌고저쩌고하여 손가락질을 받을지언정 늘썽늘썽한 짜임새는 아니었다는 평가를 얻을 수 있었을지 모른다. 다시 한 번 아쉬움을 느낀다.

박복명 할머니에 대한 보충(?) 설명? 그래 하자. 할머니는 일자 무식꾼이다. '여기 들어오면 죽는다'라고 상인방(上引枋)에 써 붙여도 거침없이 문을 열 노인이다. 아니 더 극단적으로 설명하자. 할머니는 자기 이름 석 자도 아니 성(姓) 한 자도 읽지도 쓰지도 못했다. 그런 노인이 민요 하나만은 기가 막히게 잘 부른다는 사실, 그걸 무슨 재주로 설명한단 말인가? 방송에 출연한 국악인이 '새타령'을 부르면서, 쌩긋쌩긋 날아든다 어쩌고저쩌고 하여 눈살을 찌푸리게 하는데, 할머니는 쌍거쌍래(雙去雙來)라 한다. 내 입에서 불가사의란 말이 어찌 아니 튀어 나올 수 있겠는가? 가설극장 시절로 거슬러 올라가야 그 의문이 풀리지만 이제 그 고백을 들을 수 없으니, 그리울수록 오히려 찜부럭이 나는 걸 어쩌랴. 불가사의다.

마지막, 넷째의 불가사의는 거인 K시인과의 음모(?)에서 비롯된다. 우리는 흘러간 대중가요를 영어로 옮기려는 것이다. K시인과 며칠 전에도 '가거라 삼팔선'으로 둘이서 씨름했다. ♪♬아아 산이 막혀 못 오시나요♬(Ah, ah, cannot you come/ Due to the mountain in your way ♪♬)

이번 불가사의는 기다리는 게 아니라 창출한다. 대중가요에 영어 가사를 대입시켜 부르는 작업, 참 그 큰 매력에 흠뻑 젖어 보자는 뜻이다. 겨냥하는 시장(市場)? 아서라, 그것부터 염두에 두지 말자. 대신 K시인의 영역 '해운대 엘레지'에나 빠져 보자, 몇 시간이고 간에.

바야흐로 경쟁력의 시대이긴 한 모양이다. 노래, 그 자체가 불가사의라 규정짓자.

엄마의 '해운대 엘레지'

전에 나는 정말 심약한 편이었다. 교원이라는 직업 때문에 주례를 일찍부터 섰는데, 그 때마다 우황청심원을 먹었으니까.

지금은 완전 다르다. 죽었다느니 폐인 되었다느니 하는 소리까지 들어오다가, 요즈음엔 주례석에 앉아 허밍으로 노래까지 부를 정도의 여유를 만끽한다. 스스로 담대하다는 자평(自評)을 한다. 정말 이 세상에 살아 있음이 좋다!

내 일상의 변함없는 '무대'는 역시 노인학교다. 거기 서기만 하면 나는 다른 사람이 된다. 창공을 훨훨 날아오르는 기분이다. 정말 날갯짓하는 물새 흉내를 내면서 열창하는 '해운대 엘레지', 나는 '해운대 엘레지'에 형용하기 힘든 한이 맺혀 있는 것이다. 역설인가?

23살 때 군에 입대했다. 앞 못 보는 엄마는 하염없이 눈물만 흘리셨다. 아니 나는 당신의 그 모습을 볼 수가 없었다. 아예 떠나는 내 체취조차 맡기 힘들어하셨기 때문이다. 손등으로 눈물을 씻으며 하시던 말씀이다. 내 강생이 패내끼 갔다 온네이.

창원에서 훈련을 받았다. 42일 동안이었지 아마. 끝날 무렵에 심한 편도선염을 앓았다. 먹고 마실 수가 없었다. 내 몰골을 거울에 비춰보니 피골이 상접해 있었다. 엄마가 살고 계시는 삼랑진, 거기 역에서 12열차로 갈아타고 후반기 교육을 받는 영천 부관학교로 떠날 참이었다.

역에서 10여 분 머물렀던가? 엄마가 저 멀리서 모습을 나타내신 것이다. 보이지 않는 눈에 눈물이 가득 고여 방울져 흘러내렸다. 치맛자락으로 훔치시던 엄마, 그 모습을 나는 잊지 못한다.

끝내 가까이 가지 못했다. 당신이 쓰러지실지 몰라서였다. 당신은 그러시고도 남을 만큼 세상에서 기대실 데도 없었다. 플랫폼에서 나는 한맺힌 노래를 가슴속으로 삼켰다. 엄마가 좋아하는 노래 '해운대 엘레지', 또 다른, 안다성의 '사랑이 메아리칠 때'가 있었지만, 엄마가 어렴풋이나마 의미를 짐작하시는 것은 '해운대 엘레지'였다. 당신 자신이 부르시는 것은 '열아홉 살 과부가 스물아홉 살 딸을 데리고'가 유일했고.

사연이 있다. 엄마와 아버지의 속을 썩여 드리던 시절이 있었다. 중3때 불량 청소년이 되어 진학에 실패하고서, 고향 두메에서 고등학교 입시에 대비한답시고 재수하던 1년, 나는 때와 장소를 가리지 않고 이 '해운대 엘레지'에 매달렸었다. 안개와 같은 내 장래에 대한 푸념의 표출인지 모르는데, 엄마는 이 노래 듣기를 좋아하셨다.

여기서 다시 한 번 소리 내어 보자. ♪♫**언제까지나 언제까지나 헤어지지 말자고/ 맹세를 하고 다짐을 하던 너와 내가 아니냐/ 세월이 가고 나도 또 가고 나만 혼자 외로이/ 그 때 그 시절 그리운 시절 못 잊어 내가 운다♪♫**

지금 내 눈시울이 젖는 이유를 구태여 밝힐 필요는 없으리라.

군대에서 참으로 기막힌 체험을 했다. 그래 차라리 섭리라 하자. 그걸 절대 자의(自意)로 좌지우지 못할 뿐더러 해석한다는 것도 교만이다. 나는 운명적으로 한 장교를 만난다. 군복을 벗고 나서도 그의 영욕과 부침에 간접으로 휘말리게 된다. 그게 결국 '해운대 엘레지'라는 졸작 단편을 잉태시켰고. 요즈음 같으면 5억쯤 되는 상금을 덧붙인, 가장 영예로운 상을 받은 한 대위가 40년 동안 속절없이(?) 섭리의 대상이 되는 모습을 관찰했다. 고작해야 손바닥 위에서 맴도는 걸 갖고 강산이 네 번 어쩌고 저쩌고 하며 허풍을 떨어왔는지 모르지만.

그걸 소설로 만들어 상품(?)으로 들고 팔러 다닌다. 노인 학교에 말이다. 한번 나가면 순수익(?)만 5만 원이다. 보너스로 1~2만원이 보태질 때도 있다. 대신 쌍방 모두가 혼연일체가 되어 웃고 울고 해야 한다. 일로일로(一怒一老), 일소일소(一笑一少)란 말이 있던가? 그럴싸하지만 천만에, 그 '해운대 엘레지' 앞에서 노(怒)가 없다. 따라서 노화(老化)는 이루어지지 않는다. 더러는 볼 수 있는 눈물 흘리는 할머니에게서도, 발견하느니 순수 그 자체이지 슬픔은 아니다.

근래 네 군데엘 다녀왔다. 오직 '해운대 엘레지'라는 흘러간 옛 노래 하나 들고서. 물론 토(吐)해내는 건 내 목소리다. 40여 년 전 삼랑진 역에서의 여음(餘音)을 들으면서 나는 내리 사흘을 울었다. 그리고 웃었다.

대위는 소령으로 진급하고 다시 인생 유전, 해운대 바닷가에서 나와 마주쳤다. 아니 그 순간 그는 황급히 모자를 눌러 썼다. 그 옛날처럼 능숙한 솜씨로 기타만 연주했지. 나는 그 날도 생사가 구분 안 될 정도로 건강이 악화된 상태라서 그런지 미처 그가 누군지 알아보지 못했다. 귀가하고 나서야 그가 박 대위 그 사람이라는 걸 알았지만,

대위는 아니 소령은 처음 그 자리에 앉아 있지 않았다. 그리고 영원히 자취를 감추었으니……. 엄마도 저승으로 떠나신 지 39년, 경기도 양주군 광적면 보병 제26사단 부관 사령부에 근무하면서 형제처럼 지내던 소령과의 극적인 해후(邂逅)가 있은 지도 어느덧 3년이 넘었구나.

나를, 경상도 말인지 속어인지 모르지만 '뼈대'라 불러도 좋다. 노인

학교만 있으면 그 무대에서 엄마도 만나고 소령도 볼 수 있다. 돈도 번다고? 그렇지, 그러나 그건 티끌만한 의미다. 우리 셋의 만남이 내 여생에 어떤 의미를 새겨 주느냐, 그게 소중하다.

그래 '해운대 엘레지'로 보다 슬퍼지자, 그리고 웃고 살자, 나아가 더 담대해지자. 오늘 한가위를 앞두고 보니 누가 뭐라고 하든, '해운대 엘레지'의 마지막 3절만은 꿈에서라도 흥얼거려야 한다. ♪♫ **백사장에서 동백섬에서 속삭이던 그 말이/ 오고 또 가는 바닷물 따라 들려오네 지금도 /이제는 다시 두 번 또 다시 만날 길이 없다면/ 못난 미련을 던져 버리자 저 바다 멀리 멀리♪♫**

엄마가 보고 싶다.

나는 지금 다시 엘레지에 빠져있다. '비가(悲歌)'? 그건 무책임한 해석이다. '애가(哀歌)'도 정답은 아니다. '만가(輓歌)'는 그래도 상여가 나갈 때의 노래라 사전에 적혀 있으니, 근사치라 해도 괜찮겠다. 엘레지의 여왕이 이미자라 회자되어 있지만, 천만에 이미자가 부른 '엘레지'는 한 곡도 없다. 엘레지는 프랑스가 발상지고, 우리 나라에 들어와선 그만 변형되고 말았다는 말이 있다.

나는 가끔 엘레지라는 제목이 들어간 '부산 노래' 작사를 한답시고 머릴 싸매고 있다. 내 천학비재를 자탄한다고 정답이 나오는 게 아니다. 서민(대중)의 애환에 한 발 더 접근하는 게 급선무다. 애환, 슬플 애(哀)·기쁠 환(歡)으로 이루어진 말이지만, 이 풍진세상에선 전자에 비중이 더 실려 있다. 그래, 엄마 시절로 되돌아가자. 나는 이 연휴 기간, 끊임없이 '해운대 엘레지'를 흥얼거리며 연필을 쥐고 있을 것이다.

이번에 낼 소설집 제목도 '해운대 엘레지'로 하고 싶다. 대표작은 그게 아니지만.

제 3 부

그들은 영원한 내 친구

일흔아홉 살 제자 '춘자(春子)' 학생 이야기

초등학교에 근무하면서 토요일 오후마다 소위 노인 학교장을 겸한 게, 만 21년 동안이었다. 거기서 민요와 대중가요를 부르고 강의와 청소까지 해야 하니, 한 번에 세 시간 소요. 물론 무료다. 기가 막히는 일들이 어디 한두 가지뿐이었는가. 그렇다. 부지기수랄 수밖에.

춘자(春子)라, 그 촌스런 이름이야 봄에 얻은 딸아이란 뜻에서 붙였겠지만, 성만 다른 그 '춘쟈'가 너무 많아 헷갈릴 정도였다. 그런데 그 마지막 ㅇ춘자를 어제 일요일 오후 늦게 또 지하철역에서 만난 것이다.

다른 사람이 봤으면 누나와 동생 같은 느낌을 줄 정도로 '다정히' 손을 잡고 우리는 3호선으로 바꿔 타서는, 노약자 석에 나란히 앉았다. 싱거운 소릴 가끔은 섞지만 호칭은 분명 선생님과 제자다. 나이? 나는 69세이고, 춘자 학생은 거기에다 10을 더해야 한다.

어디 갔다 오느냐고 물었더니, 교회라는 대답이다. 나는 옛 제자와 자릴 같이하면 근황을 들어야 직성이 풀리는 사람이다. 그래서 그런지 춘자 학생은 요즘 요일별 '식생활'에 대해서 샅샅이 고백(?)을 하는데……

일요일은 덕천 교회에 가서 점심을 먹고, 나머지를 들고 와서 저녁에 죽으로 쑤어서 해결한다. 아침은? 매일 굶는단다. 화요일은 구포 성당, 수요일은 성도 교회, 목요일은 덕천 교회. 금요일은 적십자 아니면 사직 교회를 찾는다. 토요일은 포도원 교회. 혹은 화명 제일 교회에서 피날레를 장식한단다.

'피날레'라? 이 말까지 들먹이는 것으로 봐서, 서당 개 삼 년이면 풍월 읊는다는 속담 수준을 훨씬 뛰어넘는 것 같아 나는 미소를 지어 보였다. 그러면서 중얼거렸다. 아, 노인 학생! 여기서 ㅇ춘자 노인 학생이 그렇게 찾아다니는 일고여덟 개 종교 단체 중, 구포 성당만 빼고선 해당 요일에 노인 학교를 운영한다는 사실을 덧붙인다.

내친김에 이야기지만, 아직도 살아 있는 내 노인 학교 제자가 많다는 사실 앞에 나는 새삼 놀랐다. 그야말로 배우고 싶어 한 우물을 파는, 그러니까 죽자 사자 한 학교만 다니는 학생도 있다. 그런가 하면 1주에 하루 이틀 종교 시설에서 운영하는 노인 대학에 가서 춤추고 노래하고, 거기다가 점심까지 대접 받고 오는 경우도 적지 않고. ㅇ춘자 학생은 1주일 내내 철두철미 사전 계획 하에 움직이는 경우다. 그런 동료들이 '수두룩하다'고 춘자 학생이 전했다. 물론 그 형용사를 액면 그대로 믿을 수야 있겠는가?

아무튼 그 노인 학교가 이제 조금 있어 방학을 하게 된다 치자. 그들 중 상당수가 집 안에서 잔뜩 웅크리고 지내야 하는 건, 자기 앞에 가로놓인 엄연한 현실이다. 참, 방콕이라 했지.

그래도 춘자 학생은 모두가 고맙다고 했다. 춘자 학생이 몇몇 교회 이름까지 들먹였는데, 거기 가면 한 번에 1천 원짜리 한두 장을 쥐어 준다는 것이다. 그 의미를 알아본다는 건 예의가 아닌 것 같아 포기했지만, 아직도 여기저기서 만나는 노인 학생들의 현주소인가 싶어 고개를 갸웃거렸다. 그래도 춘자 학생의 얼굴에서는 웃음기가 가시지 않았다.

이윽고, 세상에 폐를 끼치는 게 미안해서 해동하면 어떤 일이든지 봉사의 의미가 담긴 현장에서 몸을 움직여야 하겠다는 이야기를, 춘자 학생이 나한테 건네었다. 내 머리에 얼핏 떠오르는 게 있었다.

초량 시각 장애 복지관! 내가 한 달에 한 번 들르는 거기에 동행하도록 부추기자. 앞을 못 보는 거기 가족들 앞에 서서는 그의 첫 번째 특기인 춤은 아무 소용이 없다. 대신 춘자 학생의 노래 솜씨는 보통이 넘으니 그건 어느 정도 먹혀들리라! 물론 그 일에도 혼신의 힘을 쏟아야 하겠지만. 거기다가 설거지라도 도울 수 있다면 어찌 금상첨화 아니랴.

내가 그 와중에 머릿속의 섬광에 비례해서, 버럭 고함지르듯 하는 바람에 곁에 앉은 노인들이 소스라쳐 놀랐다. 그 중 어느 할머니가 하는 말이 기가 막힌다. 아이고, 걸핏하면 학생이 선생님한테 폭력 행사하는 세상에 그렇게 꾸지람하다니, 노인 학교 선생님이 좋긴 좋은가 보구려.

그리고 보니 나 자신의 발걸음이 여간 게을렀던 게 아니다. 말이 동분서주일 따름, 내 이익 추구에 급급했지 부산진 역 앞 무료 급식소에 들러본 지도 오래다. 더구나 삼랑진 평화의 마을 생활관 준공식에까지도 결혼식 주례를 핑계로 참석하지 못 했다. 거기서 고생하는 분들과 가족들에게 미안할 따름이다.

오늘 일흔아홉 살 춘자 학생을 만난 게 자성의 계기가 되었으면 한다. '나눔'이란 건 물질이면 참 좋다. 세상 현실은 긴박하니까. 그러나 내게 그런 관념은 너무 벅차다. 차선도 때론 위안이 된다 치자. 내 이웃 곁에서 목청을 돋우어 노래 부르고, 희희낙락하는 삶이 어떤 것이라는 메시지라도 부지런히 던지는 역할, 거기 다시 매진해야 하겠다는 것이 춘자 학생에게 헤어지면서 보낸 무언의 약속이었다.

바야흐로 춘자 학생의 집에 전화를 걸 참이다. 참, 이 노래를 들려 줘야지. ♪♬ 아리랑 춘자가 보리쌀을 씻다가 피아노 소리에 오줌을 쌌네/ 오줌을 쌌어도 적게나 쌌나. 서마 지기 논배미가 한강수가 됐네. ♪♬

이 기상천외의 내 특권으로 우리 둘이 취하고 나서 할 얘기가 있다. 며칠 있다가 용두산 공원 옆 암자의 무료 급식소에 같이 가자고. 식사 후 설거지를 돕고 나서 '용두산 엘레지'라도 한 곡 뽑았으면……. 거기 노인들 중 10여 년 전의 덕성 토요 노인 대학 내 제자가 아직도 있을지 모르니.

문협 홈페이지와 '새끼' 타령

'새끼'를 사전에서 찾아보면, 몇 가지 뜻으로 쓰인다는 해석이다.

무생물로서의 새끼는 '짚으로 꼰 줄'이다. 이 경우에는 무슨 이의를 달거나 왈가왈부할 생각이 없다.

'난 지 얼마 안 되는 동물의 어린 것'을 가리키는 생물이 문제다. 이만 저만 아니게.

우선 이때 우리 머리에 가장 먼저 떠오르는 예문이 '개가 새끼를 낳다.' 다. 속된 뜻의 '새끼'는 두말할 나위 없이 '자식(子息)'을 일컫는다. 제 '새 끼' 귀한 줄은 안다고 한다면, 어미가 사람일 수도 있고 동물일 수도 있 다.

또 다른 욕하는 말로서의 '새끼'는 입에 담기 거북하다. 나쁜 놈의 '새 끼! 그 새끼 다음에 만나기만 해 봐라, 혼쭐을 낼 테니까.

돈을 빌려 주어 이자를 만만찮게 붙여서 되돌려 받았다면, '새끼'를 쳤다는 표현이 가능하다. 비록 품격이 없는 말이긴 하지만.

내가 가진 조그마한 사전에 대해 나는 불만이 많다. 할머니나 할아버 지(혹은 아버지 어머니)가 손자(자식)를 귀여워해 부르는 소리라는 뜻의 '새 끼'가 빠져 있기 때문이다.

그런가 하면 '새끼'의 앞뒤로 명사(불완전 명사 포함)가 붙어 이뤄진 낱말 중 너무나 애교가 넘치는 것을 들라 하면 '새끼낮'이 떠오른다. 정오가 채 되지 아니 한낮, 그 시간대가 어느 정도인지 짐작이 가지 않지만, 정감마저 넘치기에 가슴속에서 매만지고 있다.

그런데 한 번도 그걸 끄집어내어 들이밀지 못한 공간이 있으니 '부산 문인 협회' 홈페이지다. 이유를 이 졸고 어디에서든 밝혀 볼 생각이다. 우선 참 착잡하다는 심경은 밝혀 두자.

부정을 막는다 하여 금줄에 쓰는 '왼새끼'도 마찬가지다. '부정(不淨)'을 막는다니, 이 녀석 '왼새끼'는 혹시 정결의 도구일 수도 있으렷다? 나아가 깨끗하지 못한 사람들이 함부로 드나들지 못하도록 하는 뜻의 '인줄'과 나란히 세우면 등식 '금줄 = 인줄'이 성립될 수 있다, 어쨌든 이상하게도 나는 왼새끼라는 말에 매력을 느껴 왔다.

그러나 문협 홈페이지에서는 '새끼'를 갖곤 근처에 얼씬거리지도 못하게 한다. 해석이야 어찌 되든 '비아냥' 대신 '왼새끼를 꼬다니……' 정도를 문장 하나를 매듭짓고 싶지만, 아직 그 간절한 바람은 이루어지지 않았다. 족집게의 위력 앞에 속수무책이었다고 하자.

어쩌면 여기까지가 서론일 수 있겠다.

앞 못 보시는 우리 엄마한테서 어릴 때부터 나는 새끼란 말만 들으며 지내왔다. 엄마가 돌아가시는 순간에도 당신은 새끼란 호칭 뒤에 유언 아닌 유언을 하셨다. 내 새끼, 내 간대이, 대다(고되다), 누버라(누워라), 문 열지 말고이.

나는 30여 년 동안 개와 더불어 살아왔었다. 비록 목적이며 수단이 허영에서 비롯되었다손 치더라도, 그 중에는 세계적인 명견의 후예(후손)들도 있었다. '개 사돈'도 전국 각처에 흩어져 있었으니, 부산은 물론 김천과 수원에다가 서울까지. 요크셔테리어에서 셰퍼드, 심지어는 도사견도 길렀다. 내 손으로 받아낸 새끼들을 합하면 거의 백 마리다. 새끼들의 주검을 아들과 함께 차디찬 땅속에 묻고 눈물을 뿌리고 하산하면서, 엄마가 좋아하시던 '배뱅이굿'을 흉내 낸 적도 있다. 엄마는 저승에서도 그런 나를 보고 불쌍한 내 새끼라며 울고 계셨으리라. 그리 긴 세월은 아니지만 문단에 발을 얹은 지 30년, 개를 소재로 한 그렇고 저런 글이 수십 편인데 그걸 문협 홈페이지에 올릴라 치면 단박에 지우라는 호통(?)이다.

정형근 국회의원과 권익 청장이 1억 3천 9백만 원의 특별 교부금으로 노인 학교를 지어 주고 나서였다. 35평짜리다. 신설 공간에서 너무 더워 견디지 못할 지경이라 에어컨을 덜컥 하나 들여다 놓았다. 외상으로. 5월 봄 소풍을 가서 노인 학생들 앞에서 교장의 신분으로 '새끼'로 만든 넥타이를 맸다. 그리고 부른 노래, ♬**삼베 윗도리를 걸쳐 입고 서울 가는 뺑돌이 요놈아, 새끼 넥타이를 목에다 걸고 짚신 구두 신고 가는 뺑돌이……** ♪♬

거기에다 노인 학생들이 팁 40만원을 걸더라. 그걸로 1/4 에어컨 첫 달 할부 대금을 갚았다. 그러고 나서 쓴 책이 자전 소설집(수필집이란 수도 있고) ≪새끼 넥타이를 목에다 건 교장≫이다.

나는 지금도 '새끼'를 입에 달고 산다.

서른을 넘긴 아들딸이나, 어린이 집에 다니는 유일한 손자 종빈이. 내 새끼다. 특히 종빈이에게 '내 새끼' 이상 적당하고 정이 넘치는 호칭이 없다.

삼랑진 평화의 마을에 올라가니 내가 원장 신부님과 같이 가서 분양받아왔던 삽살개 부부가 어이쿠, 이번에 또 두 번째 새끼 여덟 마리를 낳았지 뭔가? 다시 강조하지만, 평화의 마을 삽살개 부부가 강아지를 낳았다고 하지 않는다. 개가 새끼를 낳지 강아지를 낳지 않는다. 소나 말도 마찬가지. 녀석들에게도 새끼가 맞지 송아지나 망아지라면 어쩐지 어울리지 않는다. 소가 송아지를 낳았다고 해 보라. '역전앞과 뭐가 다르랴. 송아지는 소의 새끼니까. 그러고 보니 기린이나 사자, 호랑이는 물론 악어는 새끼 외에 다른 말이 없다.

요즈음 그 노래를 부르는 횟수도 부쩍 늘어났다. **♪♪서울이 좋다지만 나는야 싫어/ 정든 땅 언덕 위에 초가집 짓고/ 낮이면 밭에 나가 길쌈을 메고/ 밤이면 사랑방에 '새끼' 꼬면서/ 새들이 우는 속을 알아보련다♪♫**

그러니 개인적으로 보면 답답하다는 것이다. 1천여 문인 모두는 전부 아들딸을 아직 시집 장가를 보내지 못했다는 말인지, 아니면 품위를 지키느라 자손들에게 새끼라는 말을 쓰지 않는다는 뜻인지……. 혹여 개나 다른 반려 동물들을 기를 기회가 없었다는 말일까? 시골에서 자라지 않아, 새끼(짚으로 꼰)가 어떤 것인지 모른다는 증거이기라도 할는지.

메마르다. '새끼'가 환영을 받지 못하고, 그게 천덕꾸러기 혹은 가장 악랄이나 저질의 대명사처럼 취급받는 현실이. 나는 품위의 총화(總和)로 여기고 싶은데 말이다. 다행히 현실의 책임은 지금 한참이나 세월을 거슬러 올라가 찾아야 한다는 데에서 약간은 안도한다.

이승과 저승, 내게 그 찬란한 공간

지난 5월 7일, 내게는 아주 역사적인 날이다. 27년 5개월 전의 그날 너무나 큰 사건이 내게 일어났었기 때문이다. 그 날 토요일 오후였다. 나는 동료들과 퇴근을 하면서, 나머지 시간을 어떻게 보낼까 염려하고 있었다. 시골 학교에서만 21년을 쭉 근무해 왔었는데, 막상 대도시 부산에 전입하고 보니, 갈 곳조차 없어 두 달 내내 방황하고 있었던 것이다. 숙맥불변(菽麥不辨), 즉 콩과 보리를 분간하지 못한다는 말이 있잖은가? 내가 꼭 그 맞잡이였다.

한평생이 인연의 점철이라면, 그 시작이 때로는 가시적으로 나타나기 마련일까? 찰나와 다름없는 그 때, 삼삼오오 무리지어 들어오는 노인들을 나는 보았던 것이다. 그런데 그들이 노인 학생들이라는 게 아닌가. 말로만 들어오던…. 바로 뒤로 돌아서 그리로 뗀 첫걸음이, 나를 오늘까지 그 공간의 한 귀퉁이에 앉혀 놓고 있다.

27년여, 결코 짧은 세월이 아니다. 세상에 태어나서 그렇게 환호작약한 적도 드물었으니 행복했다고 해야겠다. 반면에 극단적으로는 죽음의 피안에까지 다달아 허둥대다 돌아온 적도 있다. 따라서 사반세기 동안에 그려낸 내 정서의 꺾은선그래프는 변화무쌍한 굴곡을 나타낸다.

그래 여태 엄살을 그리 피우지 않았다고 자부하는 마당에, 세상인심의 가장 부정적인 한 단면을 들춰내 보는 것도 괜찮겠다. 내 손으로 간판을 써서 단 10년, 그 해 엄동설한에 120명 노인 학생들이 길거리로 내몰릴 뻔한 적이 있었다. 교장이 버텨 서서 교실 문을 닫고 나가라는데, 늙은 민초들이 무슨 재주나 패기로 뻗대겠는가? 대신 그들은 울부짖었다. 콧물과 눈물이 범벅이 된 모습이, 얼마나 처연한 느낌을 주는가도 그 때 더 절실히 깨달았다.

사필귀정, 끝내 정부에서 외면하지 않고 노인 학교를 하나 마련해 주었다. 정확하게 말하면 1억 3천 9백만 원을 들여, 전무후무하다 해도 틀리지 않을 35평짜리 공간을 덕천 1동 경로당 위에 하나 얹어 준 것이다. 그러나 몽매간에도 잊지 못할 거기에 들어서고 얼마 안 있어 나는 사고를 당한다. 호사다마? 절대 틀린 말이 아니다.

그러나 생사의 기로에서 헤매면서도 그 노인 학교 교문에다 인연의 끈을 이어 놓고 지냈으니. 06년 8월 말까지.

돌이켜보자. 근 30년이 흐르는 동안 겪어 왔었던 수많은 사연들을 어떤 지면이 있어 다 적을 것인가? 시도하는 자체가 다 부질없는 짓인 줄 모르겠다. 다만 한 번이라도 시선을 마주친 노인 학생과는 사제지간이라는, 유별난 노인들의 말을 빌리자면, 저승에 먼저 간 제자가 줄잡아 수천 명에 이르리라. 116살 한기화(시내 최고령자로 신문지상에 오르내렸다, 특히 선거 때에), 100살 구익엽, 97살 양순아, 97살 권태일 학생(그들은 그렇게 불리길 원했었다) 등등.

그래서 가끔은 그들로부터의 환청(幻聽)에 목이 멘다. '한오백년'으로 화답하자. ♬♪한 많은 이 세상 야속한 임아/ 정을 두고 몸만 가니 눈물이 나네/ 아무렴 그렇지 그렇고 말고/ 한 오백년 살자더니 웬 성화요//

백사장 세모래밭에 칠성단을 모으고/ 우리 엄마 만수무강을 빌어나 볼까/ 아무렴 그렇지……♪♫

눈 어두우신 엄마의 애창곡과 그에 얽힌 사연은 근래 내 입을 빌어 재생되기 일쑤요, 화두가 되고도 남는다. **♫열아홉 살 과부가 스물아홉 살 딸을 데리고 어디로 가꼬 내 딸아 어디로 가꼬 내 딸아……♫♪**

이것 하나만으로도 현장에서 '우리'는 울고 웃었다. 엄마는 지금도 내 곁에 있는 것처럼 체온을 느낀다.

그래서 그런지 나는 저승이 낯설지 않다. 다른 사람들과 비교해 상대적이라는 전제를 내세울 수 있다면, '전혀'라는 부사를 동원해도 괜찮을 만큼. 이왕이면 내가 나의 육신 모두를 쓸모 있게 남에게 주고 가고 싶은 욕심은 때로는 '홀가분하다'는 날개를 단다.

나이 들어 일생을 반추해 보자. '순수'라는 단 한 가지 덕목과라도 더불어 지냈다면 그는 행복하다. 예를 들어 '첫사랑', 거기 티끌이 끼어들 염려가 없지 않은가? 나 또한 예외가 아니다.

저승길이 바로 대문 밖임을 절감하고 있을 무렵, 나는 천칭 위 추(錘) 반대편에 이 '첫사랑'과 '노인 학교'를 번갈아 얹어가며 고개를 갸우뚱했다. 어금지금! 그러나 그 무게가 너무나 가벼워 부끄러웠다. 결론은 나는 세상을 순수하게 살지 못했다는 것, 그 이상도 이하도 아니다.

밤이 이슥하여 자리에 눕는다. 저승에서 날 기다리는 옛 제자들의 모습을 하나하나 떠올리는 게 또 하나의 습관이다. 이름과 짝짓기를 하기는 힘들어도, 윤곽은 잡힌다. 하 많은 사연을 남기고 간 그들이 그립다. 이승과 저승의 경계선이 분명히 존재하고 세월이 그렇게 많이 흘렀지만, 지금 당장에 얼굴들을 마주 대할지라도 서로가 서로를 느끼는 태도가 그렇게 섬서하지는 않으리라. 내 신념이다.

저승 노인 학교! 지금 단박에 내가 죽는다 치자. 아무도 내게 생때같은 어쩌고저쩌고 하지 않으리라. 일흔에 한 살을 뺀 나이 아닌가? 여기서나 거기서나 노래 부르는 것은 마찬가지다. 어차피 영혼만 훨훨 날 터, 선종이든 소천이든 때로는 기다려진다는 게 교만한 갈구(渴求)다. 어쨌든 숨이 멎는 그 순간이 지나면 나는 저승 문 앞에서 노인 학교부터 찾을 거다. 입버릇처럼 되뇌어 왔듯이.

참, 이승에서처럼 애면글면 노래 하나만 붙잡고 있을 게 아니라, 아버지 모시고, 못 배운 그 노인 학생들에게 뭐라도 구절 가르쳤으면 한다. 논어에서 옮기자. 學而時習之면 不亦說乎아라 有朋이 自遠方來하니 不亦樂乎아라…

문득 이런 가상이 얼핏 머리를 지배한다. 내 맘 속의 저승 노인 학교와 현실의 이승 노인 학교의 교집합(交集合)! 그건 정말 내게 찬란한 공간(?)일 수도 있을까?

'싸움닭'의 칠순 잔치 이야기

　지난해 12월 중순 토요일 밤, 나는 경기도 부천의 어느 뷔페에 머무르고 있었다. 친구인 K장로의 고희연이 열리고 있었던 것이다. 워낙 먼 곳에서 왔다고 해서, 나더러 노래 한 곡도 부르고 축사까지 곁들여 달라는 쪽지가 전해졌다.

　숨 돌릴 겨를도 없이 무대로 올라가니 거의 무의식 중에 대뜸 '밀양 아리랑'부터 터져 나오는 게 아닌가? ♬♪와 이래 좋노 와 이래 좋노 와 이래 좋노/ 47년 만에 친구 만나니 와 이래 좋노/ 아리 아리랑 쓰리 쓰리랑 아라리가 났네/ 아리랑 고개로 남 넘겨주소……♪♬

　앙코르가 터지기에 내가 다시 선택한 곡은 조용필의 '친구'였다. 반세기 만의 해후에서 '친구' 이상 안성맞춤이 어디 있으랴. 세월의 무게가 잔뜩 실려 있어서 가슴이 떨려왔다. ♬♪꿈은 하늘에서 잠자고 추억은 구름 따라 흐르고/ 친구여 모습은 어디 갔나 그리운 친구여/ 옛 일 생각이 날 때마다 우린 잃어버린 정 찾아 친구여 꿈속에서 만날까 그리운 친구여♪♬

　친구와 나는 아니 연회장에 모인 대여섯 명의 동기들 모두가 70년 전 시공으로 거슬러 올라가야만 했다. 책 보따리를 어깨에 걸치고 십 리

길을 뛰어다녔고, 쇠꼴을 베고 땔나무를 하러 다니며 개똥을 망태기에 주워 담던 추억(?). 무엇보다 굶주리던 일상이 아릿거리는 것이었다. 그래서였을까? 친구와 나는 일흔이 되어도 다섯 자 다섯 푼 키를 못 넘기고 있다는 농담을 던졌더니 폭소가 터져 나왔다. 그런데 정작 고향을 지키는 그의 백형은 앉은자리에서 눈물을 주르르 쏟는 것이었다. 황망 중에서도 그 의미를 알 것 같았다.

하부하는 KTX표를 예매한 터라 연회가 끝나기 전에 8시를 조금 넘겨 일어서야만 했다. 겨우 기차를 붙잡아 탔는데 낭패다. 그렇지 않아도 며칠 동안 과로를 한 터여서 몹시 피곤한데도 눈을 붙일 수 없는 것이다. 깜빡만 졸아도 좋을 텐데, 열두 시가 가까워져도 정신은 말똥말똥. 마침 내 잠들기를 포기하고 아예 추억의 세계로 침잠하기로 했다.

그러나 날이 날이니 만큼 친구 K장로의 졸업 후일담이 계속 귀에 쟁쟁하는 게 아닌가? 그는 입지전적인 인물이라는 말로 대변될 만하다. 초등학교 졸업장을 받고 출향, 오직 한 길로 나아가 비록 중소 규모지만 객지에서 기업을 일구었다. 한 우물을 팠으니 성공은 당연하다. 연회장에 모인 그 많은 하객들로 보아 그는 백 만 인구가 모여 사는 부천시에서 이미 유지였다.

그리고 내가 얼버무리고 넘어가서는 안 될 걸 또 하나 내친김에 덧붙인다. 나는 가톨릭 신자지만, 종교의 상호 불목을 안타깝게 생각하는 입장에서 보았다. 교회 장로, 그 상징성은 무엇보다 크다. 속된 표현을 써서 미안하지만 장로는 아무나 하는 게 아니다.

날이 바뀌어 집에 도착했다. 그런데 공연한 걱정이 아내를 바라보는 내 얼굴 표정에서 드러난 것이다. 나 자신의 고희가 몇 달 앞으로 다가왔으니 이 일을 어쩐다?

밝히기가 무엇하지만 아내의 회갑도 같은 해, 즉 내년이다. 부부가 그게 절묘하게 경사를 맞는 것도 드문 일이지 않는가. 그런데 내 현실은 잔치하고 거리가 있다.

아니 내 자식의 형편이 그렇다는 뜻이다. 딸 내외야 다 직장에 나가고 있어 그렇다손 치더라도 아들은 이번에 겨우 직장을 얻었으니, 녀석에게 아비 어미로 인한 부담을 주기 싫은 것이다. 게다가 말이다. K장로의 1/3 정도의 하객이 모인다는 보장도 없으니…….

밤이 이슥해서 몰려들어오는 자괴지심은 갖가지 회한을 낳는 것이었다. 무엇보다 근래 나는 인심을 많이 잃었다. 오죽하면 내가 내게 붙인 별명이 싸움닭일까? 투계(鬪鷄) 말이다. 사전을 들여다보니 그 해석과 현재의 내 처지가 완전 부합된다. '쉽게 남과 다투는 사람을 닭싸움에 쓰이는 수탉에 비유한 말'. 그나마 싸움닭이 여자를 지칭하지 않는 게 다행이다.

내가 싸움닭이 된 결정적 원인이 있다.

무대는 삼랑진, 거기 미전리에 자리 잡은 오순절 평화의 마을. 나를 끊임없이 링 안으로 밀어 넣어 싸움 연습을 시켜 준 내 주인은 340명 장애 가족들. 그래서 못난 나도 거기 가면 기를 편다. 착각인지 모르지만 나는 거기 자매들의 '오빠'일 수도 있다. 물론 형제들의 '형님'이기도 하지만. 실제로는 그들이 나를 겉으로 아저씨, 할아버지, 선생님, 자문위원 등으로 부르는데, 그게 뭐 대순가. 원장 신부님의 말씀대로 그들과 똑 같은 수준에까지 모든 게 더 낮추어졌으면 하는 소박한 소망은 있다.

그래서 그들을 백안시하거나 그들에게 편견을 갖는 사람과는 반사적으로 맞서고 싶은 것이다. 이른바 싸움닭의 본성은 그렇게 내 가슴을 비집고 들어왔다. 이윽고 벌어진 빅 이벤트 하나. 영원한 문우로 지낼 기회가 있었던 동지와의 관계가 그가 동료 문인에게 던진 '또라이'라는 말 한마디로 인해 틀어지고, 아직까지 현재진행형인 엎치락뒤치락 난장판.

네 시나 되었을까? 나는 서서히 결론을 내리고 있었다.

나와 아내는 칠순, 회갑은 평화의 마을에서 갖는다. 내가 학창 시절을 보냈고 20여 년 교직 생활을 했던 고장. 아버지 엄마를 저승으로 떠나보냈고 예쁜 배경숙 여교사를 만나 면사포를 씌워 줬으며 아들과 딸을 낳아 병치레 거의 끝날 때까지 길렀던 은혜의 땅, 삼랑진! 거기 자리를 잡은, 평화의 마을! 어쩌면 내가 죽어 뒤편 어느 이름 없는 나무 아래에 뼛가루로 묻히고 싶은 그 곳.(엄마 아버지 곁에 가야 한다면 밀양 천상낙원이겠지만)

우리 가족 여섯 명 외에 아무도 안 온다 쳐도 340명 가족들 모두가 하객이다. 요즈음 시세로 돼지 한 마리의 시세는 50만 원. 세 마리만 하면 넉넉하다니 까짓 150만 원쯤이야 아들딸에게 큰돈은 아니리라. 물론 일요일을 택하면 외부에서 봉사하러 온 사람들까지도 하객이요 가족이다. 그들까지 포함해 봤자 100만원 수표 두 장이면 족할 것이다.

싸움닭도 활력과 휴식이 필요하다. 대신 이런 경우의 '활력 + 휴식'의 개념은 내가 정립하기도 어렵다. 그러나 잠시 발톱을 감추고 부리를 땅속에 박아 둘는지는, 그 때에 가서 결정할 일이고. K장로가 자랑스럽고 그리운 것은 무슨 까닭일까?

미리 본 저승, 죽어서도 못 갚는 이승 빚

'저승에 갔다 온'(?) 체험 이야기다.

어느 해 5월 중순, 그 날 노인들과 민요를 부를 준비를 하는 중이었다. 목감기를 치료받으려고, 변두리 한지(限地) 병원으로 부지런히 걸었다. 그러나 간호사로부터 페니실린 주사를 맞고 나서 그만 쇼크에 빠진 것이다.

그 순간의 기억을 재현해 본다.

칠흑같이 어두운 밤하늘을 새처럼 나는 날아갔다. 땅위의 모든 것을 비단결 같이 고운 잔디―이상하게도 한 뼘이나 되었다―가 덮고 있었다. 그렇게 고공비행하다가 땅으로 하강하는가 싶었는데, 내 몸이 솟을대문에 부딪히는 것이었다. 아니 척 하는 소리를 들으면서 달라붙었다.

깨어 보니 내 코에 산소 호흡기의 고무줄이 꽂혀 있었다. 그것도 타이어 펑크 난 것을 때우는……. 다시 종합 병원 응급실에 옮겨졌고 처치 후 귀가할 수 있었다. 내 착각인지 모르지만, 후유증이 다른 사람의 말과는 달리 오래 계속되었다. 그러고도 나는 내 노인 학교는 물론 여기저기 다니면서 노인들을 만났다. 노래 부르고 춤도 추고. 싱겁기는 고드름장아찌란 속담이 싱거울 정도로 온갖 싱거운 이야기도 늘어놓았다.

내가 여태 16권의 졸저를 냈다. 거기 포함된 수백 편 중 가장 으뜸으로 치는 글은 단편 소설 '이승과 저승 사이'에서다. 국제 펜클럽의 <펜과 문학>에 실었던 것인데, 서두에다 앞서의 '죽음 체험'을 끌어다 썼다.

전개해 나가면서 노인 학교도 등장시키고, 염라대왕이 왜 나를 이승에 다시 돌려보냈는지 당위성(?)을 강변(强辯)한다. 딸처럼 여기던 애견 후로다가, 저승에서 역시 염라대왕에게 바야흐로 죽음 직전에 빠진 제 새끼를 살려 달라 애원하는 것과 같은 전개 흐름을 갖고 있다고 하자. 그러니까 그 부분은 픽션이다.

그로부터 나는 수도 없이 죽음과 맞닥뜨렸던 것이다. 불과 몇 년 전까지만 하더라도. 아니 차라리 수백 수천 번이라는 게 정확하겠다. 특히 교내에서 한 어린이를 잃고 나서 몇 년 동안 사투를 벌여왔었다. 그러다가 기적처럼 살아난 지 서너 해 되었다.

내가 생각해 봐도 기가 막히게 노인들 앞에 서면 전보다 기운이 넘친다. 모처럼 능참봉을 하니까 한 달 거동이 스물아홉 번이라더니, 평화의 마을 등에서 새로운 직함을 얻어서인지 일생을 통해 이렇게 바쁜 적이 없었다. 내일 모레면 일흔인데 뒤늦은 삶의 환희도 가끔은 만끽한다는, 푸념 아닌 푸념도 나올 만하다.

그러나 내 여명은 그리 길지 않을 것이다. 괜한 큰소리도 부질없는 짓이다. 아무리 억누르려 해도 가끔씩 슬그머니 나를 덮치는 생각! 이 순간이라도 좋으니 소리 소문 없이 뇌사 상태에 빠져, 쓸모 있는 장기(臟器)라도 남에게 주고 떠날 수 있었으면…….(원도 한도 없겠다.)

그렇다고 해서 이 시점에서 지난날에 대해 왜 후회가 없으랴. 그냥, 막무가내 모두가 무지와 과욕에서 비롯된 것이었다고 치부한다 치자. 찜부럭이 난다.

그런데 근래 밤에 꿈을 많이 꾸는 편이다. 이상할 정도로. 나로 하여금 어김없이 가위에 눌리게 하는 것은 교직(교사, 교감, 교장) 때의 자질과 나태다. 43년 동안 어땠었기에 꿈속에서도 학부모인 듯싶은 사람들로부터 항의와 질책을 받을까? 그제도 나는 졸업을 앞둔 2월 말, 6학년 2학기 수학 교과서 진도를 마치지 못해 쩔쩔 매고 있었다. 사람들이 몰려들어 오는 걸 보고 혼비백산하여 뒷문을 향하여 냅다 뛰었다.

워낙 놀라 깨어 보니 꿈이다. 평생 수학이라면 질겁하고, 어린이들도 그 과목을 제대로 가르치지 못했었다는 잠재의식이 그렇게 표출된 것이리라. 노인 학생들과 어린이들 속에 섞여 옛시조를 가르치는 장면 등도 '몽중상봉(夢中相逢)' 중 하나다. 그런데 나는 항상 노인 학생 편을 드는 것이다. 내 교육자로서의 왜곡된 삶이 엉뚱한 시간과 공간에서 드러나다니 무섭다. 어젯밤엔 대여섯 명 어린이들을 앞에 두고 영상 자료를 동원해 수업을 하다가 녀석들로부터 항의를 받았다. 뭐, 화질이 흐리다나?

어쨌거나 여차하여 다시 내게 주사 쇼크 정도의 사건만 생겨도, 설사 소설 속에선들 어찌 살아 돌아올 수 있으랴. 저승 갔다 와서 빚 갚은 사람이라는 전래 동화도 있지만. 현실에선 초등학교 어린이들 앞에 설 기회가 다시는 없음에야, 구걸조차 할 수도 없고.

다시 돌이켜본다. 본래 내가 오직 혼신의 힘을 쏟아야 할 데는 초등학교 교단이었다. 그 본분을 잊었으니 이 자업자득은 어쩐지 당연하다. 교사 시절을 거쳐 교감 교장을 지내면서, 다섯 어린이가 저승으로 먼저 떠나는 것을 속절없이 바라보아야 했던 것은 불가항력이라 변명할 수 있다. 하나 나머지 많은 어린이들을 제대로 가르치지 못한 죄는 크다. 곱다랗게 빚으로 안게 되었다. 죽어서도 갚지 못하는……

그렇다고 해서 어찌 오늘 밤만은 그런 흉몽에 시달리지 않게 해 달라는 하는 기도에 매달릴 수 있으랴. 그래 차라리 꿈속에서라도 깨우치게 된 것은 은총으로 여기자. 겉으로 짐짓 여유를 부리면서 시침이 9를 가리키는 걸 본다.

하창식 교수야말로

세상엔 탐욕으로 찌든 얼굴을 한 사람이 있다. 나는 서슴지 않고 자신을 그런 부류에 포함시킨다. 아니 내가 대표적인 인물일지 모른다. 결코 비하를 위한 비하가 아니다. 글을 무턱대고 많이 쓰고, 그것들 한데 묶어 내기 바쁘다. 그 비례상수에 스스로 도취되어 사는 내가 부끄럽다. 머지않아 열일곱 권? 결코 내세울 일이 못 된다.

그런가 하면 돌아가신 은사 정신득 선생님 같으신 분은 이승에 계실 때, 수십 년 동안 딱 한 권의 수필집을 선보이셨다. ≪그물 한 코≫! 우리 나라 수필 문학의 태두라 할 수 있는 선생님의 모든 것이 거기에 압축되어 있다. 오죽하면 선생님 생전에, 선생님 글들을 모아 제2수필집을 만들어 드리겠다는, 끝내 지켜지지 않을 약속을 내가 드렸겠는가? 회한이 남는다. 스승께 대한 그런 공수표 남발을 하는 위인인지라, 저승에 가서 선생님 뵙기가 무척 민망스러우리라. 유고집 ≪홍시는 늦가을까지 기다려야≫ 심부름 한 것으로 상쇄시킬 수는 없다.

그런데 선생님의 족적이 그대로 배어 있는 우리 ≪수필≫ 부산 문학회에, 어쩌면 선생님을 닮았을지 모르는 젊은 선비가 있다. 바로 말하자, 에두르지 말고. 부산 대학교 고분자 공학과 하창식 교수! 이번 우리 동인지에 내 콘서트 이야기를 아예 드러내 놓고 소개한 데 대한 화답은 결코 아니다. 그야말로 오랫동안 끈끈한 인연이 있었기 때문이다. 아니 절제 된 그의 언행에서 정신득 선생님을 뵙는 것 같은 느낌을 갖지 않을 수 없어서다.

92년도였던가? 내가 부암 초등학교 교감으로 근무하고 있을 당시 그 는 학부모였다. 남매 둘을 승용차로 가끔 등교시키곤 했는데, 어느 날 드디어 인사를 나누게 되었다. 대학 교수치곤 너무나 겸손하게 허리를 굽히는 걸 보고 아아, 이분 참 사람이 되었구나 하고 감탄했다. 표정도 꼭 소년 같아서 맑고 밝았다.

산문집을 보내 왔기에 정독하고 나서 생각하였다. 이 정도면 우리 동 인회에 추천해도 손색이 없으리라. 과연 동인 모두가 그를 박수로 맞아 들였다. 내가 그런 징검다리 역할을 하고 그만큼 기쁜 것은 처음이었다.

다시 나는 신설 학교인 대천리 초등학교로 자리를 옮긴다.

거기서 나는 부산 시장이 들으면 기절초풍할 일을 벌인다. 당시 <부 산 시보>의 편집을 맡고 있던 C선배의 부탁으로 '주간 사설' 원고 모아 주는 심부름을 맡은 것이다. 현역 공군 대령까지 필진에 참여시켰다면, 그 극성을 어떤 형용사를 동원해 표현할까? 꼬박 3년, 그러니까 36개월 동안 나와 친교가 있는 작가며 교수 등에게 매달렸다. 하창식 교수도 당연히 거기 포함될 수밖에. 그의 산뜻한 표현력과, 사회를 보는 진지한 자세에 나는 매료되고 말았다. 꼭 자기가 재직하고 있다고 해서가 아니 라 구구절절 부산 대학교에 대한 애정을 쏟아 놓는데, 그걸 읽고 감동하 지 않는 시민이 있다면, 제 그르다며 나는 박수를 보냈다.

나는 소위 학문을 하는 사람, 다시 말해 대학 교수들의 현학(衒學)적인 글을 근본적으로 싫어하는 편이다. '현학'이란 게 바로 자기 전공을 자랑하는 글이다. 그건 수필이 아니다. 그런데 비록 '사설(辭說)', 즉 그대로 해석하면 '잔소리나 푸념' 정도니 오히려 수필 쪽에 가까웠으리라. 놀랍게도 그는 네 번 집필하는 동안 그런 냄새를 전혀 피우지 않고 현명하게 우리 일상을 들먹이면서 촌철살인의 지혜가 어떤 것인지 은근슬쩍 내비쳤으니……. 당시 쉰 명이 넘는 필자 가운데 그를 상위에다 올리는 이유다. 아름다운 추억으로 남는다. 그 때도 그의 글은 다듬어져 있었다.

그는 참 멋쟁이이다. 우리 동인들도 그가 음악을 한다는 사실을 잘 모를 거다. 부산 가톨릭 문학상 시상식 때 중창단에 들어가서 노래 부르는 그런 정도가 아니고, 대학에서 전공을 뭘 할까 고민했던 적도 있을 만큼 그 삶의 밑바탕에는 음악이 깔려 있다. 아마도 전 가족이 다 모인다면 현악 4중주쯤 거뜬히 소화해 낼 수 있는 보금자리의 대표, 즉 가장이 하창식 교수다. 그의 선비 정신은 거기서도 많은 영향을 받았으리라.

그가 지난번 수필집을 냈을 때 나더러 독후감을 써 달랬다. 내가 사실 아무리 중량감이 처지는 작가지만, 등단한 지 30년 가까운데 발문도 아닌 독후감이라니 일순 당황한 것은 당연한 일.

그러나 나는 망설이지 않고 기꺼이 응했다. 오히려 내가 적격이라 여겼다. 내 눈엔 그가 학자로서 외국에 나가 장기간 공부하고, 학회 일로도 그만큼 바쁜데 내게는 자연인으로서의 일상이 더 많이 비쳐졌다. 그가 노벨 물리학상을 받을 만한 후보로서 일찌감치 거론되어 왔고, 우리나라에서 0순위라는 걸 감안하고 보아도 그의 글에서 교만이 없었다, 티끌 만큼도. 그게 꿰어 놓은 옥처럼 아름다웠다.

그는 지금 또 미국에 가 있다. 아마 1년 동안이리라. 그를 동인회에 추천한 나로서 무한히 기쁘고 은혜롭게 생각된다. 그러나 그 무엇보다

지난 8월 14일 내 콘서트에 참석한 것이 너무나 고맙다. 아마 그 이틀 뒤엔가 그는 출국하였으리라. 보통 사람 같으면 짐 꾸리느라 눈코 뜰 새조차 없을 텐데, 그는 내게 너무나 큰 미담을 엮어 목에 걸어 준 것이다.

만년 소년, 나처럼(탐욕으로 인해) 찌든 얼굴 아닌 그를 사랑한다. 내 세상에 태어나서 공개적으로 글을 통해 받들어 모신 분이 정신득 선생님과 문인갑 선생님, 부산 상대 이해주 학장님(전), 경성대 이병수 교수(내 노인 대학 부학장 역임) 등이 고작이다. 이제 하창식 교수를 거의 파격으로 그 범주에 포함시키려니, 설사 연배는 아닐지라도 서슴없는 이 결단이 자랑스럽다.

나 자신을 보면 짜증스러운데 그의 이름만 떠올려도 편안해진다. 은혜보다 가치 있는 말이 있다면 이 졸고 뒤에 기꺼이 갖다 붙이리라.

아직도 둘은 생존해 있다니!

　세상엔 기적이 존재한다. 이번에도 나는 그걸 보았다. 그렇다고 해서 그게 뭐 거창한 데서 비롯되어 드러난 결과는 결코 아니다. 그저 일상에서의 조그마한 체험이라고나 하자.

　며칠 전이었다.

　나는 초량 시각 장애 복지관에서 네댓 시간을 보내고 있었다. 역시 입담이나 노래 실력이 점점 줄어듦을 절감했다. 부끄러웠다. 휴게실에서 마지막으로 '빈대떡 신사'를 부르고 식당으로 내려왔더니, 아직 차가 안 와서 귀가하지 못한 형제자매들이 삼삼오오 모여 앉아 있다. 나는 아양을 떠는 기분으로라도 그들의 환심을 사야 했다. 이미 널리 알려진 엄마의 애창곡 '열아홉 살 과부가(寡婦歌)'를 허공에다 뿌렸다. ♬♪**열아홉 살 과부가 스물아홉 살 딸을 데리고오오오/ 어디로 가꼬 내 딸아 어디로 가꼬 내 딸아아아아♪♬**

　휴게실에 올라왔든 안 올라왔든 간에 분명한 것은 상당수의 가족들이 복지관에 머무르고 있다는 사실이다. 나는 큰 소리로 그들에게 말했다.

　"오늘도 '열아홉 살 과부가…'를 불렀습니다. 저 이제 돌아갑니다."

　위로의 말을 보내는 형제자매들도 있었다. 아, 이원우 씨 왔능교? 고맙십니데이.

'씨'에 대해 신경질적인 반응을 보이기 일쑤인 나도, 그들 앞에서는 별 도리가 없다. 사투리가 오히려 정겹게만 들린다고나 하자. 반겨 주는 그것만으로도 나는 만족해야 하지 않겠는가?

그러는 중 나보다 몇 살 아래인 선천성 시각 장애인인 K형제가 나를 부르는 것이다. 손짓으로. 시력 잃은 그의 눈동자에 깃들이어 있는 반색이 너무 고마웠다. 식탁 사이를 이리저리 돌아서 달려갔더니 그가 내게 휴대 전화의 번호 하나를 눌러 보였다. 김정숙 011-584-069×, 그러곤 아는 사람이냐고 물었다. 워낙 흔한 이름이라 잠시 머뭇거렸더니 자기 도우미란다. 나는 속으로 아하, 그랬었구나.

그가 눈치를 채고 말을 잇는다. 김정숙은 서말순이라는 할머니의 딸인데, 친정에 가서 우연히 어머니의 사진들을 들여다보다가, 내 이야기를 들었다는 것이다. 민요나 흘러간 옛 노래라면 사족을 못 쓰는, 이원우 선생이 노인 학교장 자격으로 노인 학생 30명을 인솔하여 태국에 여행을 갔을 때 할머니도 동참했었더란다. 행여 동일 인물이 아니냐며 어머니가 물었다는 것. 나는 너무나 반가움을 느꼈다.

전동차 안에서 김정숙 도우미에게 전화를 걸었다. 이만저만 반가워하는 게 아니다. 오늘 시각 장애 복지관에 다녀오는 길이라 했더니, 어머니의 휴대 전화번호도 일러 준다. 010-5590-4744! 몇 마디 이야기를 나누고 집에 돌아와서 서둘러 휴대 전화기 뚜껑을 열었다. 신호음이 그리 오래 가지 않았다. 내가 입을 열기도 전인데, 할머니가 말한다.

"이 선생인교, 15년도 넘었지예?"

거짓말 좀 보태면 나는 전율을 느끼는 듯한 기분이었다. 할머니가 사는 '맥도' 부락, 90년도쯤에서부터였을까? 내 노인 학교와 거기 여남은 명의 학생들과 인연을 맺기 시작한 게……. 토요일 오후면 어김없이, 어느 누구 하나 빠지지 않고 기쁜 얼굴로 몰려들어오는 모습을 보면서 내가 그들로부터 받는 감동은 형언하기 버거웠다.

그들이 등교(?)하는 모습을 재현시켜 본다. 예순다섯 살을 넘긴 할머니들이 손에 손 잡고 허허벌판을 15분이나 걸어서 도로까지 걸어 나온다. 눈이 오나 비가 오나 바람이 부나. 정류소에서 버스에 오른 뒤, 도중에 다시 바꿔 타고 오는 것까지, 그러니까 편도에만 자그마치 한 시간! 수업 시간 합하면, 60×4=240분을 투자하는 것이다. 토요일 오후엔 아예 농사마저 포기하던 그들이다. 몇 년이나 계속되던 일편단심이었다.

그들 중 거의 대부분이 나를 따라 단체 첫 국외 여행에 참가했다. 대만(臺灣)이다. 자그마치 87명, 나는 노인 외교 사절단이란 이름을 붙이는 걸 망설이지 않았다. 다음 다음해 다시 나는 맥도 부락 학생들 중 몇몇이 포함된 여행단을 이끌고 방콕을 찾는다. 이번에는 그리 많지 않은 인원, 30명. 설사 가이드가 있다손 치더라도 결코 만만한 행사는 아님은 두말할 나위가 없다. 4박 5일, 대개가 내 10년 손위인 그들에게서 끊임없이 자화상을 보는 것도, 그러나 내게는 환희였다. 100여 시간의 일정 중 기억에 남는 것 중 하나가 산호섬에서의 해수욕이다. 60대 중반의 서말순 학생이 거의 비키니에 가까운 해수욕복을 입고 당당히 물에 들어서는 걸 보고 우리 모두의 손바닥에서 터진 건 작렬! 나머지 29명의 이모저모도 전부 내가 가진 카메라에 죄다 담을 수 있었다.

귀국 후 몇 년 사이 많은 변화가 있었다. 한꺼번에 두 아들이 비명횡사한 김영선 학생도 이승을 떠났고, 허리가 내려앉은 홍청주 학생도 유명을 달리했다는 소식이었다. 국수 삶은 물에 엎어져 아랫도리에 중화상을 입어 성심병원에 입원해 있던 서말연 학생도 끝내 숨을 거뒀다는 풍문. 세월은 그렇게 흐르면서 나를 전나귀로 만들어 갔고, 마침내 병석에 눕히고 만다. 꿈에서도 맥도 부락에 한 번 가봐야지 하는 것은 마음뿐이었다.

　가장 좌절감을 주는 게, 어디 갔는지 '노인 학생 생활기록부'를 찾을 수 없다는 사실이었다. 연락도 그래서 도무지 불가, 나는 그저 침통해 있었다. 게다가 세 번에 걸친 동남아 여행 중 찍은 사진들도 행방불명, 그 그리운 얼굴들을 보고 싶을 때도 속수무책일 수밖에. 그나마 다행히도 여든 일곱 살인 김순금 실장에게서 사진 몇 장을 얻었지만, 그것들 중 방콕 근처를 배경으로 한 것은 전무였다. 김순금 실장은 두 번째 여행에 불참했으니까.

　그런데 뜻밖에, 너무나 뜻밖에 서말순 학생을 만나기 직전이니 내가 어찌 설레지 않겠는가? 설 쇠면 일흔아홉, 그동안 얼마나 변했을까? 서말순 학생에 의하면 자기를 포함해서 맥도 부락엔 두 명이 생존해 있단다. 그나마 정선○ 학생은 요양 병원에 드나든다니, 궤적이 없는 성쇠(盛衰) 앞에서 아뜩한 느낌을 갖는다.

　서말순 학생은 나더러 맥도 부락에 당연히 한번 와야 한단다. 옛날처럼 국수 삶아서 대접하겠다는 말도 잊지 않는다. 눈시울이 젖는 것은 내가 목석이 아니기 때문이다. 자기는 사진이 그렇게 소중한 게 아니니 송두리째 내게 넘겨주겠다는 말도 덧붙인다.

　오늘은 새해 첫 주일, 다음 주말까지 나는 맥도 부락을 찾는다. 설사 칼바람을 맞더라도 허허벌판을 지나 거기로 발걸음을 할 것이다. 세상에서 가장 맛있는 점심 대접도 받고. 임이 떠나고 없는 휘휘한 땅이라 한들 휘둘러보는 것만으로도 맺힌 한이 어찌 수그러지지 않으랴.

　나는 내가 못났다는 사실을 너무나 잘 안다. 그래도 1월 30일(주일)에는 시각 장애복지관을 또 찾을 것이다. 천만 분의 일 확률이라도 또 다른 기적을 거기 아니면 오가면서 만날지 모르지 않는가? 그 옛날 파타야 해변에서 산호섬으로 가는 배 위에서 부르던 뱃노래, 그 흉내를 한 번 내고 싶다. ♬♪부딪치는 파도 소리에 단잠을 깨보니/ 들려오는 노젓는 소리가 처량도 하구나/ 어기야 디야차 어기야 디야 어기 여차 뱃놀이 가잔다 ♬♪

대한민국 최고의 부사관(副士官) 양하윤 상사

경기도 양주군 광적면 보병 제 26사단 사령부 부관 참모부. 거기서 군대 생활을 26개월 정도 했다. 잊을 수 없는 일이 한두 가지가 아니다.

그 중 대표적인 것. 상벌계에서 일을 했는데, 내가 모시고 있던 선임하사 최종학 상사는 내게 작은아버지 같은 느낌을 주는 분이었다. 식견이 높아서 부관 참모의 지시가 떨어지기 무섭게 업무 처리를 너무나 매끄럽게 하는 바람에, 조수(助手) 권 일병과 나는 혀를 내두르곤 했다. 그분이 평양 사범 대학교 미술 교육학과 중퇴의 학력을 가진 것을 뒤늦게 알고, 그러면 그렇지 하고 고개를 끄덕였다.

최종학 상사야말로 제대로 된 군인이었다. 40대 중반? 그 정도로 나이가 들었는데도 젊은 장교에게 깍듯이 대했다. 그 예 하나. 보충 중대 바로 아래에 부관 참모부가 자리 잡고 있어서 신임 소위들의 행동거지를 목격할 때가 많았다. 그들은 경례를 않고 지나치기 일쑤인, 나이 든 하사관들에게 기합(?)을 넣고 있었다. 귀관(貴官), 어쩌고저쩌고 하면서 손바닥으로 하사관들의 어깨를 치곤 하는 걸 보면서 우린 얼마나 웃었던가? 한데 우리 선임하사는 어찌 보면 아들 나이 되는 그들 중 소위에게 그런 책잡힐 일을 하지 않았다.

그런가 하면 내 나이 그 때 20대 초반인데도, '하대'를 삼갔다. 언제나 말을 '게'로 맺고 보니 내가 오히려 송구스러울 수밖에. 한번은 내가 영창에 가도 좋을 만한 일을 짓었는데도 그걸 감싸 주었다. 그때 선임하사가 내게 매섭게 몰아친 말의 끝이 '록'이었다. 이 병장, 다시는 그런 행동을 하지 않도록!

제대를 앞 둔 몇 달 동안, 워낙 많은 표창장을 주는 사단장(문중섭 장군/시인)이라 비상 대기를 해야 할 형편이라 선임하사와 나(일반 하사로 진급해 있었다), 그리고 권 병장은 아예 책걸상을 부관 참모실로 옮겨 놓고 근무를 했다. 자연히 우리 사무실에 대위에서 중령까지의 중견 장교들이 드나들게 되었는데, 그들은 우리 선임하사에겐 대개 존댓말을 썼다.

그런 덕목을 갖춘 선임하사를 모시고 군 생활을 하면서, 하사관으로서의 역할이 군에서 얼마나 중차대한가 하는 것을 느끼면서 지냈다. 그러면서도 좁은 소견에도 왜 하사관인가 싶어 안타깝게 여겨 왔다. 제대하고 나서도 마찬가지였다. 하사관? 하인, 하층민, 하교(下敎), 하급, 하등동물, 하부(상부에 반대되는 개념), 하수인, 하옥, 하위, 하치(같은 종류의 물건 중 가장 질 낮은 것), 하품(下品) 등의 단어가 줄줄이 신음 소리에 섞여 나왔다.

제대를 한 게 67년이었다. 그로부터 20년 후 나는 아주 특별한 사람을 만나게 된다. 공군 제 5672부대(현 3875부대)의 양하윤 하사관이었다. 정훈관실에 근무하는 하사였는데, 그가 국군의 날 부대 행사에 어린이들을 초청하는 심부름을 하러 우리 학교를 방문했다가, 인연을 맺은 것이다. 그 뒤로 우리는 마치 십년지기나 되는 것처럼 많은 이야기를 나누면서 급속도로 친해졌다.

몇 달도 안 되어서였다. 그는 내가 운을 떼기 무섭게 노인 학교에 나와 봉사하겠다고 하는 게 아닌가? 토요일 오후라는 것쯤은 알고 있으면서 말이다. 아니 오히려 막무가내 그가 간청을 했다는 게 옳겠다. 그는 몇 번이나, 게으름을 피우지 않겠다는 다짐을 했다.

그로부터 장장 15년, 그가 하사에서 중사를 거쳐 상사로 진급할 때까지 토요일 오후엔 거의 나와 함께 시간을 보냈다. 노인 학생들이 두 번씩이나 계급장을 바꿔 달아 주던 그 순간의 감동은, 아직도 가슴에 남아 있다. 어느 초등학교 교장이 10년 동안 노인들이 써왔던 교실을 못 빌려 주겠다며 엄동설한에 노인들을 바깥으로 내몰려 할 때에, 그는 차라리 투사로 보일 정도로 맞섰다. 그가 있음으로 해서 현역 공군 준장이 노인 학교를 두 번 방문하는 기적 같은 일도 일어났다.

한마디로 말해서 그는 민과 군의 유대 강화에 한 획을 그은 간부 군인이라는 표현이 썩 어울린다 하겠다. 군인의 신분으로 '자랑스런 북구 구민상'을 받은 것은 당연한 보상이되, 전무후무한 하나의 대사건이 아닐 수 없다.

교직에서 퇴임한 이후에 우리 노인학교는 어느 대학 교수가 운영하기에 이르렀는데, 그는 나보다 더 자주 거기 들렀다. 물론 우린 거기서 가끔 만나기도 하였고.

설을 며칠 앞두고 나는 그로부터 전화를 받았다. 그가 '2010년 공군을 빛낸 인물'로 선정되었다는 기쁜 소식이었다. 겸손의 정신으로 그러는 듯 자세한 내용을 일러주지 않았는데, 나중에야 인터넷을 통해 궁금증을 풀 수 있었다. 수상자 일곱 명의 계급(신분)을 보고 나는 놀랐다. 준장 1, 대령 2, 중령 2명에 상사 1명, 민간인 1명이었다.

그 중에서도 우리의 양하윤 상사의 공적 내용이 상대적으로 상세하게 소개되어 있었으니, 그와 더불어 일한 나로서도 영광스럽다는 생각이 들 수밖에. 덕성 토요 노인 학교에서 토요일 오후마다 몸을 던진 15년 세월은 내가 너무나 잘 알고 있다. 장애인 시설과 양로원에서의 희생봉사, 문학 활동도 마찬가지다.

나는 까마득한 옛날의 최종학 상사와 양하윤 상사야말로 최고의 군인이란 생각을 지울 수가 없었다. 다만 2001년 3월 27일자로 '하사관'이 그 '부사관(副士官)'으로 바뀌었으니, 그 이전의 하사와 중사, 상사, 그리고 원사(元士)들의 불명예(?)를 보상할 길이 없어 안타깝다.

내가 지근거리에서 지켜보지 못했을 따름이지, 창군 이래 부사관들이 전투력에 미친 영향은 지대하다. 부사관들이 엮어낸 신화 같은 다큐멘터리도 얼마든지 찾을 수 있다. 가까이는 연평 해전이며 천안함 사건에서 조국에 목숨을 바치는―제2연평 해전 3명, 천안함 사건 4명 부사관 산화―부사관의 군인 정신을 똑똑히 보았지 않은가? 이제 초급 장교가 부족하여 부사관 중 상사들로 하여금 소대장에 보임되도록 할 계획도 있다니, 대한민국의 부사관들이 얼마나 가슴이 설레랴. 그들에게 더욱 신뢰가 간다. 부사관 만세!

다시 한 번 강조하지만 그 부사관(하사관) 중에서도 그 옛날엔 최종학 상사를 만났고, 지금도 양하윤 상사와는 상시로 얼굴을 대할 수 있으니 행복감에 빠진다. 나는 비록 예비역 '일반 하사'이긴 하지만 부사관은 부사관이라 큰소리칠 만하다 하겠다. 제 눈에 안경일까?

오늘 밤엔 양하윤 상사에게 전화나 건다. '월남에서 돌아온 김 상사'를 한 소절씩 바꿔 부른다면 최고의 부사관에 대한 예우가 될 것 같기도 하다. ♪♬ 월남에서 돌아온 새까만 김 상사 이제야 돌아왔네……♫

그리고 또 있다. 꿈에도 잊지 못할 '공군가'. ♬♪ 하늘을 달리는 우리 꿈을 보아라/ 하늘을 지키는 우리 힘을 믿으라/ 죽어도 또 죽어도 겨레와 나라/ 가슴속 끓는 피를 저 하늘에 뿌린다 ♬♪

'빈자일등(貧者一燈)'은 여기도

허정무 감독이 월드컵 축구 대표 팀을 이끌고 나가서 '결초보은(結草報恩)' 어쩌고저쩌고 하는 바람에 아연실색하던 기억이 난다. 이 고사성어는 원수, 서모, 순장(殉葬) 등의 요소가 있어야 하는데, 죽음으로써 은혜를 갚는다는 뜻이기 때문이다. 최선을 다하면 되는 것이지 목숨까지 바칠 것은 없지 않은가 말이다.

고사성어가 나왔으니 말이지만, 근래 나는 '빈자일등(貧者一燈)'을 입에 달고 살고 있다. 시각 장애 복지관 가족들과 여러 노인 학교 학생들을 대상으로도 구연했고, 이웃 금명중학교 학부모들과 3학년 학생들에 앞에서도 들먹였다. 글쎄 여섯 달 동안에 여남은 번? 워낙 아름다운 이야기라, 나 자신조차 사뭇 감동을 받는다고 해도 과언이 아니다.

'사위국', 즉 석가가 25년 동안이나 지내면서 설법 교화에 애썼던 코살라의 수도에, 난타라는 여인이 살았다. 그는 워낙 가난해서 시장에서 구걸하면서 연명을 하고 있었다. 어느 날 난타는 석가가 바로 이웃에 머무르고 있다는 소식을 듣고, 석가에게 공양을 하고 싶었다. 하루 종일 시장 바닥을 헤맨 끝에 난타는 동전 한 닢을 구하게 되었다. 난타는 그걸 들고 가게에 가서 그야말로 눈꼽만큼의 기름을 살 수 있었다. 난타는 기쁜 마음으로 등불을 밝혀, 다른 사람들 사이에 놓았다.

그러자 이상한 일이 일어난 것이다. 다른 등불은 하룻밤에 꺼져갔는데 난타의 등불은 밤을 새고도 이튿날 아침까지 환하게 타오르지 않는가? 뒷날 석가가 난타를 비구니로 받아들였다는 이야기. 이 고사성어는 사람이 정성스레 하는 보시가, 얼마나 위대한 힘을 발휘하는가 하는 것을 시사해 준다. 성경에도 가난한 과부의 헌금 이야기가 나온다.

중학교 3학년 340명 앞에서, 나는 그런 정신으로 이 시대를 살아가는 몇몇의 실명을 들먹이기까지 했다. 이화 여대를 나와서 프랑스 유학까지 마치고 귀국, 국내의 대학 강단에 섰으나 2001년에 그만 완전 실명을 하게 된 이경혜 시의원 등등. 그가 장애인들의 복지 증진을 위해 앞을 못 보면서도 혼신의 힘을 쏟는다는 이야기에 학생들이 제대로 반응을 보였다.

삼랑진 오순절 평화의 마을 가족 340명 이야기가 머리에 떠올랐다. 나는 지체 없이, 지도 안에도 없는 그들의 이모저모를 말로써 그려내어 설명해 나갔다. 그들을 보살피는 신부님 이하 모든 직원들과 봉사자, 후원자들의 눈물겨운 헌신과 봉사의 삶도 들먹였다. 논리의 비약인지 모르지만, 그들이 바로 사위국 난타를 닮은 일상을 보내고 있다는 대목에서 터지는 박수 소리!

행여나 싶어서 질문을 했다. 그들 중 대여섯 명이 평화의 마을에 갔다 온 적이 있다는 것이다. 그들을 불러 소감도 들었는데, 어쩌다가 보니 그만 어떻게 그런 일을 할 기회가 있었는가를 물어 보지 못했다. 나중에서야 그들이 부산에서 가장 가난한 동네인 금곡동, 그 중에서도 임대 아파트에 산다는 것을 알고 자초지종을 짐작할 수 있었다.

저런 핑계로 몇 달 평화의 마을에 올라가 보지 못했다. 다음 주에는 가능할 것 같다. 이번에 가족들의 생활관이 새로 지어졌는데, 거기서 장애를 가진 그 곳 형제자매들이 어떤 모습으로 환호작약할까? 기대와 궁금증이 교차한다. 노래방 시설이 제대로 갖추어졌다면, 거기서 그들과 어울리고 싶다. 고백하건대 신곡(新曲) 실력은 내가 가장 뒤지겠지만.

배냇골에 초량 장애 복지관 형제자매들과 함께 소풍을 갔을 때, 어느 자매가 내게 건네 준 만 원짜리 두 장과 최연소 후원회 회원인 내 손주 종빈이의 36,500원(하루 과자값 100원 아낀 돈)을 호주머니에 넣어 놓은 채 수시로 만지작거린다. 그 촉감이 참 좋다.

그리고 금명 중학교 학생들이 엮어낸, 난타의 경우와 똑같은 미담의 보따리! 겉으로야 작고 협수룩하지만 그 무게가 만만찮다.

상제(喪制) 5제(題)

노인 학생들 앞에서도 나는 외람되게 아니 당당하게 죽음 이야기를 한다. 가끔은 곁가지로 흐르는 게 탈이지, 화두는 분명 죽음이다. 나는 가끔은 졸리는 듯 거슴츠레 눈을 뜨고 그들을 바라보며 진단한다. 때로는 아예 선언을 한다. 오늘 60분 동안에 단 한 번이라도 웃지 않는 학생이 있다면, 여기 앉아 있지 말고 끝나고 신경 정신과라도 가 보이소오.

까닭수를 그렇게 마련하는 것도 이젠 노하우가 되었다.

옛날엔 누가 죽으면 아이고 아이고 하고 곡을 했다. 상제가 너무 서러워 목 놓아 울다가, 마침내 아무 소리도 못 낼 지경에 이르면 '곡(哭)군'을 사기까지 했다니, 우리 조상들의 효심 하나만은 알아 줄 만하다. 그러나 '아이고 아이고'의 유래를 보면 허망하다(?)

옛날 가난한 선비가 어린 자식을 하나 두고 그만 저승으로 가고 말았다.

겨우 일곱 살 된 그 아들이 기특하게도 상제 노릇은 잘한다. 마루에 마련한 빈소를 지키는데, 아버지 친구 몇몇이 문상을 왔겠다. 너무 상심하지 말라는 말씀을 다소곳이 앉아 듣던 상제가 문상을 마치고 귀가하려는 어른들을 배웅하기 위해 일어서려는데, 하필이면 그 순간 마루에 난 구멍에 불알이 쏙 빠질 게 뭐란 말인가. 상제는 그만 자기도 모르게 너무나 아파서 소리를 내고 말았겠다. 아이고 아이고!

반드시 폭소가 터진다. 이게 거짓말이라면 내가 열 손가락에 장을 지지기라도 해야 하지 않을까. 김해 노인 학교에서 기어이 입을 다물고 있는 할머니가 있었는데, 아니나다르랴, 할머니는 심한 우울증을 앓고 있다더라. 예외다. 후문은 듣지 못했다.

또 하나. 출향한 점잖은 신사가 고향 친구의 부음을 들었겠다. 그는 서울에서 시골까지 자가용을 몰고 문상을 가게 되었다. 그런데 마을 어귀부터 뭔가 심상찮다. 50호 남짓한 동네라 상(喪)이라도 나면 강아지 소리부터 낌새가 심상치 않은데, 오히려 경사가 있는 듯 왁자지껄, 모두가 가가대소를 해댄다. 친구 집안에 들어서니 갈수록 태산이라더니 일가친척은 물론 동네 사람이며 문상객들의 입이 전부 찢어질 정도다. 잠시 상제들의 옆얼굴을 보았는데, 이런 만고의 불효가 있나? 상제들마저, 부모님을 잃어버린 죄인이니 이(齒)를 보여서도 안 된다는 옛 교훈을 송두리째 저버리고, 사람들과 혼연일체가 되어 있는 게 아닌가? 손으로 겨우 입을 가리긴 했지만…….

신사는 빈소에 들어섰다. 그리고 판 위에 놓인 영정을 보았다. 그 순간 그도 그만 웃음을 터뜨리고 말았으니, 세상에 60대 초반의 친구가 아니라, 아랫도리까지 발가벗은 고인의 백날 사진! 그게 떡하니 얹혀 있었으니. 신사인들 고인 영전(靈前)이지만, 어찌 피식거리지 않을 수 있으랴.

이 우스갯소리는 듣기에 따라 낭패 중의 낭패일 수도 있는데……. 뺑 씨—물론 가성(假姓)이다—집안에 제대로 가정교육을 못 받아온 망나니 같은 아들이 있었다. 사고로 그만 아버지를 여의게 되었다. 타향에서 떠돌아다니던 때였다. 그래도 어쩌겠는가? 급히 귀가하여 제법 영절스럽게 빈소를 차려 놓고 상제로서 문상객을 맞는다. 친구들이 우르르 몰려들었다. 상제보다 복재기가 더 설워한다더니 얼른 보아 조폭을 닮은 그 중에 두목 비슷한 작자가 짐짓 슬픈 표정을 짓곤 묻는다. 야, 우리도 슬프대이. 그래 우짜다가 '사망'했노?

상제가 내놓는 대답이 더욱 기가 막힌다. 아부지가 사랑방에서 낮잠을 주무시는데, 실경(시렁의 사투리) 위에서 목침이 떨어졌다 아이가. 그게 그만 이마를 내리쳤으니, '제깟 놈'이 안 죽고 배기나.

여기서 '상제 4제'. 조선 시대 미행(微行) 즉 평상복으로 갈아입고 저잣거리를 돌아다니면서 백성들의 일상을 살펴보기 좋아하는 임금이 있었더란다. 특히 그는 혼자서 도성 밖까지 나가 하루 이틀 머물기도 하였다.

하루는 충청도 어느 시골을 지나는데 그만 날이 저물고 말았다. 이윽고 사위가 깜깜해지는 게 아닌가. 한참을 찾아 헤매다가 다 쓰러져가는 초가집을 하나 발견하였다. 희미한 호롱불빛이 보이는데, 더욱 가까이 가보니 서러운 노래와 흐느낌 소리까지 섞여서 들린다. 임금은 창호지 문에 침을 발라 구멍을 내고 안을 엿보았는데, 그만 비명을 지를 뻔했다. 방안에 해괴한 일이 벌어지고 있다. 상제가 '경복궁 타령'을 부르는데…. ♬♪**남문을 열고 파루를 치니/ 계명산천이 밝아온다/ 에-에헤이에이야 얼럴럴거리고 방아로다♪♬**

그런가 하면 금방 깎은 듯 희다 못해 파르스름한 머리를 한 여승(女僧)이 그 앞에서 춤을 추고 있다. 노파가 또 하나 읍(揖/泣)한 채 울고 섰다.

임금이 예를 갖추고 사연을 물어본즉 1년 전에 가장이 세상을 떴고 오늘이 소상일(小喪日)인데, 하도 가난하여 아무 것도 마련할 수 없었더라는 것이다. 그래 며느리가 머리카락을 죄다 끊어 '달비' 장수에게 팔고, 그 돈으로 술상을 차려 어머니를 기쁘게 해 드리는 현장이었던 것이다.

임금이 감동하여 한양 가는 여비를 건네고 가을의 특별 과거를 보도록 권유했다. 드디어 음력 11월 모월 모일 과거장에 모인 수백 수천 명 앞에서 펼쳐진 시제는 '상제는 노래하고, 중은 춤추고 노파는 울고 서 있다!' 喪歌僧舞老人泣. 그 상제가 장원급제하였음은 물론이다.

이 이야기야말로 시대에 뒤떨어진 고리타분한 전래동화지만, 그래도 아직은 노인들 앞에서 써 먹을 만하다. 감동은 눈물이나 박수나 웃음을 동반한다. 그게 그거라는 걸 나는 한번도 의심해 보지 않았다. 사이사이에 다른 대중가요라도 곁들여 보자! ♪♫한양 천리 떠나간들 너를 어이 잊으리오 / 성황당 고갯마루 나귀마저 울고 넘네……♫♪

다시 들먹인다면 오만 아니 악의라고 할지 모르지만, 나는 항상 죽음을 머릿속에 떠올리며 일상을 보낸다. 덤으로 사는 인생 어쩌고저쩌고 하는, 그런 상투적(?)인 표현보다야 절실한 하루하루라는 뜻이다. 어느날 뇌사 상태에 빠져 내 육신 모두를 넘긴 채 눈감고 싶은 바람, 거기에서 못 벗어날 때가 더러 있다.

당연히 사위 박 서방을 포함한 내 자식들은 상제가 된다. 만약에 천운(天運)이 내 편이라면 상황이 벌어졌을 때, 그들의 처신이 어때야 한다는 게 자명한데, 자꾸만 강조하려니 오히려 쑥스럽다. 그들에게 다시 한번 당부한다. '한마음 한 몸 운동 본부'에 연락하여 장기는 필요로 하는 사람에게 옮기고, 시신은 대학 병원으로 직행하도록 해야 한다. 나머지 장례는 거기 걸맞은 절차에 따르면 된다. 빈손으로 왔다가 빈손으로 가는 한 생(生), 조용하면 오히려 이름이라도 남길 게다. 이 마지막 세속적인 욕심까지 버릴 수 있으면 더 좋으련만, 그건 섭리라는 영역에 속한다.

'상제 5제'를 무슨 전가의 보도나 되는 것처럼 들고 노인 학교를 섭렵한다면? 반응이 심상치 않을 것 같아 오히려 가슴이 설렌다.

위대한 '소리샘' 그 탄생과 도약

2002년 6월 7일이 내 회갑이었다. 그러나 사정도 사정이지만, 다른 여러 가지 세상사가 섞바뀌는 바람에 자식들과 밥 한 끼 먹는 것으로 그 날을 그냥 넘겼다. 대신 난생 처음으로 콘서트를 열어 스스로 기념했으니, 오히려 셈을 제대로 차렸었다고 해도 과언이 아니리라.

그 날 태풍 라마순이 남부 지방을 강타한다는 예보 때문에, 한 달 여유를 두고 일정을 잡아 놓은 나로서는 며칠 전부터 노심초사, 그저 하늘을 우러러 원망할 도리밖에 없었다. 그런데 그 하늘이 불쌍한(?) 내 편이 되어 주는 바람에 행사를 무사히, 아니 성대하게 치를 수 있었다. 지금도 내겐 그게 기적처럼 여겨진다. 오후 두 시에 가까워질 무렵엔 나뭇잎 하나 흔들리지 않을 정도로 천지가 고요 속에 빠졌으니까.

원로 가수 남백송 선생이 우정 출연하여 3/ 18곡을 도와주었다. 여기서 분모(分母)는 '부산 노래'다. 나보다 아홉 살 연장인 그가 삼랑진 출신이라는 인연으로 너무나 적은 개런티를 지불했던 게 아직 맘에 걸린다. 한창 때는 지금의 현철 정도 인기를 누리던 그였으니까.

그로부터 9년 만에 나는 그 공간의 무대에 섰다. 비록 비공식적이긴 하지만.

동창회에서 만난 후배 박상철 영어 학원 원장이 얼마 전 내게 청을 하나 넣어 온 것이다. 금요일 오후 일곱 시부터 노래를 좀 불러달라는……. 서로를 안 지 얼마 안 되었으니 아닌 밤중에 홍두깨 격인데도, 나는 어디서냐고 물었다. 너무나 뜻밖의 대답에 내 벌어진 입이 다물어지지 않았다. 교통 문화 연수원! 강산이 변할 세월이 흐른 뒤, 내 나이 꼭 일흔에 맨 처음 콘서트를 열었던 무대에 다시 선다?

　행사 개요를 설명하면 이렇다. 그 곳에서 한 달에 한 번 지역 주민을 위한 무료 영화 상영을 하는데, 개막 전에 입장객들의 무료함을 달래기 위해 음악을 선사한다는 것이다. 음악 수준이야 차라리 둘째 문제라는 묘한 뉘앙스를 풍기는 전제가 있어, 적이 안심이 되었다. 아니나 다르랴. 연습 때부터 우리 둘은 편안한 마음으로 시간을 보냈다. 그의 통기타 겸 하모니카 반주에 맞춰 내가 나름대로 가다듬은 곡은 'I Can't Stop Loving You' 등 팝송 두서넛, 가곡 '고향 생각', 대중가요 '돌아와요 부산항에', 동요 '과수원 길' 등이었다.

　드디어 약속한 날 저녁, 우리는 이른 저녁을 챙겨 먹고 약속 장소로 나갔다. 기대보다는 사람들이 적게 모여 있었지만 뭐 그게 뭐 대순가. 아 참, 뜻밖에도 어린이들이 상대적으로 많아 마음에 찔리는 건 당연해도 엎질러진 물이었다. 대신 아홉 손가락을 꼽아가며 한 해 한 해 생사를 넘나들던 고통을 곰곰이 반추해 보게 되고, 환희인지 회한(悔恨)인지 모를 정서에 빠져듦으로써 다른 건 염두에 둘 겨를조차 없었다.

　이윽고 공연은 끝났다. 돌아 나오려는데, 일흔을 약간 넘긴 듯한 할머니가 건네는 말이었다.

　"아, 우리 학창 시절에 유행했었던 찰스 레이의 그 노래를 들려주시다니 고마웠습니다. '고향 생각'도 좋았고요."

여기서 나는 '소리샘'이란 음악 사단(師團)-설사 나더러 허풍떤다고 손가락질해도 달게 받겠다, 사단이 맞다-을 들먹이지 않을 도리가 없다. 그 날 밤 만난 박상철 원장 외 여러 회원들의 분주한 움직임 속에서 그런 커다란 존재감을 느꼈기 때문이다. 내가 사는 우리 금곡동의 청년회원들도 상당수 나와 봉사하고 있었고, 일사불란함은 거기서도 묻어나왔다. 김종수 회장, 그 거인도 만났고.

그리고 며칠 뒤, 나는 또 한 번의 초대가수가 된다. 정화 양로 정기 위문 공연이 있는데, 노래를 좀 불러달라는 것이었다. 순간 나도 모르게 가벼운 신음 소리까지 터져 나왔다.

정화 양로원, 86년도였을 게다. 나는 내 반 어린이들을 데리고 매주 금요일 거기 나가서 민요를 지도했었던 정든 곳이어서도 그렇지만, 얽히고설킨 너무나 많은 인연들이 아직도 가슴을 뭉클거리게 하기 때문이다. 생존했으면 백 살인, 현 이상훈 고문의 장모 되는 분이 내 노인 학교 제자였던 그 하나의 사실만으로도 그 곳을 잊을 수 없다. 몇몇 다른 노인들도 토요일 오후마다 내 노인 학교에 다녔고. 만주국 백 미터 올림픽 대표 선수나, 한국 여자 전투 경찰 1호라는 할머니. 그리고 다시는 구할 도리가 없는 〈가요집성〉이라는 책을 준 할머니, 형제 복지원에서 바로 거기로 왔으면서도 항상 형사가 붙어 있어야 했던 약간 좌경 사상을 가진 할아버지……. 그야말로 잊을 수 없는 노인들이다. 나는 기어이 상수(常數)라는 말까지 생각해내었다. 그렇다, 어쩌면 이건 정해진 운명 아닌가.

반시간 정도 연습을 하였다. '번지 없는 주막', '해운대 엘레지', '홍도야 울지 마라', '고향 무정', '찔레꽃' 등 대여섯 곡을 갖고.

금석지감을 갖지 않을 수 없는 원인이 있다. 고등학생 셋이 반주를 한다는 사실이다. 그 옛날엔 악기라 해봤자 리코더 하나였으니. 현장에는 색소폰이며 기타, 드럼 등 어마어마하다는 느낌을 줄 정도의 악기들이 준비되어 있지 않은가? 단원들이 일고여덟 명은 되는 것 같고. 민요팀도 따로 왔다. 역할 분담이 또한 잘 되어 있어, 전문가를 따라잡을 실력의 사회자 첫 마디가 분위기를 사로잡는다.

이윽고 내 차례가 되어 노인들 앞에서 생음악 반주에 맞춰 흘러간 옛노래, 청승맞기로 두 번째 가라면 서러울 정도의 '홍도야 울지 마라' 등 트로트 곡을 불렀다. 보기에 민망할 정도로 온몸도 흔들어대면서. 여기저기서 손뼉을 치며 노인들이 신나해 하는 모습을 보니 그 자체가 역시 내겐 감동이었다.

그 옛날 금요일 여기 들렀다가 비라도 오면, 노인 학교 제자들 방에 들어가 창밖을 하염없이 내다보며 세상 이야기에 취했었지. 모두가 고인이 된 그들과의 추억도 애틋함으로 점철되어 묻어났다.

그러나 역시 나는 여전히 너무 부족하다는 걸 느꼈다. 손뼉 어쩌고저쩌고 하는 것은 아전인수 격의 궁색한 아니 교만한 표현이다. 그에 비해 '소리샘'과 민요 팀의 빼어난 연주 솜씨에 할아버지 할머니들이 취하고도 남음이 있었다. 색소폰에서 뿜어져 나오는 '허공'이며, '물새 우는 강 언덕', '꿈에 본 내 고향' 등은 나도 매료되기에 충분했고. 민요 '청춘가'도 마찬가지.

이런 저런 일로 과로한 탓인가? 집에 와 보니 아닌 게 아니라 피곤이 엄습했다. 그래도 시간이 흐를수록 정신은 더욱 맑아지는 것 같았다. 밤이 깊어졌는데도, 낮에 부르고 들었던 노래와 악기 소리의 여운이 귓전을 맴돌았다. 특히 '홍도야 울지 마라'. 서울 요정이 텅 빌 정도로 5백 명 기생으로 하여금 일시에 부미관에 몰려들게 했다는, 원제(原題) 연극

'사랑에 속고 돈에 울고'에 취해 난 계속 흥얼거렸다. ♬♪사랑을 팔고 사는 꽃바람 속에/ 너 혼자 지키려는 순정의 등불/ 홍도야 울지 마라 오빠가 있다/ 아내의 나갈 길을 너는 지켜라♪♬……

이제 나는 노구(老軀)니, 시르죽느니 하는 따위의 엄살을 피울 처지가 아니다. 나 같은 미미한 존재를 '소리샘'에 끼워주는 것만 해도 감지덕지 해야 한다. 나아가 나의 입에서 절로 나와야 할 말이다.

"그래 가자, 어디든지! 그들을 따라서 말이다."

이제 나는 '소리샘'이 있는 한, 어디에서든 강중거릴 명분을 충분히 쌓은 셈이다. 어제 나는 정말 행복한 주말을 보낸 셈이다.

허망의 실체

　며칠 전 일이다. 근래 몇 년 동안 착각 속에 살아 왔다는 것을 그렇게까지 절실하게 느끼지 못했다. 사람만 많이 모인다면 90분이 아니라 120분이라도 자신 있다는 확신에 늘 차 있었는데, 그 날 단상에서 첫 마디를 던지는 순간, 뭔가 꺼림칙한 기운이 확 얼굴을 덮치는 것 같았다. 그래도 나는 짐짓 여유를 부렸다.

　재미나는 골에 범 난다 했으니, 봉변은 이미 예견되어 있었지만.

　돌이켜보면 근래 사람들 앞에서 너무 허세만 부리는 일상을 보냈다. 내용이야 어떻든 대중가요나 부르고 우스갯소리 따위를 여기저기 섞어 넣으면, 객석에 앉은 사람들은 적당히 속아 넘어가 주었다고 하자. 며칠 전에도 부산 일보사에서 '황성 옛터'를 앞세우고, 1930년대의 시대 상황을 약간 곁들여서 목청을 돋움으로써 4백여 명의 원로 교육자들을 떠들썩한 분위기로 몰아갔으니, 그건 어찌 보면 일종의 덤터기 아닐까? 재작년 '홍도야 울지 마라'며 '찔레꽃' 등 KBS 가요무대에서 주워들은 상식을 바탕으로, 어느 교회 노인 대학 학생 9백여 명과 50분을 보낸 것에도 따지고 보면 같은 맥이 닿아 있다고 할 수밖에. 자괴지심이라고 표현해야 할 이런 일들이 연거푸 일어났다는 데에 문제가 있다.

이야기가 되돌아가는데, 그러다가 이번에 딱 걸려든 것이다

이웃 금명중학교 진로 지도 부장에게서 전화가 왔기에 큰소리 친 것부터가 잘못이었다. 학부모들을 대상으로 120분 강의가 가능하겠느냐는 의사 타진이었다. 불감청이언정 고소원, 아니 몽매에도 그리던 바였으니 수화기를 내려놓고 나서 기고만장해 하는 내 꼴을 보았으면 누구든 가관이라 했으리라. 어쨌거나 그 행사 하나만으로 국한 시킨다면 성공이었다는 자평도 가능하다.

그 다음이 문제였다. 나는 K부장이 다시 3학년 전체를 대상으로 강당에서 진로 교육을 해 달라는, 넌지시 던지는 말에 자신 있게 성급하게 달려들어 버린 것이다. 그 순간의 선택이 결국 이웃 화신중학교에까지 이어졌으니 낭패를 자초한 셈이 되었다. 화신중학교 K부장이 같은 얘기를 전했을 때, 내 대답엔 소리 없는 환호작약이 배어 있었다. 나는 이까지 악물었다. 내 기어이 이번에는 죽었다가 살아난 이야기까지 하리라. '신체발부는 수지부모 불감훼상이 효지시야도 강조해 들먹이고.

말하자면 내 몸을 성하게 지니지 못하면, 무슨 직업이 있겠느냐는 지극히 단순한 방정식을 풀어 보이고 싶었던 게다. 티격태격 다투는 것도 결국은 폭력으로 이어지고, 자칫하면 목숨까지 잃게 할 수 있다는 것을 지도 안에다 포함시켰다. 교장 끝자락에 그 '티격태격' 하나로 인해 한 어린이의 죽음에 대한 논란이 있었고, 상대편 다섯에게도 평생 지울 수 없는 상처를 주었다는 뼈아픈 이야기를 비교적 소상하게 설명할 심산이었다.

드디어 지난 금요일 나는 화신중학교 강당에 들어섰다. 우레와 같은 박수가 터지고, 나는 전혀 주눅 들지 않은 표정으로 무대 위에 섰다. 처음부터 조금은 소란스럽다는 느낌이 들었으나, 나는 결심하였다. 내

너희를 제압해 보이리라! 그래 나는 전매특허랄 수 있는 Oh Danny Boy 부터 한번 뽑아 보았다. 그런데 반응이 영 시원찮다.

'내 정년은 80세 이상' 이라는 소주제가 있었으므로, 내가 지금 과외로 한 달에 백만 원을 벌 경우도 있다는 이야기로 그 다음을 잇고, 근거를 대며 녀석들의 얼굴을 살펴보았다. 그런데 그마저도 기대 이하인 것이다. 몇몇을 제외하고는, 내 애타는 심정 따윈 아랑곳없다는 듯 자기들만의 시간에 바야흐로 빠져든다.

그제야 나는 아하, 오늘 파워포인트라도 하나 있어야 하지 않겠느냐는 K부장의 사전 충고를 외면했던 기억을 떠올렸다. 엄습해 오는 것은 후회막심, 그 떠올리기조차 두려운 정서였다. 나는 나를 그 자리에서 질책하기 바빴다. 아, 이 아둔패기 중의 아둔패기…….

일각이 여삼추란 말 그렇게 절감해 본 적이 드물었다고나 하자. 아니 워낙 피 말리는 터였으므로, 어떻게 시간이 흘러가는지 가늠할 수도 없었다는 게 옳은 표현이리라. 그러나 어쨌든 분침이 한 바퀴 반 돌았을 때, 나는 가슴을 쓸어내렸다. 무대에서 내려오면서 맨 오른쪽 줄에 앉은 학생들의 손을 잡는 여유를 짐짓 부렸다.

1/5은 내 이야기 중 이 사람들의 성공 실화를 들었을지 모르는 일 아닌가? 이해주 전 부산 상대 학장, 그가 회장으로 있을 때, 부산 유네스코를 통해 국제 이해 증진이 이루어졌다. 이경혜 시의원, 그는 앞을 못 보면서도 왕성한 의정 활동을 한다. 채낙현 전 청장, 그는 초등학교만 나오고서도 27살에 중학교 교장을 지냈는가 하면 부산 시내 임명직 구청장을 14년 동안이나 지냈다. 로사리아 수녀, 오순절 평화의 마을에 있는 그는 지체 장애가 심한데도 당당히(?) 수도자의 길을 걸으며 봉사의 삶을 산다. 하창식, 부산 대학교 고분자 공학 교수인 그는 옛날 내 학부모였는데

우리나라에서 노벨 물리학상 수상 대상자 0순위다. 박현수, 그는 기장에서 반려 애견 장례 식장을 운영하는 어찌 보면 평범한 사람인데, 우리나라처럼 보신탕을 먹는 후진국(?)에서 그는 반려 동물 문화의 선도자다. 김철 시인, 나와 의기투합하여 우리 가요를 영역하여 부르는 일을 도모하고 있다!

그러나 그로부터 내가 겪은 후유증은 정말 만만찮았다는 데에 문제가 있다. 기대에 어긋나게 강의를 못했다는 데에서 온 부끄러움……. 눈에서 핏물이 고이는, 꿈인지 생시인지 모를 현상(?)을 체험하기까지 했으니 더 말해 무엇하랴. 바야흐로 나는 내 허망의 실체와 맞닥뜨려 있는 셈이라고나 하자.

금명중학교 강의 일자가 며칠 앞으로 다가오고 있다. 아니 정확하게 말하자. 오늘이 월요일이니 금요일이라면 나흘 남은 셈이다. 아무리 위기가 기회라지만 두렵다. 까짓(?) 노인 학생들이나 원로들 상대라는 건 누워서 떡 먹기에 지나지 않지만, 와, 중학생 정말 무섭더라.

그렇다고 해서 손 놓고 있을 수는 없는 노릇, 나는 이미 중학교 선생인 딸애에게, 파워포인트 제작을 서둘러 부탁해 놓은 참이다. 걸음을 재촉하여서 오늘 기장 애견 장례 식장에 다시 다녀오기도 했다. 왕복 4시간 걸려서. 귀로에 제자인 모델 엄은실에게 도와 달라는 부탁 메시지를 넣었더니, 아뿔싸 지금 외국 여행 중이라지 않는가? 그래도 블로그 주소를 일러 주기에 샅샅이 뒤져서 사진이라도 다운받을 생각이다. 같이 부를 노래도 당연히 새로 골라야 하겠고.

내일은 종일 컴퓨터에 매달릴 심산이다. 모레 딸애에게 자료를 보내면 목요일 오전 중까지는 파워포인트 제작이 가능하겠지. 심호흡을 하면서 되뇐다. 진인사대천명!

이제 머무적거릴 필요 없이 내 심경에 칼날을 숨긴다. 서슬이 묻어 있다. 실패는 한 번으로 족하다. 그리고 이번 일이 없었다 치면 언제나 자신을 꼭짓점에 올라서서 조감해 보겠는가? 모든 사람들이 고맙다는 결론으로 지난 며칠을 매듭짓자. 오늘은 깊은 잠을 이룰 수 있을 것 같다.

제 4 부

사랑 · 화합 > 미움

아름다운(?) 간음(姦淫)

예수님은 저 유명한 산상(山上) 설교에서 말씀하신다. 음욕을 품고 여자를 바라보는 자는, 누구나 이미 마음으로 그 여자와 간음한 것이다.

나는 본래 남보다 염치가 없고 뻔뻔스럽다. 이번에도 미사를 봉헌하면서 그걸 무덤덤하게 받아들였으니. 두 눈을 똑바로 뜨고 강론 중인 신부를 바라보면서 짐짓 묵상에 잠기는 표정까지 지었다.

여기서 머츰하지 않을 수 없다. 교내 사고 때문에 한 어린이가 목숨을 잃었었다. 나는 반승반속(半僧半俗)이란 말이 차라리 어울릴 정도의 시원찮은 교육자였다. 그 인과를 속절없이 받아들여야 하는 자괴지심은 끝내 나를 패닉으로 빠뜨렸다. 그런 가운데서도 내가 자인할 수밖에 없는 것은 60평생에 지은 하 많은 죄. 43년 동안 교단에 서 있으면서 탐낸 재물(?), 숨겨지지 않는 교만, 교육 과정에 대한 무지·게으른 가르침 등등이 숨을 막히게 했다.

특히, 아내도 대강은 짐작하는 건데 내 여성 편력—아내는 노인 학교에서의 상대적으로 젊고 예쁜(?) 학생을 머리에 떠올리겠지만—은 고개를 떨어뜨리게 만들었다. 거기서 비롯된 정서는 나로 하여금 과거를 모두 부정으로 보게 만들었다. 나는 머리카락을 움켜쥐고 탄식하였다. 아,

나는 평생 '순수(純粹)'와는 너무나 먼 거리를 두고 살아 왔구나!

그러는 가운데서도 내 뇌리에서 줄곧 떠나지 않는 여인이 있었다. 스물세 살 때였던가? 낙엽이 지는 계절 어느 날 밤, 교정 팽나무 아래에서 터질 것 같은 심장으로 내가 사랑을 고백했었던 같은 학교의 여교사! 50년 세월이 흘렀다. 손등에 가벼운 입맞춤만 했을 따름인, 그 연상의 여인만이 티끌 없는 순수, 그 이름으로 내 맘속에 자리 잡고 있는 걸 발견하곤 나는 흠칫 놀랐다.

드러누운 채 생사의 경계선을 수도 없이 넘나드는 순간에도 여인은 내게서 떠나지 않았다. 어느 해 11월이었던가? 마침내 1주일 내내 꿈속에서까지 나타나는 바람에, 나는 끊임없이 신음을 토해내야만 했다. 그건 내 의지와는 상관없는 일이지만. 오직 하나뿐인 순수가, 타자(他者)와의 사투에서 빚어내는 소리 없는 아우성? 아마 그런 표현도 가능하리라. 아니 차라리 그렇게 미망에서 헤어나지 못하는 나 자신을 또 다른 내가 물끄러미 바라보아야만 하는 형국이었다고 하자.

그러던 중 내 건강이 회복되었다. 윈소리, 즉 죽었다는 소문을 나 자신이 귀에 못이 박히도록 듣던 즈음이었다. 기적, 그 이상도 이하도 아닌 생존의 현실 앞에 몇 달 동안이나 어리둥절해 하기도 했고.

여기서 운명적이고 기막힌 체험 하나. 재작년 교우의 딸이 선종하였는데, 위령 미사에도 참례하고 장지에까지 따라가서 성가를 불렀다. 그리고 한 걸음 뒤로 물러서다가 너무나 뜻밖의 비석 하나를 보게 된다. 천주교인 김○자 테레사의 묘, 그 여인과 이름이 같은 생면부지인 고인이 거기 누워 있었던 것이다! 나는 둔기로 한 대 맞은 느낌이었다. 그 자리에서 나는 화석처럼 굳어질 수밖에 없었다. 아무렇지도 않은 듯 돌아서지지 않았다. 차라리 야당스러운 인간이라는 폄훼에 빠질지언정.

나는 귀신에 홀리기라도 하듯 서울 동창회 총무에게 문의했다. 그가 일러 주는 대로, 첫사랑 그 여인의 휴대 전화 버튼을 눌렀다. 신호가 가는가 싶더니 이윽고 들리는 목소리, 여보세요.

여인은 내가 묻지 않아도 알 수 있을 정도로 숨을 가빠했다. 심장이 안 좋다고 했다. 몇 마디 대화를 한 뒤 내가 던진 질문이 종교가 무어냐는 거였다. 뜻밖의 대답이 흘러나왔다. 78년부터 천주교를 믿어왔다는……,

내가 주님의 현존을 다시 한 번 체험하는 순간이었다. 성경에 나오는 일곱 형제 이야기가 문득 떠올랐다. 어느 여인이 일곱 형제의 맏이와 결혼했었는데 죽게 된다. 여인은 그 첫째 시동생과 살다가 과부가 되고 그 불행은 막내까지 이어진다. 누가 물었더라나? 여인이 죽으면 그는 누구와 결혼해야 하느냐고. 정답은 '걱정 말라'다. 하늘나라에서는 결혼 따위는 없다는 것이다. 모두 그저 친구로 지낸단다.

마음이 한없이 편안해졌다. 이제 더 이상 나는 그 여인을 보고 싶어 하지 않아도 된다. 사치스럽게 순수가 어쩌고저쩌고 하는 고통과 담쌓아도 괜찮다. 동을 자른들 어떠랴.

그러나 그 날 밤 나는 충격적인 꿈을 꾼다.

내 나이 예순 여덟, 여인이 일흔인 그런 초로의 모습이 아니었다. 놀랍게도 그 옛날 팽나무 아래에서 20대 초반의 그 여인을 보았다. 달빛이 나목(裸木)의 가지 사이로 교교히 내리 비치고 있었다. 그런데 벗은 것이다. 여인이 말이다. 잔주름 하나 없는, 화장기 없는 얼굴에 터질 듯 팽팽한 가슴을 드러내 놓고 여인은 낙엽 위를 걷고 있었다. 미혹에서 깨어나는 데 제법 오랜 시간이 걸린 것 같다. 눈을 뜨고 나기 무섭게 머리가 혼란에 휩쓸리는 걸 느꼈다. 그러나 저절로, 신음소리와 동시에 터져 나오는 독백, 아 50년 만의 아름다운 간음!

이튿날 나는 어느 노인 학교에 수업을 하러 갔다. 시작 전 신부와 면담을 했다. 자초지종을 낱낱이 고하자, 신부는 보속으로 묵주 기도 두 꿰미를 청했다. 마침내 안수(按手)까지 해 주었는데, 돌아오는 전동차 안에서 내 마음은 한없는 평온에 빠져드는 게 아닌가?

그로부터 그 여인은 적어도 내 생리적인 꿈에서 사라졌다. 아내에 대한 눈치나 죄의식? 주님께서 신부를 통해 용서해 주셨는데, 긁어 부스럼 만들지 않는 게 그분 아들된 도리리라. 다만 이제 일흔이 내일모렌데, 여전히 아름다운 여자를 보면 탐하게(?) 되는 못된 버릇은 앞서 들먹인 바와 같다. 제대로 된 그분의 아들이라면 고해소 문지방을 사흘이 멀다 하고 넘나들어야 되는 게 아닌가 싶어 적이 염려스럽기도 하다. 이러루 할진대 아직 남자로서 살아 있는 자체가, 해결하기 어려운 함수 관계 속에 파묻혀 헤매는 거나 아닌지…….

당신이 수필가라면, 정신득 선생님을 아는가?

추석이다. 오늘 새벽에도 눈을 뜨기 무섭게 정신득 선생님의 유고집 ≪홍시는 늦가을까지 기다려야≫ 부터 찾았다.

당신께서는 1994년 3월 23일 동래구 온천2동 850−83번지에서 영면에 드셨다. 84세로 이승을 떠나신 지 16년이다. 태어나신 해는 내 선고(先考)와 거의 비슷하셨다. 그래서 오늘 추석 새벽의 선생님께 대한 정서는 남다르다.

부모님 차례를 모시고 나서 나는 ≪홍시는 늦가을까지…≫를 펼쳐 들었다. 이 책을 만드는 데 약간 심부름을 한 덕분이기도 하지만, 나 같은 걸 제자라고 보살펴 주시던 선생님이 사무치게 그리워서 생긴 습관이기도 하다. 참, 이 책이 고고의 소리를 낼 때, 거들어 주셨던 몇 분도 이미 고인이 되셨다. 문인갑 은사님, 외우 조영조 형(서예가) 등이시다.

나는 '해적이'란 말에 아직 친근감을 갖지 못하고 있다. '연보'나 '약력'이면 충분할 것을…… 쯧쯧, 혀를 찰 때까지 있다. 내가 가진 우리말 사전에도 올라있지 않은 '해적이', 한글학자들의 전용어일지 모른다는 지레짐작까지 주는 '해적이'. 그런데 그 '해적이'가 ≪홍시는 늦가을까지 기다려야≫에서 '약력'을 밀어내고 차지하고 있다.

나는 선생님을 우리나라 수필 문단의 태두라 여긴다. 사람들이 선생님을 김태길 교수나 피천득 선생 등과 견주어 우러러보는 데 인색한 이유를 나는 안다. 당신께서는 진실로 세속과 담을 쌓고 사신 게 그 첫째다. 당신께서 종신 회장으로 계시던 <수필> 부산 동인회의 기관지 <수필>외에, 다른 문학지에 글 쓰시는 걸 삼가셨다는 점, 그게 두 번째 이유다. 역설적으로 들릴지 모르지만, 그래서 ≪홍시는 늦가을까지 기다려야≫엔 사보(社報) 등에 실으셨던 글이 상당수다.

여기서 그만하고 선생님의 해적이를 적는다. 선생님을 사랑하고 존경하는 선후배, 동인들과 다시 한 번 그분의 일생을 되돌아보았으면 한다.

1911년 음력 2월 8일 경남 동래군 일광면 화전리 당곡 부락 출생

1922년 2월-1928년 3월 기장 공립 보통학교 졸업

1928년 4월-1931년 3월 경상남도 공립 사범 학교 특과 졸업

1949년 9월-1951년 9월 동아 대학교 문리학부 정경학과 3년 졸업

1951년 9월-1953년 9월 서울 대학교 사범 대학 문학부 국문과 졸업

1931년 3월-1944년 3월 부산진 공립 보통 학교 훈도

1944년 3월-1945년 9월 부산 성지 공립 국민학교 훈도

1945년 10월-1948년 9월 경남 공립 여자 중학교(6년제) 교사

1948년 10월-1949년 8월 부산 공립 사범학교 교사

1949년 8월-1952년 4월 경남 공립 상업중학교(6년제) 교사

1959년 3월-1961년 11월 부산 사범학교 교감

1961년 11월-1964년 3월 경상남도 교육국 교육과 장학관

1965년 7월-1970년 5월 부산 남고등학교 교장

1970년 5월-1973년 7월 부산진 여자 상업학교 교장

1973년 7월-1976년 8월 경남 상업고등학교 교장/ 정년 퇴임

1980년 1월–1984년 2월 부산 경상 전문대학장

1994년 3월 23일 별세

　이상은 엄밀히 말해서 선생님의 학력과 교직 경력만을 연대별로 정리한 것이다. 한글 학회 부산 지회장과 부산 외솔회장, 도덕 재무장(MRA) 부산 본부 대표, 부산 삼락회장, 부산 적십자 노인 대학장, 부산 원로 문화 회의 의장, <수필> 부산 동인회장 등을 제외한 학술 혹은 교육 및 기타 관련 사회 활동 경력은 생략했다는 뜻이다.

　선생님은 홍조 근정훈장과 국민 훈장 목련장, 향토 문화상 등의 큰상을 받으셨다. 물론 자질구레한(?) 교육부 장관 표창 등은 유족 측이 드러내지 않았기 때문에 알 길이 없다.

　눈여겨보면 선생님처럼 초 중등 및 고등 등 모든 교육 기관에 몸을 담은 경우는 그리 흔하지 않다. 특히 초등 교사를 양성하는 기관인 사범학교에 교사로서 1년, 관리직인 교감으로서 3년 가까이 계심으로써 많은 후학들이 교단에 서게 되었다.

　당신의 인격이 아니었으면 나 같은 사람, 교편을 잡기조차 힘들었을지 모른다. 다음 이야기로써 증명(?)하려 들다니 안타깝기도 하지만.

　나 자신 1959년 3월 부산 사범학교에 입학하였는데, 그 해 선생님께서 교감 선생님으로 부임하신 것이다. 그런데 3월 중순경, 나는 삼랑진에서 범일 역까지 무임승차를 하다가 역무원에게 붙잡혀, 학교에 통보되는 바람에 그만 1주일 유기 정학에 처해지고 만다. 학교 안이 벌컥 뒤집히고, 나이는 같은 한 해 선배들이, 벌떼처럼 몰려와 반성문 따위나 쓰고 있는 내게 주먹질을 해댔다.

　그 당시만 해도 무임승차쯤, 너나 할 것 없이 밥 먹듯이 했다. 다만

운이 나빠 빚어진 결과였음에도 불구하고, 교감 선생님의 일벌백계 방침에 따라 나만 희생된 셈이었다. 공고문이 게시판에 내걸렸을 때만 해도 나는 그렇게 생각했다. 실제 같이 역 철로를 벗어나 도망친 두 친구는 무사하였으니. 엉뚱하게도 그들에게 화살을 돌리는 못된 성정, 나 자신에게 그렇게 절망도 했다. 부끄러운 고백이지만 당시, 중학교 3학년 때의 가출 결심 그 연장선에서 헤매고 있었는지 모른다.

그런데 수업에도 못 들어가고 폐쇄된 공간에서 절망하고 있을 때, 선생님께서 가끔 들어오신 것이다. 엄하긴 하지만 따뜻한 표정을 지으시는가 하면 내 등을 도닥거리곤 하셨다. 그때의 당신 모습을 나는 이 순간 당신의 해적이에서 재현시키고 있다. 그리고 다음 장에 실려 있는 선생님 사진을 보면서 나는 다시 한 번 그 시절로 되돌아간다.

그렇다. '유기 정학 1호', 이게 내게는 보약이 되었다고 할 수밖에. 다음해와 그 다음해(그러니까 졸업하던 해) 나는 연거푸 우등상을 받았으니까. 졸업 성적 5/120명 석차, 진해시 발령. 그런 '섭리'도 선생님께서 다리를 놓아 주셨기 때문에 가능했으리라.

지금은 내가 성격이 변하여 아무 데나 나서는 편이다. 하나 교직 생활 출발부터 20년 가까이까지 약(예를 들어 우황청심원)의 힘을 빌어야 대중 앞에 설 수 있었다. 그러니 교사로서의 일상인 수업 공개, 그런 일과 맞닥뜨리면 사시나무가 따로 없었다. 잔칫집에 불려 다닐 만큼 흘러간 옛 노래 따위를 부르긴 했지만. 그게 어디 교사로서 할 일인가? 다들 잘나고 나만 외톨이란 체념을 안고 사는 바람에 선생님께 안부 전화 한 번 드리지 못한 세월이 20년이었다. 1981년 내가 첫 수필집을 내는 바람에 다시 선생님을 뵙게 된다. 그게 물꼬가 되었을까?

1982년 나는 양산 일광 초등학교에 부임하였다. 선생님께서 교육 공무원으로서 정년퇴임을 하고, 경상 전문대학 학장(사학)으로 취임하여 근무하실 때였다. 동료들과 우연히 선생님에 관한 이야기를 나누다가, 선생님의 생가가 바로 이웃 당곡 부락에 있다는 걸 알고 찾아가게 된다. 나는 그 날 적잖이 흥분하였다. 제자로서 일찍이 마땅히 해야 할 아름다운 일을 한 적이 있느냐며 자문도 하고, 그 날 참 많은 것을 깨달았다. 뒷날 김병규 박사님께서 만면에 웃음을 띠고 칭찬까지 하셨으니…….

그리고 1983년 3월 나는 뜻밖에 부산 감전 초등학교에 전입하게 된다. 이윽고 몇 년이 지났다. 비로소 선생님을 가까이서 모실 기회를 갖는다. <수필> 부산 동인회에 와서 잔심부름이라도 할 기회를 선생님께서 주신 것이다. 그거야말로 불감청이언정 고소원(不敢請固所願)이었다. 당시의 동인 중에 제자는 나 혼자뿐이었기 때문일까? 선생님께서는 무엇 하나 제대로 갖추지 못한 나를 각별히 사랑하셨고, 급기야는 당신께서 창간호로부터 당시까지의 동인지 전부를 내게 건네주셨다. 창간호가 분실되는 바람에 곤욕 중의 곤욕을 치렀지만, 나중에 다른 데서 한 권을 구하게 되어 우리 나라 수필 문학의 큰 사료(史料)가 되기에 이른다. 하필이면 창간호일까, 나는 너무나 비참한 생각이 들어 <수필> 부산 동인회에서의 탈퇴를 심각하게 고민까지 했다. 오히려 금석지감을 갖는다.

선생님께서는 1991년 12월 통권 44호에 '승중상(承重喪)'이라는 마지막 옥고를 주셨다. 승중상은 아버지를 여읜 맏아들이 당한 조부모의 초상을 이르는 말이라고 하셨다. 그로부터 3년여가 지났는데도, 우리 동인회의 회장은 선생님이셨다. 그만큼 우리 모두는 선생님을 존경하였다는 뜻이다.

내가 새 생명을 얻게 한 종교 차원에서가 아니라는 전제하에 이야기한다. 내 인생에서 혈육을 제외하고 가장 큰 영향을 끼친 분으로 정신득 선생님이시라고 고백하는 데 망설이지 않는다. 정신득 선생님이 아니 계셨더라면, 나는 문단의 더 어수룩한 변방에 머물러 있을 것이다. <수필> 부산 동인회라는 울타리의 의미를 선생님께서 가르쳐 넌지시 일러 주셨다는 뜻이다. 선생님께서는, 시골고라리와 다름없는 내가 다가오기를 기다리신 게 아니라, 노구를 이끌고 직접 찾아오시기도 했다. 그렇듯 당신께서는 내 지주(支柱)셨던 것이다.

오늘 한가위를 맞으니 선생님이 사무치도록 그립다. 당신을 실망시켜 드리고, 당신의 교훈을 이제껏 실천에 옮기지 못하는—내 마음의 '역마살' 탓이다—자신이 부끄럽다. 행여 선생님 '해적이'가 또 다른 의미로 근접해오기라도 한다면 큰 은혜일지도 모른다는 생각에서 눈을 떼지 못하고 있다. 아 참, '해적이'란 거듭 말하지만, 내가 가진 우리말 사전에는 등재되어 있지 않은 순수한 우리말이다. 유고집을 만드는 데 이런 저런 지도를 하신 박태권 교수님의 말씀을 옮기자.

"해적이— 지나온 일을 햇수 차례로 간략히 적어 놓은 것이오."

개종(改宗) 전후

아버지께서 이승을 떠나시고 난 뒤, 엄마가 충격을 받으시는 모습은 나의 가슴을 저미고도 남았다. 당신은 빈소 앞에 앉아 하염없이 울기만 하셨다. 아버지의 영정은 엄마를 바라보시는데, 엄마는 거의 실명하신 지 오래라 그저 사진틀만 어루만지셨다.

천수경을 조금 익혀서 가르쳐 드리려 하였으나, 엄마의 기억력 하나 만으론 그게 불가능했다. 따라서 나 자신도 그 천수경을 조금 외다가 그만 두고 말았다. 그래도 그게 계기가 되어, 일반 노인 학교 학생들 앞에 서면 겁도 없이 입을 연다. 동화 구연을 한다 치자. 분위기 조성용 으로.

엄마에게 그저 죄송할 따름이다. 억지로라도 좀 더 가르쳐 드렸었더라면 얼마나 좋았을까? 앞 못 보고 글을 몰라 너무 맹목으로만 일관하셨으니, 그게 오히려 신심을 깊게 가지시게 한 원인인지 모른다는 말로 우물쩍 변명하고 넘어가려는 내가 한심하다.

세월이 흘러 2003년. 나는 거의 죽게 되었다. 엄마와의 이별, 32년 만에 너무나 큰 병을 앓게 된 것이다.

저승으로 가는 발길을 재촉하는 것 중 하나가 집에서 기르던 후로다

2세라는 요크셔테리어 한 마리였다. 아내가 출근하고 혼자 남아 있는데, 후로다가 어찌나 더러워 보이는지 목욕을 시켰다. 녀석은 싫어했다. 온통 웅크리기만 하기에 척추에 약간 힘을 가한 게 그만 커다란 불행으로 이어질 줄이야! 그로부터 왼쪽 다리를 못 썼다. 그리고 시름시름 앓더니 끝내 운신을 못하고 식음조차 전폐. 오죽했으면 내가 녀석을 안락사 시키려고 병원에 데려갔겠는가?

의사는 고개를 가로저었다. 자기 손으로 주사기조차 못 만지겠다는 것이다, 그 날 밤 이슥해서 녀석은 한 많은 일생을 마쳤다. 그 비통함을 어찌 필설로 표현하랴. 나는 더 목이 메고 숨마저 가빠질 수밖에. 애견 장례식장 파트라슈에서 염습과 화장을 해서 유골을 통도사 밑 개울에 뿌리면서 나 이제 내 명재경각(命在頃刻)에 처해졌구나 하는 자포자기에 빠졌다. 모든 가족이 울고불고 야단이 났다.

그래도 어쩌겠는가? 후로다의 왕생극락을 빌어 주어야 했다. 부끄럽지만, 어쩌면 녀석이 좋은 데에 가서 내 목숨을 구해 줄지 모른다는 일말의 희망을 가슴에 안고서. 이웃 불암사로 찾아가 비구니 스님에게 의논했다. 스님은 '광명진언'을 하루 스물 한 번씩 정성스레 쓰란다. 아내와 같이 말이다. 7주쯤 그 일을 계속해서 가져갔더니 깨끗한 곳에 가서 불사르더라. 광명진언(光明眞言) 여기 한번 옮겨 보자. 옴 아모가 바이로차나 마하 무드라 마니 파드마 즈바라 프라바릍타야 훔. 그 뜻에 기를 써서 관심을 가질 필요는 없다 해서 스님에게 묻지도 않았었다. 지금은 약간 알 수 있으니, 오히려 어리둥절하다고 해야 하나.

사투(死鬪)라는 게 기적이 개입하지 않으면, 끝장을 보게 마련일까? 나는 점점 이승 저승의 경계선을 향해 고삐 풀린 망아지처럼 달려가는 자신의 모습을 속절없이 바라보아야만 했다. 두려움은 가중되는데, 어쩌다 보니 어느 비승비속(非僧非俗)과 길거리에서 맞닥뜨리게 되었다. 그가 내게 일러 줬다. '신묘장구대다라니'를 염송하라고. 마침 집에 있는 불국사에서 낸 <불자지송집>을 뒤져, 그걸 찾아내는 데 성공한다. 나모라 다나다라 야야 나막알약 바로기제 새바라야 모지사다바야 마하……. 엄청나게 길다. 물론 뜻을 알면 오히려 해악이라는 충고도 비승비속은 잊지 않았다. 내 피나는 노력이 두어 달 계속되었다. 그런데 차라리 섬뜩한 느낌이 들 정도로, 그게 술술 외어지는 것이 아닌가! 어쨌든 산 게 산 게 아니고 죽은 게 죽은 게 아닌 그 세월이 다시 몇 달이었다.

그러다 무슨 수련원인가 뭔가 하는 곳에서 나는 '죽음'을 수도 없이 체험한다. '죽음 연습'의 반복이 수련의 시작이요 끝인 그 막다른 골목에서부터의 두어 달, 내 신세는 자신의 '시신(屍身)'을 끌고 갔다가 겨우 돌아오는, 그 이상도 이하도 아니었다.

그러다가 딸애의 혼사 문제가 대두되었을 때, 그 첫째 조건에서 잠시 방황했다. 상대 집안이 가톨릭을 믿으니, 딸애가 개종을 해야 한다는……. 이상하였다. 생각보다는 갈등이 크지 않았던 것이다. 나 혼자만이 아니라 아내도 마찬가지였다. 우리는 당장 따르기로 하였다. 장차 막내까지 개종한다는 전제는 오히려 우리 쪽에서 내 놓았다.

드디어 교리 교육 끝에 세례를 받는다. 그러나 죽음과의 전쟁은 쉽사리 끝나지 않았다. 까무러치기 쯤은 예사였고, 숨넘어가는 게 일과이다시피 했다. 몇 년 동안의 그 고통, 어찌 필설로 표현할 수 있으랴.

그런데 최후의 승자는 나였다. 어느 날 내 손을 붙잡아 주신 분이 모습을 드러내신 것이다. 그분이 쥐어 주신 건 한 묶음의 악보였다, 그리고 노랫말!! 황망 중에 붙잡은 그 둘과 나는 자나 깨나 앉으나 서나 더불어 존재한다. 노래를 도구로 내가 살았다는 얘기다.

완벽한 개종(改宗)의 성공까지, 참으로 비싼 대가도 치렀다. ≪성경≫을 필사하다가 마침내 시신경이 함몰되기 시작되었다는 선고를 들었을 때의 절망감, 그런 정도는 수도 없이 겪었으니까. 비슷한 예를 들으라면 여남은 개도 넘으리라.

개종 후에 달라진 것도 많다.

그렇게도 좋아하던 개, 내 자손이 집 안에서 기르는 것을 달갑지 않게 여긴다. 위생이 어떻다느니 하여 따지자는 그런 한가한(?) 여유에서가 아니다. 이별의 슬픔이 견뎌내기 힘들 정도로 크기 때문이라는 것? 그것도 오히려 사치스런 생각이다.

수도자들이 보신탕을 먹는 걸 반대하는 입장에 서 있다. 신부라고 해서 예외일 수 없다. 목사나 스님도 마찬가지. 불개미 한 마리라도 안 죽이는 것이 절에서의 법도요, 개는 먹을거리가 될 수 없다는 것이 ≪성경≫에서의 가르침이다. 체력이 어쩌고저쩌고? 자비의 상도(常道)에서 한참 벗어난 것임을 난 안다.

나아가 이 세상에서 사람이 가장 아름답다는 소신을 얻었다. 그가 가난하든 불구자든 늙었든 외롭든 (환과고독/鰥寡孤獨이란 말이 있는 줄 안다) 차별 대우를 받지 않아야 한다는 그런 주장에 귀를 기울이기도 한다. 근래에는 '녹음방초승화시'라는 한갓 어린이라도 아는 문자(?)도 인용하고, 그러나 피조물의 최정점에 사람이 위치해 있다는 걸 강조한다.

옛날 나의 신앙이었던 불교에 대해 폄훼라니, '벌레만도 못한 내게(복음 성가의 한 구절이다)' 언어도단이다. 그리움을 오히려 가끔 느낀다. 구약(舊約)에서 유대인이 선민사상에 빠져 타 종교인들을 이방인이라 했다던가? 내가 천주교 신자로서 개신교 교우들에게 그런 인식을 행여 갖는다 치자. 이 졸고에 등장하는 개가 들어도 웃을 일이다. 그러나 요컨대 자비

와 사랑이다. 어떤 종교든 근간에 그게 흘러야 한다.

내일 나는 다시 엄마 아버지 산소를 거쳐, 후로다 장례를 치러줬던 파트라슈에 간다.

'한센인' 그들도 내 곁에 있었다

오늘은 새벽에 일어나기 무섭게 좀 서둘렀다. 삼랑진 평화의 마을에 회의가 있는 날이기 때문이다. 그 동안 이제나저제나 기다렸다면 거짓 표현이지만, 나와 달리 순진무구한 그 곳 가족들의 안부가 무척 궁금하던 차였다.

그런데 삼랑진 성당 필립보 사목회장한테서 전화가 온 것이다. 10월 1일이 본당 설립 80주년 기념일이었지만, 새 신부님 부임도 축하할 겸 낮에 점심을 먹는 것으로 행사를 대신하기로 하였으니 좀 와 주었으면 하는⋯⋯. 일순 나는 당황했다. 두어 시간이 중복되기 때문이다. 본래 대로 하면 11시 평화의 마을 미사 참례, 12시 점심 식사, 13시~14시 회의다. 삼랑진 본당 미사는 10시부터란다. 어쨌든 10시 5분에 전 북구청장 다니엘 형제를 금곡역에서 만나, 그의 승용차에 편승하기로 하였었다. 내 머리로는 계산이 안 되어 걱정하였다.

나는 10시에 집을 나섰다. 다니엘 형제는 약속을 지켰다. 고속도로 위를 달려 삼랑진 톨게이트에 닿으니, 웬걸 분침이 7을 조금 지나고 있지 않은가? 고맙게도 다니엘 형제는 두말 않고, 삼랑진 본당에까지 나를 실어다 주었다. 성전에 들어가기 무엇해서 머뭇거리는데, 원장 수녀가 손짓으로 부른다. 예물 봉헌 중이었다. 나는 부끄럽게도, 5천 원짜리 한 장을 헌금함에 넣고 한숨을 돌렸다.

드디어 영성체 시간. 인도네시아 교포 사목을 하다 귀국하여 이번에 부임하신 최승일 신부님이, 신자들이 서로 손을 잡도록 하셨다. 그런데 왼쪽의 연로 자매가 뭔가 망설이는 눈치다. 얼굴 전체는 물론 무엇보다 손가락의 형상이 정상이 아니다. 나는 순간 약간 움찔했다.

두말할 것도 없이 자매는 강 건너 음성 한센인 마을 루까원에서 온 한 신자였다. '불감청'이라는 말이 생각났지만, 나 같은 게 무슨 인도주의자나 되는 것처럼 그들을 찾아다니며 악수를 청한다면 그런 밉상이 어디 있는가? 그런데 하찮은 나를 주님께서 자매의 옆에 세워 주신 것이다. 안 그래도 얼마 안 있어 신부님 따라 루까원에 한번 가보고 싶은 참이었는데……. 자매의 손을 잡은 채 한참 동안 여러 가지를 생각했다. 온기는 부족했지만 그의 손이 따뜻하다고 느낀 건 나의 교만 탓인가?

물론 두어 해 전부터, 한 달에 한 번 꼴로 소위 노인 학교 수업 때문에 삼랑진 성당에 올라가, 루까원 연로 자매들을 만나기도 하였다. 입이 가벼워 그들의 마음에 상처를 낸 적이 있었음을 여기서 거듭 고백한다. 그런데 오늘 그들 중 가장 연로하고 가장 일그러진 모습의 자매와 손을 굳게 잡았다! 내 입에서 나도 모르게 나온 소리다. 주님 감사합니다!

그래서인지 평화의 마을에서의 회의에도 차질 없이 참석할 수 있었다. 같이 미사를 봉헌한, 요셉수녀회(장애를 가진 수녀) 어느 수녀의 아버지가 운전하는 승용차에 편승할 수 있었던 것이다. 하부하는 길에도 다니엘 형제의 차편을 이용하였다.

이쯤에서 고백하지 않을 수 없는 사실, 나는 '한센병'이 아니었으면 결코 교감 교장이 될 수 없었다. 초임교사 시절에 그렇게도 한센병을 폄훼하고, 승진을 위하여 치열한 경쟁을 뚫고 거기 부임하는 동료들을 백안시하기 일쑤였는데…. 듣기에 민망할 정도의 표현을 써가면서. 그러다가 내가 음성 한센인들의 자녀들―거듭 밝히지만 그들은 부모의 병력으로 인하여 가끔 상처를 받는 어린이들이다. 한센병과는 아무 상관(?)이 없는데도―을 대상으로 연구 논문을 썼는데 그게 1등급에 입상한 것이다. 연구 실적 3점을 얻지 못하면 명함도 못 내는 서열 명부에, 0.5점을 병기(倂記)함으로써 나는 '교단의 꽃'이라는 교장을 향한 행진의 첫발을 내딛는다.

그리고 두어 해 뒤 실제 미감아가 취학하고 있는 학교에 근무하게 되어, 천금보다 귀한 0.125라는 점수를 보탠다. 직명을 바꾸는 데 그로부터 16년이 걸렸지만, '한센병'이 없었다면 남들이 이랬으리라. 자네 처지에 언감생심 교감 교장을 바라보는가?

한센병이 내게 준 은혜는 또 있다. 오늘 내가 사람은 똑같다는 인식을 조금은 갖는 데 결정적인 계기를 준 것도 한센병인 것이다. 산청 성심원에 일종의 공명심으로 들른 적이 있었는데, 거기서 일본 수녀한테 꾸지람을 받았다. 내가 모처럼 모아 간 헌 속옷과 새 속옷을 보더니, 나더러 뭔가 착각을 하고 있다고 꼬집었다. 그런 곳에 사는 분들일수록 새 옷만을 입어야 한다는 뜻이었다. 성심원은 60세 이상 노동력을 잃은 음성 환자들의 생활터전이다. 지금 나를 모든 사람들이 평화의 마을 가족들과 같은 수준에 놓고 봐도 오히려 기분 좋은 것은 1984년의 '그 일'에서 싹텄다고 해도 과언 아니다.

또 하나.

하와이 몰로카이 섬의 다미안 신부님을 통해 '형제자매'의 개념을 나름대로 정립한 것을 빠뜨릴 수 없다. 그분은 거기 자기 발로 걸어 들어가 스스로 한센병에 감염되기 위해 온갖 노력을 다한다. 마침내 환자가 되었을 때 그는 부르짖는다. 형제자매 여러분! 나도 이제 여러분과 똑 같은 환자가 되었습니다!

경망스럽게도 노인 학교에 다니면서 엄청나게 이 얘길 들먹이기도 했다. 글에서도 인용하였고.

어쨌든 남들이 지금 내게 손가락질할까 봐 걱정이다. 자기가 무슨 자비 실천자라고, 시각 장애 복지관까지 찾아다니고, 거기도 모자라 루까원 자매 어쩌고저쩌고 하느냐며…….

맞다. 나는 사실 아무 것도 아니다. 나의 정체성을 드러내자. 나는 아직도 공을 세워 이름을 드러내려는 교만으로 다섯 자 반 육신이 가득 찼다. 다만 나도 저승까지 수도 없이 갔다 온, 일흔이 가까운 사람이라 은혜가 뭔지 분간해야 할 처지에 있다.

아무래도 좋다. 나는 얼마 안 있어 루까원에 다시 간다. 약속대로 그들이 정성으로 내놓는 음식을 같이 먹고 싶다. 된장찌개도 한 그릇에 담아 놓은 그런 밥상이 좋겠다.

마지막으로 하나만 덧붙인다.

내 졸작 소설 '해운대 엘레지'를 펼쳐 보자. 군대 있을 때, 형제처럼 지내던 스님 소령이 있었다. 그와의 드라마 같은 이야기 속에 한센인이 나온다. 그 스님 아니 소령이 온갖 우여곡절 끝에 결혼을 하는 이야기인데, 백미(白眉) 중 하나가 묘령의 여인이 등장하는 한센인 마을이다. 이번 <가톨릭 문학>에 실었으니, 비록 수기 수준에서 벗어나지 못할지언정 그 지면을 아니 한센병에 관계되는 모든 주변 이야기 자체를 은혜로 여기는 인간이 되었으면 한다. 내 곁에 한센인들이 있어 왔기에 오늘 내가 존재한다.

미리 골라 놓은 영정(影幀)

아닌 밤중에 무슨 뚱딴지같은 소리? 내가 들어도 얼떨떨하다. 나 자신 시퍼렇게 살아 있는 처지에 영정 타령이라니 말이다. 그러나 핑계 없는 무덤이 없다 했으니, 오늘 고민(?) 아닌 고민과의 실랑이가 끝내 나로 하여금 앨범을 펼쳐들게 했다.

영정(影幀), 사전에는 너무 간단하게 풀이되어 있다. 사람의 얼굴을 그린 족자(簇子)……. 다른 걸 뒤져봐도 마찬가지다. 약간 상세하다는 게 고작 '제사나 장례 때 위패 대신 없는 사람의 얼굴을 그린 족자' 정도다.

그러나 지금 그런 그림 영정은 거의 없다. 아마도 99% 이상이 사진이리라. 설사 명함판 사진이라도 얼마든지 키울 수 있으니, 고인은 자기가 죽은 뒤 미처 영정이 준비되지 않으면 어쩌나 하는 걱정 따윈 않아도 된다.

사전풀이도 고쳐야 한다. '제사나 장례 때 없는 얼굴 사진 혹은 그림' 정도로 말이다. 영정, 두 글자만으로도 충분하리라. 영정 사진 어쩌고저 쩌고 하면 틀렸다는 얘기다.

지난 28년 동안, 그러니까 내가 노인 학교에 몸을 담고 나서 여태껏 단체로 영정을 마련해 주는 걸 본 일이 몇 번 있었다. 지역 사회 청년들 모임에서 그 미담을 엮어내는 현장에서 받은 건 감동이다. 사진틀까지 마련해 주는 데야 어찌 눈시울이 붉어지지 않을 수 있으랴. 근래에는 평화의 마을 노인들을 앞에 두고 가톨릭 사우회(寫友會)에서 온 작가들이 열심히 셔터를 누르더라.

그런데 영정을 들먹이면 나는 웃음부터 나온다. 아니 그 정도로는 표현으론 안 되겠다. 하찮은 나 자신이지만, 영정 이야기 하나만으로 남을 웃길 수는 있다. 누가 문상을 갔겠다. '상제는 불현치(상주는 이를 드러내서도 안 된다.)'라는 정도의 말쯤은 아는 사람이었다. 그런데 대문에 발을 들여놓기 무섭게 모두가 가가대소하지 않는가! 아니 상가가 이래도 되나 싶어서 빈소 안으로 들어가다가 그도 그만 폭소를 터뜨리고 말았다. 영정이 글쎄 망자의 백일 사진이었으니.

그제 내가 참 존경하는 한 분이 유명을 달리했다. 그는 중등학교 교장으로 정년퇴임했고, 내가 친형님처럼 모시는 K선배님의 사돈이다. 내가 아플 때 그도 무시로 병원에 드나들었으니, 가끔 산책도 같이 하고, 저승 이야기를 나누기도 했다. 그렇다, 둘은 정이 들 대로 들었다고 하자.

성당에서 위령 미사를 드리는데, 하필이면 내게 관을 밀고 들어가라니 사뭇 긴장이 되었다. 이윽고 영성체 시간이 되어서 일어서다 말고 영정을 바라보았는데, 호방한 성격이었다던 그가 너무 심각한 표정을 짓고 있다. 깨끗하고 단정한 넥타이를 맨 정장 차림이라 잘생긴 인물을 돋보이게 하지만, 때론 트레이닝복이 어울리던 그의 생전 모습과는 거리가 있다.

거기서부터 내 분심이 시작되었다. 기도는 되지 않고, 내가 숨을 거두면 가족들이 어떤 사진을 고를까 하는 엉뚱한 생각에 빠져 버린 것이다. 왜 골몰이라는 말이 있지 않은가? 거짓말 보태지 않은 고백인데, 몇 시간 동안 '영장'에서 한 치도 벗어나지 못했다. 집에 돌아와서야 가족들에게는 되레 걱정을 끼칠지 모르지만, 결론을 얻을 수 있었으니……. 미리 유서를 내 졸저 ≪승리의 길 멀고 험해도≫에 실었으니 거기 영정 문제도 몇 줄만 덧붙이기로 하자.

엄숙하거나 찡그린 표정을 지은 사진은 제외. 약간 입가에 미소가 번지는, 수염 자국이 좀 남아 있는 그런 빈틈이 보였으면 좋겠다. 넥타이를 매고 양복을 입은 차림새도 저승으로 떠나는 사람으로서는 너무 삭막하다. 따라서 허투루 입고도 작은 키가 감춰지는, 상반신만 나오는—하기야 전신을 드러낸 걸 영정이라 할 수 없으니 기우(杞憂)겠지만—그 모습으로 극소수의 문상객들 앞에 나타나고 싶다. 너무 늙었거나 젊은 시절의 모습도 안 좋겠다. 트레이드마크라 할 수 있는, 반백(半白)의 머리카락이 바람에 나부끼는 그런 여유가 넘치는 망자(亡者)의 진수(眞髓)!

이 정도면 근접하는 게 딱 하나 있다.

재작년 초량 시각 장애 복지관 가족들과 함께 양산 배냇골로 야유회를 갔을 때, 한참 사회를 보다가 망중한을 즐기면서 서 있는 동안, 카메라라고는 생전 처음 만져 보는 어느 약시(弱視) 가족이 찰깍 셔터를 누름으로써 탄생된……. 앞서 들먹인 모든 조건이 들어맞는데 딱 한 가지 미흡한 게 있긴 하다. 등산 모자를 썼으니, 머리카락(난 엄마를 닮아서 젊은 시절부터 머리가 온통 하얬다.)이 드러나지 않았다. 그러나 이발한 지가 오래라 그 끝이 어깨까지 닿아 있으니, 완전 실망은 아니다.

게다가 너무 기가 막히게도 그 뒤편에서 검은 안경을 쓴 시각 장애 가족들이 짐 풀어 놓고 앉아서 희희낙락하는 모습이 희미하게나마 보이는 것이다. 그 흔적을 내 자신의 영혼 어디에 조금이나마 묻혀 저승으로 간다면, 엄마가 오냐 내 새끼, 하면서 달려오실 것만 같다. 저승에까지

가셔서도 엄마가 앞을 못 보시지는 않으리라는 믿음도 그래서 생긴다.

오늘은 어쩐지 여느 때보다 컨디션이 좋다. 한시름 놓는다는 말을 예사롭게 하지만 죽음과 맞닥뜨린 찰나의 근심걱정을 당사자가 앞당겨 해결했다는 안도감, 거기 한번 실컷 빠져 보고 싶은 것이다. 참, 그 사진은 문인 협회 홈페이지에도 올라가 있으니 분실된 염려도 없다.

마침내 이런 송년회, 화쟁(和諍)의 현장

  화쟁 문화 시민 포럼 창립 1주년 기념대회가 시내 어느 호텔 연회실에서 열렸다. 이사장 법산 큰스님(전 신라 대학교 총장)이 초청장 봉투에다 내 주소와 이름을 자필로 써서 보내 주셨기에, 그 정성이 너무 고마워서라도 참석해야만 했다. 팸플릿을 통해 화쟁 문화 시민 포럼에 관계하는 중요 인사들의 면면을 알고 있었던 터라 그리 낯선 느낌은 들지 않았다.

  법산 큰스님의 기념사가 시작되고 나서야, 겨우 화쟁의 정의를 짐작할 수 있었다. 화쟁이란 원효 스님께서 세우신 '화합'의 실천 철학이라는 것. 분열과 대립, 갈등과 저해를 극복하고 행복과 사랑이 넘치는 사회로 변환시키는, 개전일여(個全一如)에 목적이 있다는 말씀을 하셨다. 자기 내면 간의 화쟁, 가족 간의 화쟁, 이웃 간의 화쟁, 지역 간의 화쟁, 빈부 간의 화쟁, 계층 간의 화쟁, 노사 간의 화쟁, 종교 간의 화쟁은 물론 나아가 자연과의(인간과의) 화쟁 등을 예로 덧붙이셨다. 모든 대립되는 것은 하나로 합쳐질 수 있는 것으로 해석하라는 주문도 하셨다.

  내가 참 무지하다는 것을 고백하자니 얼굴이 화끈거린다. 화쟁? 나는 여기서 '쟁'을 한자로 爭(즉 다툴 쟁으로) 쓰는 줄로 알았었으니까. 하기야 <우리말 사전>에도 등재되지 않았으니 내가 현재 불자가 아닌 이상,

그럴 수도 있다는 자위도 가능하지만, 아무리 변명해 봐야 그게 그거다.

내 유치했던 생각을 솔직히 드러내 보자. 화쟁이라니 화합과 투쟁의 개념 사이에 무슨 불교적인 함수가 개입한다. 그걸 통해 극복해 나감으로써 끝내 다툼이 없는 자아와 객체가 공존하는 사회를 추구한다? 하도 그럴싸해서(?) 끝내 남에게 한 번도 물어보지 못했으니 후회스럽다.

기념 대회로부터 한 달 보름이 지났을 무렵, 나는 법산 스님으로부터 전화를 받았다. 화쟁을 화두로 한 송년회나 한 번 갖자는 것이었다. 스님은 나더러, 노래를 매체로 한바탕 어울려 달라는 주문을 잊지 않으셨다. 마다할 이유가 없었다. 나는 현재 가톨릭 신자지만 예순 살이 훨씬 넘을 때까지 불자였잖은가? 게다가 내 비록 촌로라도, 종교 간의 불목이야말로 모든 신앙인이 해소에 앞장서야 할 첫째 과제라고 오래 전부터 우겨오기도 했고. 어쩌면 그 화쟁의 현장이 될지 모르는 송년회장에 나는 서둘러 모습을 드러내었다. 시내에서의 볼일이 산더미처럼 쌓여 있었는데 그걸 모두 팽개친 채.

공양 중이어서 나도 수저를 들었다. 예상 그대로 완전히 채식. 비빔밥에다가 된장국, 그리고 풋고추와 당근 외에 별도 그릇에 담아 내놓은 나물 반찬 몇 가지. 절에서 한 끼 식사를 하는 게 십 년이 다 된 터라서 말로써는 표현할 수 없을 정도로 음식이 맛깔스러웠다.

수저를 내려놓고 나서야, 이어서 벌어질 역사적인 '화쟁 송년회'에 참석한 면면들을 둘러보았다. 법산 스님 외에 두 분 스님, 전 동아대 Y부총장과 역시 동아대에서 정년퇴임한 P교수, 근교의 C경찰서장, J/ O 등 2명의 전 중등학교장, 가야 대학교 L여교수 그리고 나머지 보살 대여섯 명. 다들 불자들인 것 같았다. 그런데 법산 스님이 나를 지목하여 노래한 곡을 시키신 것이다. 화쟁의 진정한 의미를 새겨 보는 뜻에서 내게

서막을 열라는 당부이신 것 같은데, 약간 부담스러웠다. 좌중으로 봐서는 내가 이교도(異敎徒)인데 싶었고. 그런데 망설일 겨를도 없었다. 이미 스님 두 분이 구석자리로 가서 각기 항아리 북과 징 채를 잡으신 뒤니까.

나는 약간은 조심스런 걸음으로 스님들 곁으로 다가가 가부좌를 틀었다. 내가 부른 노래는 민요 '노랫가락' 1~2절이다. ♬♪**충신은 만조정이요 효자 열녀는 가자재라/ 화형제낙처자하니 붕우유신하오리다/ 우리도 성주 모시고 태평성대를 누리리라// 달아 뚜렷한 달아 임의 사창에 비친 달아……♪♬**

노래는 다시 '청춘가'로 이어졌다가 우리 엄마 애창곡 '열아홉 살 과부가 스물아홉 살 딸을 데리고 어디로 가꼬 내 딸아 어디로 가꼬 내 딸야'로 일단은 막을 내렸다. 인간문화재 구암 스님의 수제자인 두 분 스님의 범패가 방안 가득히 울려 퍼지는가 싶더니, 어느 누가 던지는 농담 하나에 취해 여기저기서 희희낙락하는 모습이 한눈에 들어온다. 틈을 봐 보살들이 춤사위를 벌이는데 가히 매혹적이다. 두 분 스님의 반주와 노래에 맞춰 가끔은 직접 꽹과리를 두들기며 마치 법문이듯 몇 마디 던지시는 법산 큰스님의 해설에도 무게가 실렸다.

다시 내 차례가 되었다. 순간 누가 내게 붙여준 별명이 머리에 떠오르는 게 아닌가? 내가 서슴없이 두 분 스님께 다가가 신청한 게 애창곡 중의 하나인 '오 대니 보이'다. 잠시 방안에 침묵이 흐르는 것 같았다. 스님이 맡으신 징과 북 장단에 맞춰 아일랜드 민요가 울려 퍼진다? 일찍이 듣도 보도 못한, 그러니 해괴하지는 않은 일이 바야흐로 벌어지는 찰나인 것이다. ♬♪Oh, danny boy the pipes the pipes are calling/ From glen to glen…♪♬

나는 이마의 땀을 씻으며 부르짖었다. 만고에 없는 이 노래와 반주가 바로 화쟁입니다!

　모두에게서 동의의 박수를 받고 나서 나는 바통을 가야 대학교 L교수에게 넘겼다. 애교 만점인 그가 부른 노래는 '얼굴'. 조그마한 체구에서 어찌 그런 매력이 샘솟는지……

　고백하건대 내 나이 예순 아홉 살까지 수도 없이 송년회에 얼굴을 내밀어 왔었다. 그러나 이번 화쟁 송년회 같은 건 처음이다. 송년회라는 걸 빌미로 2차 3차로 뻗치는 건 예사이고, 마침내 잘나지도 않은 도우미들의 아랫도리를 감상(?)해야 하는 그런 데에 식상한 참이다.

　귀가해서 여기저기서 자료를 찾아봤다. '쟁'이 爭이 아니라 諍이라는 데에 의아심을 가졌다. 간할 쟁/ 간하는 말 쟁/ 멈출 쟁(과실을 멈춰 막음) 등등. 爭과 諍에서 그 근본 뜻이 어떻게 확연히 달라지는지는 내 임의로 해석할 일이 아니다. 역시 법산 큰스님께 여쭈어 보는 도리밖에. 아무튼 나는 오늘밤이 이슥할 때까지, 불자들 속에서 가톨릭 신자로서 잠시나마 화쟁의 시간을 보낸 셈이렷다? 기분이 상큼하다.

　다만 법산 스님이 자기 화쟁에 있어서는 삶과 죽음이 가장 비중 있는 덕목이 되어야 하지 않겠느냐는 말씀을 빠뜨리신 것 같아, 다음에 뵈면 내 소견을 밝힐 생각이다. 우울증이나 자폐증 등 부정적인 諍이 아니라 자기 사랑과 자아실현 등의 긍정이 나를 지배하는 '和'에로의 승화 노력, 그게 필요하지 않겠는가 말이다.

　그러나 아무튼 그 심오한 뜻을 내가 어찌 헤아리겠는가? 나는 이번 송년회를 통해 내가 보인 교만함은 부끄럽지만, 그 현장에 있었던 것은 화쟁의 작은 몸부림이었다 싶어 기쁘다.

반전(反轉)의 공식 '오동추야' 외

왜 나는 유유자적하지 못하는가? 바쁘다는 말을 그저 입에 달고 산다. 가만 있자, 만으로 예순 여덟을 넘긴 '백수'의 처지에서 봐도 이 푸념 아닌 푸념은 비정상적이다. 몸부림쳐 봤자 어제도 오늘도 나는 어정뱅이일 따름이거늘.

정신없이 1주일을 보내고 나니, 주일(土日)에 삼랑진엘 다녀와야만 했다. 그러고선 틈틈이 자리에 드러누워 눈을 감아야 피로가 풀리는데, 도무지 그럴 틈이 없었다. 걱정 중의 걱정이 기다리고 있어서다. 북구 노인회 노인 대학 수업이 월요일 11시에 잡혀 있기 때문이다. 여느 때 같으면 '까짓' 노인 학교에서의 한 시간 따위에 신경 쓰지 않는다. 노래 몇 곡과 27년 동안 모아온 하 많은 이야기 중, 두서너 가지만 뽑아들면 만사형통이기 때문이다.

그런데 새로 취임한 S학장의 전화가 아무래도 마음에 걸리니 어쩌랴. 아니 굉장한 부담으로 다가온다. 노인 학교 강사로서 내가 수업을 할 때, 자신이 너무 나서는 게 탈이라나? 그나마 노래 솜씨는 괜찮다는 평들이라는 전언을 덧붙였지만, 그게 결점을 감싸기는 역부족이라는 뉘앙스를 풍긴다.

나는 다그쳐 묻지 않고, 가겠다는 대답을 건성으로 하곤 수화기를 놓았다. 그러면서 장탄식을 하였다. 세월 이기는 장사가 없구나, 10여 년 전만 하여도 노인 학생들을 가르친다는, 그런 개념과는 동떨어진 수업을 하는데 이의를 다는 학생이 있었던가? 좌충우돌 종횡무진, 나는 그 혼란의 한복판에서 두 발은 공중에 떠 있었다. 심지어는 '청춘 등대' 한 곡만 반복하여 목이 터져라 열창하여도, 학생들은 군소리 않고 열광의 도가니에 빨려 들어왔다. 이 자리에서 다시 한번 불러 보자. ♬♪**파도 치는 등대 아래 오늘도 둘이 만나/ 바람에 검은 머리 휘날리면서/ 하모니카 내가 불고 그대는 노래 불러/ 항구에서 맺은 사랑 등댓불 그림자에 아 아 아 아 정은 깊어 가더라♪♬**

그러나 어쩌겠는가?

나는 그 무시로 누린 행복의 시간을 여태껏 만끽할 수만은 없는 현실과 맞닥뜨려 있는 것이다. 약속한 당일 무슨 노래든 제대로 몇 곡 골라 선보여야 한다. 그리고 2선으로 물러서는 조연의 지혜를 발휘해야 한다. 그것들로써 어차피 주변인일 수밖에 없는 그들과 나의 공통분모로 삼아야 한다. 삶의 양태가 서로 달랐다고 해서 분자(分子)를 비교하는 것까지 포기할 수 없지 않은가? 연산은 내가 한다. 복정을 안긴 S학장에 대해 원망할 겨를조차 없이 그렇게 무심히 시간만 흘러갔다.

밤중에 그만 가뭇없이 잠까지 사라지기 예사였다. 27년 동안의 관록(?)이 무용지물이 되는 현실 앞에 속절없이 애간장을 태웠다. 난수표(亂數表)와 씨름하는 기분과도 같았다고도 하자.

어제 11일 10시, 부스스한 머리카락에 빗질조차 못하고 아침은 먹는 둥 마는 둥 하고선 집을 나섰다. 후배가 마침 그쪽으로 가는 길이라 그 차에 편승했다. 노인회 사정으로 몇 달 문을 닫은 적이 있는지라, 학교가 어쩐지 낯선 느낌이 들었다.

어쨌든 교실 문을 열고 들어섰다.

일순 탄성이 흐르고 여기저기서 학생들이 아는 체하였다. 나는 목례로 답했지만 속내를 쉬 드러낼 수 없었다. 저들 중 어느 누구가 나를 폄하하였으렷다?

드디어 분침과 시침이 11에서 일치되고 나는 교단에 올라서서 미소를 지어 보였다. 그러나 그건 본격적인 기 싸움의 시작일 따름이다. 이런저런 싱거운 소릴 던지고 나서, 갖고 간 두 가지 노래 인쇄물을 나누어 주었다. '오빠 생각'과 '클레멘타인', 이 둘이야말로 남녀노소의 한계를 뛰어넘는 환상의 조합이다. 그러나 20분 넘게 온갖 몸부림을 쳐봤는데도─일흔 노인인 내 그 짓거리는 말과 글로써는 표현하기 힘들다. 목격해야 한다.─한계에 부딪히는 듯한 느낌이었다.

20분을 남기고 나는 번개처럼 20년 전으로 거슬러 올라갔다. 내 노인학교가 제자리를 잡아갈 그 시절, 나는 120명 학생을 5개 반(班)으로 나누고 기상천외의 이름을 붙였으니…… '홍도야 울지 마라' 반, '해조곡' 반, '만리포 사랑 반, '굳세어라 금순아', '이별의 부산 정거장' 반 등이었고, 정원(?)은 각기 25명 안팎. 그런데 지금 내 앞에는 겨우 32명이 열대여섯 명씩 양분되어 앉아 있다.

섬광! 나는 다시 그걸 확인했다. 그건 머릿속에서가 아니라, 외재(外在)로써 실체를 드러낸 것이다. 나는 오른쪽을 '오동추야' 반으로 왼쪽을 '앵두나무 처녀' 반으로 명명했다. 비로소 폭소가 터졌다.

사실 두 노래는 너무나 닮은 점이 많다. 첫째가 가사 내용이 저급(低級)이라는 것이다. 악상은 스윙(4/4박자), 작곡가는 한복남, 여가수가 부른 곡, 3절까지 있는 연년생!

회심의 미소를 지으면서 낚시꾼처럼 나는 미끼를 던진 셈이다. '반가 (班家)' 제창!! 반응은 이내 터졌다. 어느 쪽 소리가 큰지, 그 자연스런 경쟁의식을 부추긴 꼴이었다. 그리고 얘긴데, 대한민국에서 미국 민요 '클레멘타인'을 포함해서, 흘러간 이들 두 노래를 모르는 노인이 어디 있다는 말인가. 점입가경, 웃고 떠들고, 손뼉치고 흔들고.

가만히 서서 손짓만 해도 물결이 치듯 열기가 이리저리 오가고 있었다. 나는 쾌재를 부르짖었다. 아, 지난 열흘 동안 나를 짓눌렀었던 무거운 짐을 벗었구나!

S학장의 얼굴에도 어느새 미소가 번지고 있었다. 그리고 수업이 끝났을 때 그는 학생들 앞에서 내 칭찬을 아끼지 않았다. 미심쩍어하던 그의 목소리를 기억하고 있는 나로서는, 기분이 하늘을 날 듯했음은 두 말할 나위가 없다.

지금은 내 일상이 평안을 되찾았다. 탄우(彈雨)를 뚫고 나온 것 같은 느낌은 체험해 본 사람의 전유물이다. 그걸 설명한다는 것이 어리석은 짓임에야 무엇하러 시도조차 하겠는가? 다시 나는 내일을 준비할 따름이다. 반전(反轉)의 공식을 찾는 척이라도 해야 하지 않을까? '오동동 타령'과 '앵두나무 처녀'에서 비롯되는.

작은 키, 큰 전설

지난 주 수요일 진영 노인 대학. 금년도 노인 학교 마지막 수업을 마치고 나니 허탈감이 밀려 왔다. 앞으로 서너 달은 동면을 취해야 할 처지이기 때문이다. 거기 나가는 일상과, 집에서 칩거해야 하는 시간은 확연히 의미가 다르기 때문이다.

아무리 허튼 소리를 해도 내게 삿대질을 하는 학생이 없는 곳이 거기다. 심지어는 일흔 이쪽저쪽 여학생들에게, 할 일 없으면 애나 하나 놓으라고 강요(?)까지 한다. 그래도 가가대소로 넘어가는 지상 천국이 노인 학교다. 1년에 그런 노인 학교를 수십 번 드나드는 나는 그래서 행복하다. 노무현 전 대통령의 일화를 들먹였다.

참 많이도 써 먹은 농담이 있다. 키가 작은 80대 여학생이 새로 왔다 있다 치자. 거기다가 무척이나 곱게 늙었으면, 내가 소개할 때 반드시 부추기는 할 한 마디를 덧붙인다.

"처녀 때 이웃 총각들이 더러 목을 맸겠습니다."

그 소릴 듣고도 찡그리고 앉은 학생은 우울증을 앓는다고 진단한다.

역으로 해석해서 나 자신 지금 총각이라면 장가 가기 힘들겠다. 165센티미터로 어디 명함이나 내밀겠는가 말이다. 인물도 뒤처지는데다가 키까지 다섯 자 다섯 푼? 그렇다고 해서 돈이라도 많나, 고시에라도 합격했나? 그래도 73년도에 아홉 살이나 아래인 예쁜 처녀 선생을 아내로 맞아 어느덧 37년을 보냈으니, 불가사의의 주인공 명단에 내 이름 석 자를 올리고 산다.

내가 일생을 통하여 작은 키로 인하여 덕본 것은 거의 없다. 총각 때는 그게 열등감으로 작용하기도 했다. 그래도 우리끼리 모이면 과부 사정은 과부가 안 다고 서로 위로를 하면 지냈다. 가끔은 이런 농담도 주고받으면서.

"우리 모임이나 하나 만들지 그래, 이름은 '작은 거인'이라 하고."

만약에 외우(畏友) 경재 조영조 선생이 살아 있다면, 그 농담이 뜻밖의 결실로 이어졌을지 모른다. 키 165센티미터 이하의 남자로서 이 사회에 제 목소리를 낼 수 있는 50대 남자들. 경재 형은 부산시 문화재 전문위원이자 이름난 서예가, 류영남 박사는 자타가 공인하는 한글학자 등등. 그럼 나는? 경재 형은 나더러 노인 대학 개척 선구자라며 그 울타리 안에 넣어 줄 요량이었다.

등단 전 나는 부산 중고등학교 선배인 K원장을 간접적으로 알게 되었다. 나는 1년에 36편을 써서 <수필 문학>으로 추천 응모작이라며 보냈는데, 그는 언제부터인지 모르지만 기성 작가로서 많은 작품을 수시로 발표하고 있었다. 부럽지 않을 수 없었다. 나중에 안 일이지만 그는 키가 145센티미터가 될까 말까 한 정신과 의사였다. 그로부터 세상을 당당하게 사는 법을 몇 차례에 걸쳐 배웠는데, 아닌 게 아니라 움츠려들기만 하다가 가슴을 조금 펴는 계기를 맞은 데는 그의 영향이 좀 컸다. 다시한 번 생각해 본다. 145센티미터의 작은 거인, K선배!

노인 학생들 앞에 서면 내 거침없는 말들이 속사포처럼 터진다. 28년

1,500여 회를 통해서 쌓은 노하우의 편린들이다. 그 중에 이런 기절초풍할 질문도 섞인다. 예순 살 여인도 임신할 수 있느냐는……. 대부분은 펄쩍 뛴다. 어림없다는 얘기다. 그러나 가끔은 쉰 살이라면 가능하다는 정답(?)을 내놓는다. 쉰 살에 낳은 애를 '쉰동이'라는 이름까지 가르쳐 준다. 기가 막히게도 쉰동이들이 대개 키가 작단다. 나는 그 이유를 짐작하고 고개를 끄덕거렸다.

조갑제 기자의 강연장에서 노래를 부른다. 월 1회씩 20~30분, 출연료(?) 20만원, 그러나 딱 몇 번 받고 그 이후엔 거절했다. 대신 그가 서명한 자신의 저서를 400명 앞에서 한 권 건네준다. 12월 몫은 800페이지가 넘는 <박정희의 결정적 순간들>이었다. 너무나 '재미가 있어서' 단숨에 독파했다.

나는 첫 페이지에서 아하, 박정희야말로 키가 작을 수밖에 없는 숙명으로 태어났구나 싶었다. 그의 어머니가 마흔 다섯 살에 그를 임신했으니까, 쉰동이에 가까운 아기가 박정희였다. 그러니 박정희 소년의 키는 초등학교 6학년 때 135. 8센티미터였을 수밖에. 성인이 되어도 그는 160센티미터를 넘기지 못한 것으로 기록되어 있다.

그 작은 키로써도 구제 정치 무대에서 그는 당당했다. 다만 월남 파병 문제를 협의하기 위해 미국을 방문했을 때는 내가 봐도 조금은 창피한 일을 겪는다. 무도회에서 육영수 여사는 존슨과 춤을 췄는데, 정작 박정희는 작은 키 때문인지 존슨 부인의 프러포즈를 거절해 버린 것. 춤을 못 춰서가 아니라는 건, 나 혼자만의 지레짐작은 아니리라.

그러나 박정희야말로 작은 거인이었다. 죽음 앞에서의 그가 보인 초인의 모습을 통해 그걸 읽는다. 그가 가슴을 관통하는 총상을 입고서도 조금 전까지 노래를 불렀던 S앞에서 한 말은 바로 이 한 마디였다. 난 괜찮아…….

이를 조갑제 기자는 세계 암살사에 유례가 없는 일이라고 표현했다. 시저가 암살단에 끼인 브루투스에게 한 원망 같은 것은 내뱉지도 않았단다.

145센티미터인 K정신과 의사, 160센티미터 경재 형은 내가 직 간접으로 알았던 사람이다. 그들은 작은 키로 큰 전설을 만들어 이 세상에 남겼다. 박정희 대통령이야 서민이 아니니 차치하고라도.

앞서 들먹인 류영남 박사는 8월 14일 내 행사장에서 만나 좋은 이야기를 해 주었다. 그에게서 배울 게 너무 많으니, '작은 키 큰 전설'은 아직 포기할 단계는 아닌 모양이다. 다만 나는 아무래도 주인공이 되긴 틀렸으니 멀찌감치 서서 관망하는 도리밖에 없는 것일까?

내일 동구청 예식장에서 주례를 선다. 여느 때처럼 사진 촬영을 할 때 20센티미터가 넘는 간이 무대에 올라설 생각을 하니 실소가 나온다. 내 키가 이제 2센티미터나 줄어들어 163센티미터밖에 안 되니까.

장백(長白) 아파트 앞의 대창 초등학교. 도로 하나 건너 진영 노인 학교. 거기가 참 좋다. 노 대통령의 키도 작은 편이었다는 얘길 드러내 놓고 하고, 그의 애창곡 '허공'을 부르며 우스갯소리도 늘어놓을 수 있는 곳. 언젠가는 그곳과도 이별해야 하는 것은 설움이다.

이런 파격, '사의 찬미'

♬♪ 광야를 헤치며 달리는 사나이/ 오늘은 북간도 내일은 몽고 땅/ 흐르고 또 흘러 부평초 같은 몸/ 고향 땅 떠난 지 그 몇 해이런가/ 석양 하늘 등에 지고 달려가는 독립군아/ 남아 일생 가는 길에 미련은 없어라 ♪♬

1920년대 이청천이 신흥 무관 학교 생도들을 이끌고 광야를 달리며 불렀던 노래 '광야를 달리는 독립군'이란 노래다. 그냥 가사만 보고서는, 감이 잡힐래야 잡히지 않는다. 하나 좌중의 누가 첫 소절만 허밍으로라도 흥얼거려 보라. 아마 나머지는 모두의 입에서 자동적으로 따라 나오리라. 왜? 멜로디가 바로 당신 유행하던 '사의 찬미' 그대로이기 때문이다.

'사(死)의 찬미(讚美)', 여러 가지 의미로 우리에게 다가 온다. 단순하게 양장을 한 여자 윤심덕과 중년 신사 김우진이 서로 껴안고 현해탄에 몸을 던진, 그냥 넘길 사련(邪戀)의 이야기가 아니다.

두 연인에 얽히고설킨 깊은 인연에 대해서는 알고 있지 못하지만, 서른 살을 갓 넘긴 남녀의 극단적인 선택이 사랑을 해본 모든 사람들을 묘한 정서에 빠뜨린다. 그들을 닮고 싶은 충동? 누구든 살다 보면 한번은 느꼈을지 모른다.

　나도 어쩔 수 없었다. 이바노비치가 1880년, 군악대를 위해 만든 곡이라는 '도나우강의 잔 물결'에 심취해 있으면서 가끔 '사의 찬미'와 연결고리를 가지고 있었다.

　20대 초반, 첫사랑 때문에 몸부림치면서 나는 '눈물의 왈츠'에도 목을 맸다. 만약에 나를 어린 아이로 본 그 연상의 여인이, 그럴 리야 없지만 무슨 사연에서든 현해탄으로 가자고 했으면 기꺼이 따랐으리라. 50년이 흐른 지금 그는 심장병으로 사경을 헤매고 있다는 소식이다. 그래서 지금 이 시간 듣는 '도나우 강의 잔물결'은 무척이나 건조하다. 그러면서도 멜로디에서 묻어나는 긴 세월의 흔적과 섞바뀌는 느낌은 어떤 까닭일까?

　몇 달 전 고등학교 음악 교과서를 다섯 권 사다가 훑어보다가 깜짝 놀랐다. 세상에, 그 중 하나에 대중가요가 대여섯 곡 수록되어 있지 않은가? '눈물 젖은 두만강', '사랑으로', '돌아와요 부산항에', '발해를 꿈꾸며' 그리고 '사의 찬미'! 나는 내 눈을 몇 번이나 씻었다. 그러나 여전히 '사의 찬미'는 버젓이 한 페이지를 차지하고 있었다. ♫♪**광막한 황야를 달리는 인생아/ 너는 무엇을 찾으러 왔느냐/ 이래도 한평생 저래도 한평생/ 돈도 명예도 사랑도 다 싫다**♪♬

　물음표가 계속 머리를 어지럽혔다. 다행히 후렴을 수록하지 않았다. 그런 대로 조금은 안도하는데, 이왕이면 여기서라도 적어보자. ♫♪**눈물로 된 세상이/ 나 죽으면 그만일까/ 행복 찾는 인생들아/ 네 찾는 것 설움……**♪♬

　문득 고등학교(사범학교) 시절이 생각났다. 김봉진 선생님께서는 미술(공작) 시간에 학생이 작업 무심코 대중가요 한 소절을 흥얼거리기라도 하면 혼찌검을 내셨다. 설사 신바람이 나서 무의식중에라도 '보슬비가 소리도 없이 이별 슬픈 부산 정거장…' 어쩌고저쩌고 하다가는 영락없이 체벌도 마다하지 않으셨다는 뜻이다.

그로부터 불과(?) 반세기, 고등학교 교과서에 유부남과 처녀가 이루지 못할 사랑을 비관한 나머지 스스로 목숨을 끊는다는 노래가 실렸다? 고등학교 학생들이, 수능 성적이 나빠서 아파트 옥상에서 투신하는 것쯤 예사로 여기는 풍토에서 저자들이 어쩌자고 이런 걸 불쑥 내밀었는지…… 생명 경시 풍조를 부추길까 봐 적이 걱정이다.

그러면서도 나는 다섯 곡의 대중가요–'사의 찬미'를 대중가요로 분류하는 게 얼토당토않지만–가 수업 시간에 불려진다는 그 자체에 대해서는 박수를 보내고 싶었다. 20년 넘게 노인 학교에서 그것들과 더불어 지내면서도 일종의 자격지심 때문에, 대놓고 '눈물 젖은 두만강'을 부르기 꺼려하던 때도 있었으니까. 이번 일이 일종의 명분 싸움에서 내가 이기는 계기가 되었으니, 더 거세게 '돌아와요 부산항에' 따위도 열창하자꾸나!

노인들의 세계는 내가 저승에 가서야 좀 더 알 것 같다. 28년이라니 턱없이 부족한 세월인지 모른다. 예를 하나 들어보자. 세상에, 그제 부산에서 가장 가난한 주민들이 사는 금곡 1단지 노인 대학에 가서 '사의 찬미'를 들이밀어 보았는데, 어찌나 잘들 부르는지 그건 차라리 모두가 절창(絕唱), 즉 (만고에) 뛰어난 솜씨라 평하는 게 나을 것 같았다. 내가 고개를 갸웃거려야 할 만큼. 하기야 '삼팔선의 봄' 때도 그랬었지. 그건 노인들이 나 같은 어정뱅이가 아직도 체감하지 못하는 그런 저런 많은 한을 안고 살고 있다는 반증이기도 하다.

얼마 전 두 개 중학교에서 총 여섯 시간의 진로 지도 수업을 한 적이 있다. 실패에 가까웠지만 그래도 노래는 불렀다. '돌아와요 부산항에' 외 두서너 곡. 1년만 지나면 배우게 될 곡이다 싶어 앞당긴 셈이다. '눈물 젖은 두만강'은 상세한 배경까지 곁들였다. 본질을 벗어난, 엉뚱한 파격 (破格) 앞에 당황하기도 했지만, 이젠 모두가 제자리다.

여생이 얼마일지 모르되, 노래와 더불어 지낼 기회는 많다. 비록 그 무대의 높낮이는 다르지만, 열광이 그에 비례하지는 않는다. 지난 주 토요일에도 나는 부산일보사 대강당에서 400명 원로들을 앞두고 '전우 야 잘자라' 등 '삼팔선'이 가사에 등장하는 대중가요만 세 곡 선보였다. 이른바 파격이다.

얼음이 풀려서 노인 대학에서 나를 불러 준다면, '사의 찬미' 외 몇 곡이 비록 노인들의 가슴을 저미게 하는 한이 있어도, 그걸 들고 다니게 될 것이다. 진영, 김해, 삼랑진, 밀양, 물금 그리고 시내 스무 대여섯 군데……. 벅차긴 하지만 미리부터 설렌다. 거듭 강조하지만, 그건 파 격이니까.

한국인의 파자마, 캄보디아인의 파자마

지난해 11월 말이었던가? 조갑제 기자의 강연회에 앞서 450명 앞에서 노래를 불렀다. 주제가 주제니 만큼 삼팔선의 아픔을 그려낸, 박시춘 선생이 곡을 붙인 걸작, '삼팔선의 봄' 외 두서넛. 다음 달 일정을 안내하는 것으로 행사는 끝났다.

조갑제 기자는 자신을 음치라 고백(?)했다. 그런데 흘러간 대중가요에 대한 식견은 누구 못지않게 갖추고 있으니, 이야길 나누다 보면 어느새 내 고개가 끄덕여진다. 그 날도 그랬다. 그런데 동석한 참깨 방송 김종환 대표 등 몇몇과 '부산 노래'의 이모저모를 화젯거리로 떠올렸는데, 뜬금 없이 김 대표가 '부산 행진곡'을 흥얼거리기 시작하는 게 아닌가?

마침내 부산 일보 대강당 옆 레스토랑 안이 열기에 넘쳐흐른다. 2절을 여기 옮겨 본다. ♬♪**봄바람 동래온천 여름 한 철 송도요/ 달마중 해운 대도 부산 항구다/ 가는 이 못 가는 이 종열차의 벨이 운다/ 경상도 사투 리 아가씨들의 이별이 좋다♪**♫

나는 여기서 터지려는 웃음을 참고, 좌중에 한 마디 던졌다. 혹시 '파 자마 입은 아가씨들' 이야기를 아느냐고. 모두의 눈이 휘둥그레졌다. 아 닌 밤중에 홍두깨도 유분수지 노래 뒤에 아가씨 파자마라니…… 그 설명을 하려니 내 말 속도가 빨라진다. 그도 그럴 것이 1958년, 그러니까 내가 고등학교 1학년 무렵에 가수 방운아가 취입한 '부산 행진곡', 그 마지막 소절 이 처음엔 분명 이랬었기 때문이다. ♬♪**파자마 입은 아가 씨들의 이별(?)이 좋다♪**♬

천하의 조갑제 기자도 내 이야기를 듣고 파안대소했다. 그와 나의 나이 차이가 겨우 세 살이라, 그도 그 파자마 어쩌고저쩌고 하는 가사를 기억할 만한데 그렇지 못하다는 자괴감(?)에서였을까? 하여튼 그렇게 노래와 환담을 섞어 근 한 시간을 보내고 우리는 자리에서 일어났다.

파자마?

사전에는 헐렁한 윗옷과 바지로 된 잠옷이라 풀이되어 있고, 또 다른 해석은 '인도와 페르시아 사람들이 입는 통 넓은 바지'다. 우리 나라에서는 당연히 전자(前者)로 통용된다고 보면 맞으리라. 한데 파자마의 기능은 침실 혹은 안방, 밤에서 끝나거늘, 아가씨들이 마지막 전차가 떠나는 곳에서 그 잠옷을 입고 이별을 한다? 하기야 1절에 나오는 영도다리 넘어 영도(影島)에 몸 파는 아가씨들이 있긴 했다더라.

그보다 더한 파자마 이야기도 있다. 수십 년 전 지방 신문 가십난에 기가 막힌 기사가 실려 있었다. 고관 입구에서 밑에 파자마만 입은 채 버스를 탄 중년 남자가 몇 정류장이나 무사히(?) 갔다는 것이다. 거듭 말하지만 파자마는 잠옷이다.

이 정도라면 파자마 난센스의 극치라 할 수 있는 사건 하나를 나는 그것도 현장에서 생생하게 보았다.

1993년, 그러니까 지금부터 17년 전 일이다. 나는 노인 학생 외국 여행단을 인솔하여 태국 방콕에 머무르고 있었다. 이튿날 투숙한 곳은 파타야의 어느 호텔. 여장을 풀고 우리 일행 30명은 가이드의 인솔로 시내 중심가로 들어섰다. 저녁 식사를 하기 위해서였다. 한정식 집에 예약이 되어 있어서 오랜만에 된장찌개 냄새를 맡는 노인 학생들이 좋아라, 박수를 하고 야단이었다. '장(張) 장군'이라 불리는 허우대가 좋은 할아버지의 차림새가 기가 막힌다. 세상에 할아버지는 팬티가 훤히 들여다보이는 모시 파자마만 입고 일행 속에 끼어 앉아 환호작약하고 있는 게 아닌가?

내가 소스라치게 놀라 가이드를 불러 이를 어떻게 수습(?)할까 물었더니, 이 친구가 무표정하게 한 술 더 떠서 하는 말이 기가 막힌다. 괜찮습니다. 방콕 시민들 짧은 바지 하나만 걸치고 일 년 사시사철 그대로 지냅니다. 파자마? 그런 개념 여기엔 없어요.

내 자신이 식은땀이 그렇게 쉬 훔쳐지는 걸 체험한 셈이다. 지금도 파자마 이야기만 나오면 반사적으로 방콕과 할아버지의 얼굴이 겹쳐진다. 이미 할아버지는 고인이 된 지 오래지만.

어제 어느 조간신문에서 정말 아연실색할 만한 내용을 접했다.

캄보디아에서 우리 나라로 시집온 사람이 경찰관으로 임용되게 되었는데, 처음에 우리와 문화가 달라 참 적응하기 힘들었다는 고백이었다. 특히 낮잠 문화, 친정 나라에서는 점심시간이 지나면 누구든지 두서너 시간 오수(午睡)에 빠지는 게 습관인데 비해, 시부모들이 그걸 용납할 리가 없어 고생했다는 것. 이제 서로 간의 이해가 깊어져 아무 일 없이 넘어가서 행복하다는 말로 끝을 맺었다. 그러나 그 습과 탓에 아는 동포가 이혼을 당할 위기에 처해졌다는 게 아닌가?

그 동포 신부도 친정 나라 캄보디아에서의 습관대로 낮잠을 자는 것까지는 좋았는데, 그 다음이 문제였단다. 여기가 시댁 나라인 줄을 잊고, 가끔 파자마 즉 잠옷 바람으로 나들이하는 게 습관이 되어 버렸다나?

마침내 시댁 어른들이 노발대발하고 남편마저 너무 어처구니가 없어 헤어질 지경에까지 이르렀다니, 파자마의 파괴력(?)이 이만저만 아니랄 수밖에. 나는 신문을 들고 한참이나 어리둥절해 있었다.

이만하면 파자마가 외교 문제로까지 번지는 거나 아닌가 싶기도 했다. 나아가 앞으로 국제결혼 중매인은 적어도 파자마 문제 하나만은 짚고 넘어가야 해야 할 것 같아 나는 허공에 고소(苦笑)를 날렸다.

행복한 매나니와 일상의 조식(粗食)

'매나니'로 아침을 때운 지 제법 오래다. 글쎄 한 2년?

본래 매나니란 반찬이 없는 밥을 두고 하는 말이다. 그러나 그동안의 내 대용식 자체가 그에 어금지금하는 것 같아, 화두로 한 번 던져 보고 싶은 것이다.

매나니는 본래 가난한 사람들의 전유물(?)이었으리라. 오죽하면 김치 한 보시기조차 같이 상에 못 올랐을까? 쌀 몇 톨도 섞이지 않은 보리밥 에다가 찬물 한 그릇, 그 앞에다 병든 노파를 앉혀 보자. 그 정경에는 가엾다는 표현밖에 빌어다 쓸 게 없다.

물론 내 매나니는 그런 데에 비하면 호강에 작첩(作妾)하는 경우와 다를 바 없다.

불과 몇 해 전만 하여도 복국 국물 한 숟가락 못 넘기던 내가, 이젠 식탐까지 할 정도로 비위가 튼튼해지고 말았다. 덕분에 비만 지수가 걱정될 정도다. 부작용? 당연한 귀결은 예측한 그대로⋯⋯. 바쁘다 보니 민요 연습할 시간은 있어도 운동장에 나갈 틈이 없다. ♬♪**나물 먹고 물 마시고 팔을 베고 누웠으니/ 대장부 살림살이 이만하면 어떠하리** ♬

이렇게 거실에서 누웠다 일어났다 호기를 부리다니, 때로는 이악스러움이 내 정체성이었는데 싶어 한숨이 나오기도 한다. 채찍질을 어떻게 해야 할지 염려스럽다.

그러던 중 <수필> 부산 동인회에서 이해주 학장님을 만났다. 그분에게서 이 말씀을 듣지 않았다 치자. 나는 요즈음 혈압과 당뇨를 걱정하는 바닥 수준까지 떨어졌으리라. 그분의 매나니를 여기 옮겨 적어 보자.

"아침은 거르지 않되, 고구마와 찹쌀 쑥떡 두 개 정도로 때우지요."

그러다 보니 혈압도 80-120으로 뚝 떨어졌고, 혈당 수치도 정상으로 돌아오더라는 것!

일찍부터 그분 말씀이라면 나는 자다가도 일어나는 사람이다. 어찌 잠자코 있을 수 있단 말인가. 다음날 아침부터 나는 엉덩잇바람이 난 것처럼 소란을 떨다가, 그분의 매나니를 내 식탁으로 그대로 옮겨버린 것이다. 나는 우부우부(愚夫愚婦)에게도 현자(賢者)가 때로 있기 마련이라며 무릎을 쳤다. 돌이켜보면 그분에게서 얻은 지혜가 한둘이 아니다. 경제학자보다 시인이라 불려지기 좋아하는 그분의 성정은, 내게 외눈부처로까지 비쳐질 때가 있다.

그분의 매나니는 우리 식탁에 혁명을 가져왔다.

내가 그대로 따라 보니, 무엇보다 위장이 편안하더라. 소화가 잘된다는 뜻이다. 둘의 궁합이 맞는지 맛의 조화 또한 그럴싸하고. 게다가 약간의 포만감은 오전의 일상을 든든하게 뒷받침해 주었다. 물론 체중의 변화는 더 이상의 수확이다. 아내의 설거지 부담을 덜어 주는 것도 기분 좋은 일이었고.

아내도 머무적거리지 않았다. 기다리고 자시고 할 거 없이 단박에 나를 따르니 이게 바로 부창부수 아닌가? 대신 아내는 나보다 단순하다. 내 몫은 '고구마 + 찹쌀쑥떡'에다가 가끔은 청국장과 우유도 곁들여지는

데, 아내는 시종일관 거기서 두어 개 빼기 일쑤다. 그래도 아내의 위장약 양이며 횟수가 줄어들었으니 어찌 은혜가 아니라 할 건가. 거듭거듭 이해주 학장님께 감사를 드리는 이유다.

이제 며칠 뒤면 서울에 갈 일이 있다.

생전 한번도 KTX를 타보지 않으셨다는, 천주교 부산 교구 초대 교구장 최재선 주교님이 문득 생각났다. 그래 그분처럼 왕복 다 통일호나 무궁화를 타기로 하자. 내친김에 점심 저녁도 매나니로 해결하는 거야.

사실 열차 내에서의 식사가 그리 간단한 문제가 아니지만 고구마와 찹쌀 쑥떡 여덟 개 남짓이면, 옆 손님에게 냄새도 풍기지 않고 얼마나 좋은가 말이다. 음료수 병에 보리차라도 담아 간다 치자. 목이 마르거나 막히지 않겠지. 십이 열차에 앉아 뒤척이던, 그 옛날 군대 시절을 되새기면 여행 기분이라도 날걸?

그래서 그런지 내 몸의 바이오리듬이 바야흐로 상향 곡선을 그리고 있음을 느낀다. 우숫물이 지기 전에 상경 날짜를 잡아야 하겠다는 생각이다.

우리네 먹을거리를 만약에 말이다. 미식과 조식(粗食)으로 나눈다면, 나는 내 아침 매나니를 바탕으로 후자 예찬론자가 되고 싶다. 레스토랑보다 재래시장의 시래기국밥 집이 좋은 걸 어쩌랴. 내 타고난 내뜀성으로 마치 가난을 미덕으로 여기는 선비 행세를 하려고 짐짓 이러는 게 결코 아니다.

조식 이야기 좀더 이어 나가자.

어제 전포 성당 노인 학교 개강식이 있었다. 수업을 마치고 여럿이 둘러앉아 점심을 먹었다. 아, 그 돼지고기 수육 맛이 어찌나 감칠맛이 나는지, 아침 매나니에 대한 기억이 없었다면 자제하기 힘들었으리라.

오늘 낮엔 김해 노인 대학에 갔다 왔다. 학장을 비롯한 다섯 명이 오리 탕으로 식사 한 끼를 해결했는데 국물 한 숟가락에 '카' 소리가 절로 났다. 그 특유의 분위기가 바로 조식의 진수다 싶어 웃었다.

3월 달력을 들여다본다. 노인 학교 수업 일정이 만만찮다. 노인 학생들은, 못난 내게 국수 한 그릇일지언정 정성스레 대접한다. 내가 배고파 하는 할까 봐 그들은 노심초사하는 것이다. 그렇게 백 수십 명이 모여서 가가대소하며 숟가락질과 젓가락질을 하는 데에 미식이 비집고 들어올 틈이 없다. 군침이 절로 돈다.

매나니와 조식이 있어 나는 행복하다. 이해주 학장님에 대한 존경심이 매나니로 인해 더 불타오르듯 한다. 나아가 조식이 한 몫 거들었다.

이 어설픈 논리나마 우덜거지로 삼아야겠다. 민요 한 가락이 절로 나온다. ♬♪아랑 놓고 시랑 놓고 닭 잡아 놓고/ 소고기 육개장에 닭 잡아 놓고/ 아리아리랑 쓰리쓰리랑 아라리가 났네/ 아리랑 고개로 날 넘겨주소 ♪𝅥𝅲

제 5 부

결코 녹록한 세상은 아니다

눈앞이 캄캄했다, 장기 기증 등록 이야기

상가에 갔다 돌아와 보니 지갑이 없다. 눈앞이 캄캄하다.

누가 주워 열어 봤다면? 실망했으리라. 땅바닥에 팽개칠 정도로. 안에 든 것이 형편없기 때문이다. 아무리 내 나이 들어도 돈 만 천 원이 뭔가? 게다가 정리되지 않은 명함 여남은 장, 그냥 '폼'으로 넣고 다니는 가짜 카드 몇 개……. 불행 중 다행으로 내 주민 등록증과 지하철 교통 카드는 코트 호주머니에 들어 있다. 조금은 안심이 되었다.

그런데 눈앞이 캄캄하다느니 엄살을 피운다? 누가 나더러 고양이 낯짝만한 속밖에 못 가진 사람이라 얕잡아볼 지 모르겠다.

하긴 그렇다. 다만 그 돈 갖고 집 바깥으로 나가는 못난 초로(初老)로 드러나는 게 무척이나 창피스럽다. 그보다는 나머지 내용물을 뒤죽박죽 섞어 놓은 터라, 습득자의 머릿속도 어지러울 게 분명한 터, 그걸 상상하면 얼굴이 달아오르는 것이다. 그는 말할 것이다.

"이 양반 진짜 뒤웅박 신세로구면."

뜸은 여기까지만 들이자. 실은 그 지갑 안에는 까짓 십만 원짜리 수표 몇 장으로써는 바꿀 수 없는 보다 더 소중한 게 있었으니, 그걸 송두리째 잃고서도 무덤덤하다면 그게 오히려 이상하다. 바로 지하철이나 버스를 타면 반드시 확인하곤 하던 '장기 기증 등록증'(천주교 부산 교구 사회복지국 발행)과 '장기 기증 희망 등록증'(KONOS-국립 장기 이식 관리 센터 발행)이다. 나는 2005년 5월 31일부터 거의 6년 동안 이 둘을 마치 무슨 자랑이나 되는 것처럼 지니고 다녔었는데…….

만약 내가 어디서든 뇌사 상태에 빠진다면, 장기 전체는 물론 사체까지 필요한 사람이나 의료 기구에 '기쁜 마음'으로 내주겠다는, 나로서는 정말 기특한 마음을 담아 들고 다녔지 않은가? 여기에 우리 가족은 아무 이의가 없다. 이미 유서로도 작성하여 내 문집에까지 실었으니 말이다.

물론 연락하면 1주일 안으로 재발급 받을 수 있으리라. 그러나 그 등록증 둘은 내게 여태껏 대단한 내공(?)을 심어 주었으니, 다만 며칠 동안이라도 찜찜한 기분으로 지내야 한다. 그 백여 시간 안에 무슨 일이라도 생겨, 행여 나 같은 보잘것없는 인간이 이승에서 마지막 미담 하나 만들 기회를 놓칠지 모르기 때문이다. 허풍떤다고? 그거야 뭐 꼬집는 사람의 자유겠지만, 나를 모르는 처지에서 그가 무슨 말인들 못하랴!

그래도 다행이다. 컴퓨터 책상 앞에 등록증의 번호가 적혀 있으니. 천주교 부산교구 사회복지국/ 5-42(2005년 5월 31일, 516-0815-0836-465-8801), KONOS(2006년 9월 27일, 02-2276-0027)이다. 내일이라도 바로 연락하리라 마음먹고 묵주를 들고 있으려니, 마음이 약간 편해진다.

내친김에 나는 내 사후 문제에 대해 갖고 있던 생각을 다시 한 번 정리했다. 내가 존경하던 박완서 선생처럼 여든 살까지 못 살아도 좋다. 대신 나는 그분이 못한 일을 하나 했으면 한다. 내 장기 및 사체 기증에서 한 발 더 나아가 장례마저도 특별히-의대에서 죽은 나를 1년 동안 활용(?)한다더라-치러 달라고 가족들에게 그렇게 당부하려는 것이다. 압력(?)의 형식? 그것도 좋다. 욕심내어 덧붙여야 할 게 있다. 관 안에 누워 오순절 평화의 마을엔 한번 들러야 한다는 내 소원 말이다. 내 진정한 친구, 그 곳 340명 장애인들의 배웅을 받으면 원도 한도 없을 것 같다. 내 원소리의 진정한 의미를 아는 사람이라면, 내가 너무 섣불리 입을 연다고 탓하지는 않으리라.

여담 하나. 서너 달 전 나는 양정 성당 노인 학교에서 수업을 하고 있었다. 김수천 교장 선생님(선배)이 참관한 가운데. 웃고 떠들면서 싱겁기 짝이 없는 노래도 곁들였다. 바야흐로 한 시간이 성공적으로 매듭지어지는 순간, 그만 '장기(사체) 기증'을 홍보(?)해 버린 것이다.

그게 큰 탈이 될 줄이야. 여든 살이 다 되어 가는 어느 여학생이 노골적으로 불쾌하다는 뜻인지 무섭다는 뜻인지 모를 표정으로, 그 얘길 왜 끄집어내느냐는 항의를 하는 게 아닌가? 아차, 싶었지만 이미 엎질러진 물이었다. 독야청청한 꼴은 차치하고라도, 설사 노인들 앞에서조차 가볍게 그런 운을 떼는 게 아니라는 경고를 받은 셈이 되고 말았다. 그날 점심도 씁쓰레한 기분으로 들 수밖에. 그러나 그럴수록 오기(?)가 생기는 것은 당연해서 나는 자신의 '뇌사 상태'에 대해 오히려 친근감을 갖는다.

며칠 전 신문과 방송 보도를 통해 우리는 정말 눈물겨운 이야기 하나를 접했다. 의정부에 있는 외국인 학교의 미국인 여교사 린다 프릴. 뇌출혈로 쓰러진 뒤 남편을 비롯한 가족들의 동의 하에 한국인 다섯 명에게 장기를 주고 영면의 나라로 떠났다는 것. 인구 백만 명당 장기 기증률 '27 : 3(미국 : 한국)' 앞에 혼란스러운 순간이었다. 수도자나 성직자들조차 망설이는 게 우리 나라의 현실 아닌가?

사실 나는 태어나서 일흔이 될 때까지 너무 못나게만, 아니 나쁘게만 살아왔다. 따지고 보면 장기, 사체 기증 따위를 거리낌 없이 입 밖에 낼 위치에 있지도 않다. 따지고 보면 내가 이런 큰소리를 치는 것은 세상에 대한 책임 회피 차원의 얄팍한 술수인지 모른다. 그래도 그 흔한 말로, 덤으로 사는 인생치고는 제법 그럴싸한 이야기를 한다고 도취될 때도 있다. 글쎄 이런 경우의 자평을 어떻게 해야 할지 모르겠다. 그래도 막다른 골목이니 기도는 해야 하지 않겠는가.

그러나 저러나 지갑의 행방은 묘연한데, 등록증 때문에 이 안달이다. 행여나 어느 누가 돈 만 천 원만 갖고 가고, 나머지는 우체통에라도 넣어 주었으면……. 거듭 말하지만, 대신 욕은 바가지로 얻어먹어도 좋다.

한 1주일 동안이라도 집안에 들앉아 있는 게 상책일 듯싶기도 하다. 바야흐로 선택의 기로에 선 셈이다. 그나마 아내의 등록증은 무사하니 다행이라고 하자.

에라 모르겠다. 이참에 명함에다가 아예 장기 및 사체기증 등록증 번호를 새기고 다녀야 할까보다. 나아가 문집에까지.

연평도 들개

일생을 통해 자신의 눈을 의심하게 하는 일이 어디 한두 가지랴마는, 적어도 개에 관계되는 그런 직 간접 체험은 내게 가히 충격적이라 해도 괜찮으리라. 오래 전 잘 읽히지 않는 <애견생활>이라는 잡지에, 잡문이나 쓰던 내가, 같은 책에서 이런 제목의 글을 읽은 적이 있다. 십 년도 훨씬 넘었으니 글쎄 상세한 내용이야 기억에서 사라졌지만, 제목 하나만은 활자체까지 재생시킬 수 있다. 한라산에 들개 득실득실!

놈들은 줄잡아 1천 마리는 된다고 하였다. 무리지어 다니면서 노루(혹은 고라니?) 등을 사냥함으로써 먹이사슬을 끊는다는 것이다. 한창 개에 대해 갖가지 기상천외의 곁가지―예를 들어 수컷 늑대와 교배한 셰퍼드 사이에서 낳은, 반(?) 강아지 사진 따위를 스크랩하는 등―에 몰두해 있던 터라, 내심 적잖이 흥분해 있었다. 내 목숨을 앗아 갈 뻔한 후로다가 저승으로 떠난 뒤에 나는 의식적으로라도 개를 내 머리에서 지워나가고 있는 참이었다.

물론, 완전히 벗어날 수 없는 숙명 같은 인연이 아직은 약간 남았다. 내가 심부름하여 가져다 놓은 삽살개 암수 한 쌍 사이에서 두 번째 새끼 여덟 마리가 난 것을 어제 오순절 평화의 마을에서 보고 왔으니……

그러나 내가 한라산 들개의 존재에 대해 반신반의해 왔다는 게 정확한 표현이다. 그러다가 작년 신문과 방송 보도를 통해 놈들이 '득실거린다 고'는 할 수 없지만, 민가 근처에서 가축들을 해치고 있다는 보도를 접했다. 1천 마리는 허수라 해도, 그 1/10은 된다는 게 기자들이며 담당자들의 주장이었다.

사진도 보여 주었다. 그런데 예상했던 것보다는 소위 들개라는 녀석들이 너무 나약해 보였다. 아프리카에 서식하면서 지금 멸종 동물로 지정, 보호를 받고 있는 들개, 즉 리카온에 비해서 너무 초라하다는 느낌을 주었다. 리카온은 셰퍼드보다 키도 크고 체중도 훨씬 많이 나간다는데, 제주도 들개는 내 입에서 튀어나온 신음소리가 겨우 '에개개' 정도.

토사견이 우리를 뛰쳐나가서 야성화(野性化)된 무리쯤으로 지레짐작을 해 오던 내겐 차라리 실망이었다. 내가 주먹으로 내리쳐도 제압할 수 있으리라 싶어 그 시늉을 냈더니, 아내가 까닭도 모르면서 웃는 것이었다.

들개, 사전에 겨우 두어 줄로 풀이되어 있다. 주인 없이 제멋대로 돌아다니는 개, 야견(野犬). 이를 요즈음 세태에 맞춰 부르면 다름 아닌 유기견이다. 주인이 기르다가 병들거나 먹일 게 없다 보니 내다 버린 개. 제주도라고 해서 예외일 수 없다. 따라서 그런 경우가 생겼을 것이고, 그 놈들 중 암컷이 발정이 와서 자연 교배, 새끼를 출산할 수밖에 없다. 그런 악순환이 결국 10대(代) 아니면 그 이상 뻗친 결과가 들개로 탈바꿈하게 된다. 산으로 쫓겨나 야성이 길러졌으나, 영양실조나 근친 교배로 인해 체구도 왜소할 수밖에. 놈들이 겨우 양이나 갓 태어난 송아지를 사냥감으로 삼는 이유가 그것이리라.

우스운 고백인데, 내가 이렇게 들개 야화(野話)의 '메신저'가 된 데는 또 다른 동기가 있다. 내 노인 학교와 불가분의 관계가 있던 공군 어느 부대의 부사관에게서 들었다. 집에서 뛰쳐나왔거나 쫓겨난 듯한 개들이, 부대 내 지형지물을 이용해서 거길 보금자리로 삼고 있다는 것. 암컷과 수컷이 그렇게 어울리다 보니. 종족 번식이 자연히 이뤄질 수밖에. 병사들과의 불가근불가원 관계는 그렇게 아슬아슬하게 유지되고.

주식? 아마 잔반(殘飯)이었겠지. 아니면 조류의 알 등이든지. 지금 생각해 보니 그 녀석들이 영락없는 들개의 원조다. 후문은 못 들었으되, 지금까지 부대 내에 들개들이 남아 있지는 않으리라.

아무튼 제주도 들개는 골칫덩어리임에 틀림없다. 맹수 축에도 못 끼이는 멧돼지야 많을 테지만, 그 놈들은 잡식성이니 고라니 노루 혹은 산토끼를 해칠 턱이 없다. 자연스레 들개가 먹이사슬의 정점에 올라 앉아 있는 것이다. 개가 들어도 웃지 않을까?

문제가 심각하다. 나 같은 초로조차 까짓 몽둥이 하나만 가져도 한 놈쯤의 습격을 물리칠 자신이 있는데, 정작은 은근히 두려움에 떠는 사람도 더러 있다더라. 오죽하면 누가 이런 걸 인터넷에다 올려놓았을까. 올레길인들 혼자서야 맘 놓고 걸어 다닐 수 있겠느냐고. 내 정답은 '그건 기우(杞憂)에 지나지 않는다'는 것이다.

들개, 결론적으로 말하면 우리 나라 사람들의 애견 문화에 그 원인이 있다. 성직자들도 입으로만 생명 존중 어쩌고저쩌고 하면서 개고기를 먹는다. 반려 동물이기에 앞서 그들을 비롯한 상당수 국민들에겐 먹을 거리에 지나지 않는다. 헌신짝 취급도 예사니, 녀석들의 '가출'은 자의반 타의반? 게다가 동물 보호 시설이나 단체는 턱없이 부족하고. '들개'와 맞닥뜨리게 된 것, 나는 자업자득이라고 풀이한다.

북한군이 얼마 전 우리 연평도에 포격을 퍼부었다. 군인과 민간인 수십 명이 죽거나 다쳤다. 순간 내 머리에 나는 맨 먼저 떠오르는 생각이 이랬었다. 아, 그 곳 개들을 어쩌지?

남들은, 수십 년 몸담고 살아오던 집을 버리고 파란 길에 오르는 사람들을 보고 이 무슨 망령된 생각을 하느냐고 당연히 꾸짖으리라. 그러나 나대로는 다 사려가 있었다고 자부한다. 분명코 주민들은 급한 대로 옷가지나 패물 저금통장 등과 필요한 최소한의 물건들만 지니고 배를 탈 것임이 분명하다. 비좁은 배에 개를 실었다가는 날벼락이 떨어질 테니.

나는 연평도에 남은 개가 재앙이 될 줄 예견하였다. 주먹구구식이 아니라 내 나름대로는 다 근거가 있어서였다. 아니나다르랴, 동물 보호 단체에 의하면 연평도의 개들이 상당수 포탄 파편에 맞아 다치거나, 먹이가 부족하여 그 참상이 목불인견의 지역에 이르렀다는 것. 그러다 보니 사태는 여기에서 그치지 않고 녀석들이 생존을 위해 몸부림치는 바람에, 약육강식의 법칙에 고스란히 노출되어 있단다.

그뿐만 아니다. 가장 염려되는 게 우리가 녀석들 모두를 들개로 분류해야 할 염려조차 해야 할 형편이란다. 무너져 내린 빈 집 여기저기를 쏘다니며, 병약해서 뭍으로 못간 일부 노인들을 녀석들이 공격하기라도 한다면? 그저 아찔할 따름이다. 게다가 녀석들 중 일부가 광견병에 걸렸다 치자. 우리는 없는 곤욕을 치러야 한다. 제주도의 들개는 비교도 되지 않을 만큼.

서두르지 않으면 인간이 어떻게 반려 동물을 잃어버리는가 하는 그 불행한 역사의 현장에 서게 될지 모른다. 북한군에 대한 분노가 치밀어 오르는 이유가 내겐 따로 있다. 응징의 당위성도 깨달을 수 있을 것 같다. 이번 일은 들개와 같은 무리나 저지를 수 있다는 결론 앞에서 바야흐로 나는 묘한 정서에 빠져든다.

목사와 수녀가 결혼했다

예수님 결혼 이야기!?

물론 그런 건 얼토당토않다. 그런데 실제(?) 그분 어머니 마리아께 이런 얘기를 건넨 사람은 있다.

"아드님도 이제 결혼해야 하지 않겠습니까?"

이 충격적인 사건은 예수님이 가나의 혼인 잔치에서 첫 기적, 그러니까 물을 포도주로 바꾸시는 그 날 일어났다. 마리아의 친구 아니면 이웃되는 여인이 마리아께 그렇게 질문을 던진 것이다. 마리아는 묵묵부답이었다.

이건 내가 누구에게서 듣거나, 책에서 읽은 게 아니다. 며칠 전 평화방송을 통해 어떤 영화를 시청했는데, 도중에 우연히 채널을 돌리다가 그 장면을 목격한 것이다. '예수님과 결혼', 나는 영화를 통해 그분이 우리와 같은 사람이셨다는 걸 다시 한 번 확인한 셈이다. 그 순간의 충격에 '비로소'라는 부사를 열 번 동원해도 모자랄 만큼 신선(?)했다고 말하고 싶다.

그러고 나서 며칠 안 되어 이번에는 결혼에 관련된 좀 어지러운 기사하나를 접하게 되었다. 오늘 아침 〈조선일보〉에서다. 항상 좋은 읽을거리를 제공하는 C선임 기자가 쓴……. 내가 과문하거나 무식한 탓인가?

여태 C목사에 대해서는 이름 정도만 알고 있던 터였다. C기자가 그를 '밥퍼 공동체'의 대표 자격으로 인터뷰하고 그 전말을 소상하게 지면에 실은 것이다.

나는 무엇보다 이번의 'C기자가 만난 사람'이 만만찮은 파장을 불러오리라 우려한다. 우리 같은 장삼이사에게도 당연히 대문짝 만한 주인공의 사진부터 눈에 들어온다. 그런데 C목사는 너무나 뜻밖에도 검은 사제복에 로만 컬러 차림이다. 가톨릭 신자로서 나는 당연히 거부감부터 가질 수밖에. 그런데 C목사는 로만 칼라가 원래 스코틀랜드 목사 복장이고, 기독교 성직자의 칼라일 따름이라는 것. 하기야 우리 나라 신부들이 로만 칼라 복장을 한 것은 1960년대라는 이야기도 들어오긴 했었다.

그러나 그게 문제가 아니다. 내가 알기로 거기(로만 칼라)에는 순명과 정결이라는 의미가 있다고 했다. 결혼한다고 해서 정결과 외면한다고 폄훼한다면 어불성설이라 할 수 있을지 모르지만, 가톨릭 사제는 개신교 목사에 비해 상대적으로 로만 칼라 차림이 '떳떳하'다는 인식을 준다. 정결＝독신이라는 등식도 성립할 수 있으니까.

다시 C목사 이야기. 그의 자당은 전도사 출신으로 정통 개신교 신자. 그 홀어머니의 외아들이 사는 집안에 수녀가 환속하여 시집을 온다. 그것도 목사가 스물네 살 때, 다섯 살이나 위인 수녀 출신 규수가 말이다. 평지풍파, 대립과 갈등을 어찌 말로써 표현할 수 있었으랴. 목사는 인간이 그렇게 악하고 독할 수 있을까 싶을 정도의 밑바닥까지 상황이 추락되더라고 했다. 그러면서 그는 이렇게 덧붙인다. 모든 종교 전쟁은 아주 확신이 강한 사람이 저지르는 것이다. 정북(正北)을 가리키는 나침반의 바늘은 떤다. 그게 정상이다. 그래도 그런 흔들림에 신뢰감을 갖기 시작했다. 모든 가치와 의의가 아무 것도 아니라는 걸 깨달았다. 그때부터 종교적 특성과 오만, 배타심을 버릴 수 있었다.

그는 늦둥이인 아들 하나를 두었단다. 올해 열다섯 살, 계산상으로는 목사가 서른아홉 살, 그의 부인이 마흔 넷에 본 귀한 자식이다. 쉰둥이도 있으니, 기왕지사 두서넛 더 낳았으면 좋았을 걸 하는 아쉬움이 남지만 그건 어디까지나 실없는 나 같은 사람끼리 우스갯소리로 던지고 받을 뿐. 드러내 놓을 얘기는 아니다.

내친 김에 내가 아는 어느 수녀의 아름다운 사연. 수녀는 장애를 가진 몸으로, 어느 시설에서 자기보다 더 몸이 불편한 가족들을 돌보고 있었다. 그러다가 같은 울타리 안에서 일하는 직원과의 로맨스 끝에 그가 씌워주는 면사포를 쓴 것. 나는 드문 경우이어서가 아니라 그들 내외가 모범적인 가정을 이루고 있다는 사실에서 언제나 박수를 보내고 있다. 나는 부군과 자주 얼굴을 마주친다. 그 시설에는 또 다른 장애 수녀가 많다. 그들은 주님의 뜻에 따라 얼마든지 세속으로 되돌아 나올 수 있지 않을까?

아무튼 스무 해 넘게 4백 만 그릇이 훨씬 넘는 밥이 나갔고 2만여 자원 봉사자의 손길을 거친 '밥퍼 공동체'의 C목사, 대단한 일을 했다. 아름답다. 수녀 출신의 부인이 큰 몫을 했음은 물론이다. 과문한 탓인지 모르지만 천주교 사제가 그 정도 큰일을 계속했다는 복음은 없더라. 물론 제도 상(?)의 제약이 있겠지만.

여기서 잠깐. 어느 가톨릭 성직자가 말했다. 기도와 봉사 둘 중 하나를 택하라면 전자(前者)에 낙점을 해야 한다고. 부산진 역 앞 천주교 교우들이 중심이 되어 운영하는 무료 급식소에 몇 번 들락거리고 난 직후에 방송을 시청했던 터라, 세월이 갈수록 그 사제의 강론에 박수를 보내게 된다.

〈테살로니카〉 5장 16~18절을 보라. 분명히 적혀 있지 않은가? 언제나 기뻐하라/ 끊임없이 '기도'하라/ 모든 일에 감사하라. 거기 봉사는 빠졌다. 물론 봉사와 기도의 경계선을 누가 그을 수 있으랴만, 신앙의 핵심은 역시 기도인 것 같다. 우왕좌왕, 좌충우돌, 갈팡질팡 쏘다니기에만 바빴지, 기껏해야 청원 기도나 바치는 주제에 부끄러운 이야기를 늘어놓았다.

그런데 C목사가 덧붙이는 말은 의아스럽다. 로만 칼라로 인해 가톨릭 냄새가 난다는 소릴 듣는 게, 그렇게 싫을 수가 없다는 것이다. 부인이 수녀 출신이라서 그렇다나? 나는 그에게 조심스레 항변하고 싶다. 안 입으면 될 텐데……

이 이야기는 하고 끝맺자. 내가 만약 C기자라면 말이다. 이런 식으로 하나의 작품을 재구성했으리라. 개신교 목사인 남편과 가톨릭 수녀 출신인 부인이 어려운 과정을 거쳐서 모범적인 가정을 이루고 있다. 둘은 늦둥이도 낳아 잘 키우고 있으며, 목회 활동은 물론 기도와 봉사에 삶의 초점을 맞추고 있으니 어찌 금상첨화 아니랴! 특히 스무 해 넘게 이끌어 온 '밥퍼 공동체'는 우리 모두에게 귀감이 된다. 그리스도교(천주교와 개신교)에서 주님은 한 분이라는 명제를 여기서 곱씹을 수 있다.

서두에 내가 끄집어낸 예수님의 결혼 이야기는 정말 허황된 것이다. 아무리 영화 대사를 따왔을 따름이지만 불경스럽기조차 하다. 한데 예수님이 이 시대에 우리 나라에 사신다면 그분의 주민 등록 뒷자리 번호는 1로 시작되는 게 틀림없다.

그러나 그분을 남자로 여기는 사람은 없으리라. 구세주 그리스도에 어디 성별(性別)이 있을 수 있는가? 가톨릭 신자든 개신교 신자든 예수님을 닮아 좀 더 아가페에 접근하는 지혜가 필요하다는 좁은 소견이다. 타 종교라도 그 근간은 사랑임을 부정하는 사람은 없으리라.

일흔, 문장 부호 앞에 고개 숙이면서

내가 중학교에 다닐 때까지 아버지께선 사랑방에서 서당을 열어, 제법 먼 동네에서 오는 청장년들에게까지 한문을 가르치셨다. 나는 그 때 《천자문》을 거쳐 《동몽선습》이며 《명심보감》등을 공부했다. 비록 어정쩡하게 끝났지만.

삼랑진으로 이사하고 나서도 당신의 가르침은 계속되었다. 상대가 바뀌었을 뿐이었다. 그런데 아버지께서 그만 이병(罹病)하여 자리에 누우신 것이다. 그리고 끝내 일어서지 못하고 어느 추운 겨울날 저승으로 떠나시고 말았다. 회갑도 못 넘기신 연세에……. 칠십이종심소욕하여 불유구라 했는데, 그 일흔을 십 년이나 앞두신 당신께서 어찌 눈이나 제대로 감으셨을까? 내 나이 들어 예순을 넘겨서 한숨—안도인지 서글픔인지 모르지만—을 크게 한번 쉰 이유가 그렇게 따로 있는 셈이다. 그러고 나서 다섯 해 뒤 엄마가 아버지를 따라가셨다. 엄마가 65세이셨다. 내 나이가 그렇게 되었을 때 또 한 번 큰 고비를 넘겨야만 했다. 나는 몇 년 동안 사경(死境)을 헤매고 있었다.

기적이다. 그러던 내가 내일 모레 칠십이라니. 너무나 까마득히 높은 곳인 줄 알았는데, 비록 휘주근한 걸음걸이지만 세월의 막대기를 휘휘

내두르며 오른다. 그렇다고 해서 내가 아버지께서도 겪지 못하셨던 '칠십종심소욕불유구'의 뜻인들 어찌 알랴. 그러나 어찌 한탄만 하고 앉아 있으랴. 미리부터 읊조려 보고 싶은 건 당연하다. 자왈 七十而從心所欲하여 不踰矩니라(공자가 말씀하셨다. "내 나이 칠십에 이르러서는 마음 내키는 대로 해도 법도를 넘지 않았다.")

84년 여름호 <한국 수필>을 통해 모자라기만 한 나도 문단에 나왔다. 5년? 아마 그 정도 문을 두드린 끝에 딴 세상을 본 것이다.

그런데 조경희 회장의 평은 조금은 혹독했다. '해운대의 기적(汽笛)'이라는 신변잡기, 워낙 열성을 보이니까 마지못해 추천 완료라는 선물을 준 것으로 판단할 수밖에 없었다. 특히 내 글에서 나쁜 버릇을 지적해 주었는데, 뜻밖에도 영탄(詠嘆/詠歎), 즉 쓸데없이 여기저기에 느낌표(!)를 썼다는 것이다. 내가 들여다보아도 아닌 게 아니라 '야로 인한 상처투성이였다. '와'와 느낌표의 커플이 난무하는, 뒤죽박죽의 현상을 내 글에서 발견했을 때의 충격은 컸다. 걷잡을 수 없을 정도였다고 하자.

나는 그 혹평에 완전히 동의했다. 그로부터 느낌표는 반이 아니라 대폭으로 줄었다. 내가 춤추고 박수하는 못난 꼬락서니에서 벗어나야겠다는 싶은 절박감을 실천에 옮기는 세월이 30년인데, 그러나 아직도 춤=영탄, 박수=느낌표의 제대로 된 위치조차 모르겠다. 주눅? 지금도 당연히 든다.

대신 긍정적인 파장도 만만찮았다. 어느 때부터인지 수필에서 대화를 끌어다 넣는 작법에서 뛰쳐나온 것을 하나의 사례로 들고 싶다. 그런 식으로 행(行)을 바꾸어 묶으면서까지 별 중요하지도 않은 시시콜콜한 말들을 " "로 묶다 보면, 어느 새 원고량이 15장을 넘는다는 계산에서이기도 하다. 표현을 바꾸면 까짓 현실감쯤은 능히 극복할 수 있으리라.

말줄임표는 정말 남발되고 있더라, 너 나 할 것 없이. 눈에 거슬리기 십상이라는 게 나만의 느낌은 아니리라. 책장을 넘기면서 한 페이지에 그 녀석이 네댓쯤 얼굴 보이기 예사인데, 그게 아름다울 리 만무하다. 그리고 그 녀석의 바른 얼굴은 '…….', 그 이상도 아니고 그 이하도 아니다. 그저 물 흐르듯이 책 한 페이지에 한 개쯤? 그게 정답이리라.

대신 '다'로 끝나는 고질적인 일본식 문장을 바꾸려 애쓰다 보니 물음표를 조금은 자주 끌어오지 않을 수 없다. 말이 나왔으니 말이지만 모든 문장이 '다'로 막을 내린다면 끝장을 본 셈일지도 모른다. 그런 밋밋함이야말로 우리가 몰아내야 할 대상은 아닐는지.

참, (,)에 앞에서는 갈팡질팡한다. 한글학회 부산 지회장을 역임했던 박홍길 교수는 여기에 대해 확고부동한 이론을 갖고 있던데, 나는 그 근처에도 못 가서 무턱대고 적당한 데에 찍는다.

지금 이 순간에도 초등학교 1학년 ≪국어 교과서≫를 곁눈질하고 있다. 수시로 책장을 넘기면서 깜짝깜짝 놀란다. 세상에, 거기에 온점(.), 반점(,), 느낌표(!), 물음표(?) 등을 묶어서 '문장 부호'라고 해 두었다. 일흔이 다 된 나이까지 여태 '월점'으로만 알아왔으니 낭패 아닌가? 틀린 건 아니로되 '월점'은 70점짜리밖에 안 된다. 자탄이 나온다. 이래 갖고서야 43년 동안 교편을 잡았다고 어찌 남 앞에 나서랴.

그러고 보니 한문에는 월점이 없는 것 같다. 손에 잡히는 ≪명심보감≫을 엉거주춤한 자세로 펼쳐든다.

馬援曰 終身行善 善猶不足/ 一日行惡 惡自有餘

마원이 말했다.

"죽을 때까지 착한 일을 하여도 착함은 모자라고, 단 하루라도 악한 일을 하면 그 악이 저절로 남는 법이니라!"

이렇듯 우리말로 풀이해 놓고 대비하니 따옴표와 반점, 느낌표가 어우러져 보기에 아름답다. 나 혼자만의 생각일까? 그러나 내 식대로 한다면, 이 한 문장으로 족하다. 마원이 말했는데, 죽을 때까지…… 남는 법이 없다고.

석 달 남았나 보다. 진짜 七十而 어쩌고저쩌고 하면서 일흔을 맞을 때가. 아버지와 엄마께는 공자의 말씀을 그대로 고해 올릴 테고, 나 혼자서는 따로 그 소회라도 적어 볼 생각이다. 각종 문장 부호, 초등학교 1학년 2학기 ≪국어 읽기≫ 교과서에 나오는 온점, 반점, 느낌표, 따옴표, 작은따옴표, 말줄임표에다가 쌍점(:) 정도는 얼굴들을 내미는 글 말이다.

그러고 보니 문장 부호라는 게 말 그대로 문장에서 아주 중요한 구실을 하는 것 같다. 녀석들 아니 그들이 적재적소에서 작품의 성패를 좌우하리라 믿어 의심치 않는다면 내 무슨 배짱으로 고개를 숙이지 않으랴. 일흔에 이르러 그걸 조금 깨달았다. 만시지탄이다.

뱀도 뱀 나름

아픈 과거사 하나. 2003년 초여름, 온천장에 있는 어느 절에 들러 주지스님을 만나고 돌아오는 길이었다. 일주문을 지나는데, 저만치서 까치 몇 마리가 키작은나무 가지에서 땅바닥을 향해 요란하게 짖어대는 게 아닌가? 그건 한가한 오후의 깊은 고요가, 단순한 외부 자극에 의해 깨뜨려지는 그런 정황이 아니었다.

가까이 가서야 나는 거기 섬뜩한 광경을 보았다. 능구렁이 한 마리가 거의 초주검이 되어 배를 드러내 놓다시피 하여 드러누워 있는데, 까치들이 계속해서 녀석을 공격하고 있었던 것이다. 아무리 사악한 뱀이지만, 산사(山寺) 일주문 근처에서 생명을 잃는다? 나는 황망 중에서 얼른 나뭇가지를 하나 주워서는, 그 위에 능구렁이를 걸쳐 숲속으로 던졌다. 그제야 까치들로 잠잠해지더니, 날갯짓을 하여 창공으로 솟구치는 것이었다. 만약에 내가 그 자리에 없었더라면, 분명 그 능구렁이 녀석은 황천길로 '직행'했으리라.

물론 나는 당시 '불자'였다. 난 스님 앞에 꿇어앉아 내 불찰로 교내에서 생명을 잃은 한 어린이를 위한 불공을 부탁했다. 하염없이 눈물을 흘리면서⋯⋯. 나 자신 숨도 제대로 못 쉬는 데다 엄청난 회수의 빈맥에 시달리고 있어서, 그렇게 원혼이라도 달래야 살 수 있을 것 같았다. 주지 스님의 천도재 운운은 오히려 사치스럽게 들렸다.

그런데 그 돈의 출처가 문제인 것이다. 하기야 나 자신이 명재경각의 처지에 다다라 있어, 양심과 생존 사이에서 갈등을 생각할 겨를조차 찾기 힘들다 보니, 금일봉 액수에 연연할 수밖에 없었으리라. 그러나 거듭 밝히지만, 그 20만원은 결코 출처가 깨끗하지만은 않았다. 눈곱만한 직위로 얻은 몇 장의 지폐도 그 속에 포함되어 있었으니.

두더지 혼인 같다? 얼핏 떠오르는 말이었다. 내 분수를 모른 채 엉뚱한 바람, 다시 말해 내 심신의 괴로움에서 벗어나고 싶은 욕심에서 비롯된 전말이란 체념도 나를 지배했다. 진정 고인을 위한다면 깨끗한 그 1/4만 불전에 얹었을 게 아닌가? 그 뒤에 차도라니 오히려 나는 그 뒤로 더 처참한 병마와의 싸움에 시달려야만 했다. '까치와 능구렁이 사건'의 꺼림칙함에서도 도무지 벗어날 수가 없었다. 자업자득이라며 혼잣말을 하고선 소스라쳐 놀라기도 했고.

조금 더 거슬러 올라가 사뭇 다른 뱀과의 추억(?).

내가 교감으로 근무하는 대천리 초등학교 교문 앞을 아내와 함께 지나가고 있었다. 조기 축구회에서 무슨 대회를 하는 모양으로 사람들이 운동장에 많이 모여 있었고. 승용차 한 대가 이미 출입이 교문 옆 빈터에 세워져 있는데, 꼬마들이 그 근처에서 떠들고 야단이 났다. 왜 그러느냐고 물었다. 녀석들이 뱀 새끼가 한 마리 바퀴 밑으로 들어갔다는 게 아닌가? 나는 지체 없이 무릎을 땅에 대고 유심히 녀석들이 일러 주는 대로 들여다보았더니 아, 거기 볼펜 굵기 만한 유혈목이 새끼가 한 마리 발발 떨고 숨어 있었다. 앙증스럽기도 하고 어찌 보면 예쁘기도 한 녀석 앞에 잠시 멈칫거렸다. 손으로 붙잡아 볼까? 비록 물리기야 하겠지만 녀석을 살려낼 수 있을 것 같았다. 그러나 용기가 나지 않았다. 아픔보다 선혈이 겁이 나는 것이었다.

어린이들에게 해코지를 하지 말라고 단단히 놓고는 왕복 한 시간쯤 걸리는 산에 올랐다. 그러나 내내 애간장을 태웠다. 아니 후회가 되었다. 아내도 마찬가지, 발을 동동 구르는 모습이었다. 이심전심, 우리 둘은 조금 서둘러 하산하였다. 누가 먼저랄 것도 없이 우리는 학교 앞으로 종종걸음을 쳤다. 승용차는 그대로 서 있었다. 그리고 거짓말 같지만, 새끼 유혈목이가 그때까지 바퀴 밑에서 옹크리고 있었고. 순간 나는 섬광을 가슴으로 느끼고 있었다. 나도 모르게 나는 팔을 뻗었다. 그런데 기다렸다는 듯이 나를 향해 기어 오는 새끼 유혈목이! 나는 환희를 느끼지 않을 도리가 없었다.

드디어 내 숨결이 닿을 만한 곳까지 다가왔을 때 나는 배낭에 있던 비닐봉지를 꺼내 녀석을 거기에 몰아넣었다. 그리고 재빠르게 철조망 울타리(대천리 초등학교에는 악동들 때문에 보기 싫어도 그걸 쳐 놓았다) 가까이 다가가 그 너머 풀밭에 녀석을 떨어뜨렸다. 나는 손을 털면서 부르짖었다. 인마, 넌 꼭 살아야 해!

그리고 이튿날인 월요일 어린이들에게 훈화 형식으로 기막힌 이야기를 들려주었다. 내게는 아름다운 추억이다.

뭉뚱그려 말하면 둘 다 십여 년 전의 사건이다. 기적처럼 건강을 회복한 지금도, 가끔 그 능구렁이와 유혈목이의 생사에 대해 구름 잡는 추정을 한다. 뱀의 수명은 보통 10~15년으로 치더라만, 그렇다면 두 녀석이 어쩌면 지금 이 순간 금정산 기슭에서 아침 이슬을 먹고 있을지 모른다? 경칩이 지난 지 보름이니까.

그런 저런 인연이 있어서인지 모르지만, 뱀에 대한 이야기가 참 재미

있어 귀가 솔깃해진다. 며칠 전에서는 인도네시아에서 길이 15미터 무게 450킬로그램짜리 비단뱀이 잡혔다지. 물론 기네스북에 등재될 테고. 40년 전 서울 신문에 연재되던 어느 엽사의 '명포수 열전'에서 읽었던 우리 나라에서 가장 큰 뱀에 대한 기억도 재생된다. 낙엽이 지는 가을 그가 지리산에서 종일 허탕을 지고 내려오던 중, 쓰러진 나뭇가지를 무심결에 타고 넘었다. 기분이 이상하여 살펴보았더니, 아뿔싸 사람 신체만큼 굵은 뱀이 아닌가. 총으로 쏘아 잡아 갈라본즉 속에 노루가 한 마리 들어앉았더란다. 그런가 하면 세계에서 가장 작은 뱀은, 에개개 겨우 10센티미터란다. 스파게티 가락 굵기 만하고. 전설에 의하면 뱀이 100년 살면 이무기가, 거기 900이 보태져서 용이 되어 승천한단다.

그러나…… 세월이 가면 뭐하나. 여전히 나는 양심에 어긋나는 짓을 많이 하고, 한갓 미물인 뱀도 뱀이지만 만물의 영장인 사람의 생명이 얼마나 소중하다는 걸 제대로 깨닫지 못하니. 오죽하면 이런 이야기에 조차 흥미를 가질까?

여기서 어느 신부 발(發) 우스갯소리 하나. 뱀은 창조주가 만든 모든 들짐승 가운데 가장 간교하였다. 선악과를 따 먹도록 남자와 여자를 꾄 것이 뱀이었으니. 만약에 그 에덴동산이 우리 나라에 있었다면 남자는 뱀을 보자마자 물부터 끓여 뱀을 솥에다 집어넣었을 거라는 것. 그 뒤의 역사는 사람마다 상상의 날개를 따로 펼 수밖에.

당연히 나 자신 남자와 여자의 후손이다. 하여 뱀에 악연과 선연(善緣)이 있었고, 마침내 꽃뱀이라는 말에도 흥미를 갖는다. 복잡하다. 꽃뱀은 실제론 유혈목이? 유혈목이 정력제로 쓰이는 건 분명하니 야릇한 느낌마저 갖게 된다. 어쨌든 거듭 말하지만 뱀도 뱀 나름이다.

이런 아슬아슬한 상

한 개인이 그렇게 많은 상을 휩쓸 수 있을까? 나는 그분의 문집의 교정을 세 번이나 보면서, 연보(年譜)에서 눈을 떼지 못했다. 아니 차라리 내내 의아심을 가졌다는 게 낫겠다.

주인공은 올해 여든을 맞은 김수천 교장 선생님이시다. 굵직굵직한 것만 들먹여 본다. 한국 교육자 대상, 부산 교육상, PSB(현 KNN) 부산 방송 문화 대상, 황조 근정 훈장, 모범 공무원상, 거기다가 교육자라면 누구나 부러워하는 푸른 기장증을 일곱 번이나 받으셨다. 그러니 교육감 표창이나 상까지 포함시킨다면 몇 페이지 기록만으로써는 불가할 수밖에.

전무후무하다는 말이 얼핏 떠올랐다. 만약 ≪부산 교육 공무원 상훈사≫라는 책이 있다면, 교장 선생님의 함자를 제일 먼저 올리지 않을 도리가 없으리라.

그 내용을 샅샅이 훑어보았는데, 실속은 없고 겉으로만 번드르르한 그런 공적이 아니다. 피나는 눈물의 결정체요, 현장에 쏟은 사랑의 흔적이다. 멸사봉공(滅私奉公), 어떻게 보면 무모하다 싶을 정도로 자신을 희생하고 어린이들을 위해 태풍이 휘몰아치는 광야의 한가운데서 서서,

근 50년을 버텨내셨다.

더욱 놀라운 것은 그분이 정년퇴임 이후에도 열대여섯 해 지역 사회를 교육 현장으로 여기고 몸을 던진 채 지내신다는 사실이다.(PSB 부산 방송 문화 대상도 야인의 신분으로 받으셨다.)

교장 선생님의 일생이 고스란히 담긴 저서 출판 기념회에 어찌 참석하지 않을 수 있으랴. 더구나 사회까지 맡은 마당에. 대신 사전에 양해를 얻어서 30분 늦었지만. 바통을 이어받아 서서 보니, 바깥바람이 찬데도 동성 초등학교 강당은 대성황을 이루고 있었다.

주인공의 가족들은 앞 왼쪽에 따로 자리를 잡고 있었다. 부인과 아들 딸 내외 그리고 손자들….

객석을 둘러보니 맨 앞에 너무나 그리운 분이 앉아 계신다. 이경우 전 양산시 교육장님! 김 교장 선생님과 친구지간이고, 개인적으로 보면 고향(밀양) 선배이자 집안 형님이시다. 내 입에서 가벼운 탄성부터 터져 나왔다. 《스승의 길》에 교육장님의 옥고가 두 편이나 실렸는데, 그분의 글이 수작(秀作)이어서 적이 놀라고 있는 참이기도 했다.

불문곡직, '밀양 아리랑'을 소리 높여 불렀다. 3절까지. '날 좀 보소'에서 '와 이래 좋노'에 이르기까지. 썰렁한 분위기가 열기에 젖어들 무렵, 밀양 시장이 평양에 갔는데, '밀양 아리랑'을 몰라, 시내 식당 종업원들 앞에서 우세했었다는 이야기를 했다. 터지는 웃음소리. 이 시도는 김 교장 선생님과 이 교육장님을 위한 어쭙잖은 내 선물이다. 밀양에서 양산을 거쳐 부산에 전입하기에 이르는 동안 두 분의 직 간접적인 영향이 컸기 때문이다.

모든 행사가 끝나고 귀가하는 지하철 전동차에 앉아 있으려니 밀양과 양산에서의 갖가지 추억들이 물밀 듯이 밀려오는 것이었다. 특히 상(賞)

에 얽힌 일화 하나가 커다란 비중으로 머리에 떠올랐다. 울 수도 웃을 수도 없는……. 그 시종이 김 교장 선생님과는 극명한 대비가 되어서다.

우선 고백 하나부터 한다. 나는 욕심이 많다. 특히 상, 실력이나 공적이 턱없이 부족한 걸 알면서도 '명함을 내밀기' 한두 번이 아니다. 밀양, 양산, 부산 곳곳에서 그랬었다.

양산 일광 초등학교에서의 사건.

당시만 해도 경남도 교육청에서 시행하는 교원 예능 경진 대회라는 게 있었다. 교감 승진을 위해 연구 점수라는 걸 얻어야 하는데, 나 자신 그게 약간 부족하여 몸부림치던 중이었다. 그 예능 경진 대회에서 입상하면 우수 0.5, 우량 0.25, 장려 0.125 점을 인정해 준 걸로 기억한다. 밀양(군) 교육청 관내에 근무하면서, 서예와 국악 성악 부문에서 대표로 도 대회에 모두 세 번이나 출전하였으나 실력 차로 낙방한 경력이 있다. 양산 군내로 전입하고서도 나는 그 중독에서 벗어나지 못했다. 분수는 여전히 나를 외면하고 있었다고 하자.

나는 가곡 독창 신청서에 내 이름을 쓰고 죽자 사자 연습에 매달렸다. 지도 교사 양산 중학교 김미순, 노래는 채동선의 '향수', 물론 둘 다 과외 시간을 마련해야 했는데, 가끔 엄영섭 교장 선생님이 연습 공간에 들르셨다. 바로 엄정행 교수의 춘부장 앞에서 목청을 돋우었으니, 그게 무지 아니면 만용에서 비롯된 넌센스의 극치 아니고 뭘까?

나는 계속해서 환상에 매달려 있었다. 최우수 입상만 하면 도 대회에 다시 한 번 출전하는 기록을 세우는데……. 밤낮이 따로 없었다.

여기서 먼저 양산 대회의 결과부터 밝혀 보자. '아쉽게도' 장려, 이번에는 마산행 발걸음부터 원천 봉쇄되고 말았다. 동아 제2중학교 음악 교사(성악 전공/여)가 월등한 기량으로 우수상, 방(方) 선배와 내가 우열을 가릴 수 없는 대신 우량이 아닌 장려에 입상한 것이다. 동아 제2중학교 여교사는 도 대회에서 우량상을 받았다는 후문을 들었다. 글쎄 무슨 의미가 있는 것 같기도 하다만, 벌써 28년 전 일이다.

어쨌든 양산 대회 결과가 공문으로 각 부문별로 통보되었는데, 동료 몇몇은 수십 개 초 중학교에서 온 교사들 가운데서, 3등에라도 들었으니 그게 어디냐고 박수를 보내기도 하였다. 적어도 외형으론 그 말이 딱 맞다. 중학교 음악 선생님만 해도 수십 명이지 않는가 말이다. 그들을 다 제쳤다? 모르는 사람에겐 그런 논리도 가능하다.

그러나 실속을 들여다보면, 나오는 게 실소밖에 없다. 밀양이나 마찬가지로 교사들이 지레 겁을 먹은 나머지, 여간해서는 참가 신청을 않는 것이었다. 여태 탄로가 나지 않은 당시의 양산시 교원 예능 경진 대회 가곡 독창 부문의 참가자는 딱 3명! 그 중에서 공동 3위, 절묘한 함수 앞에 나는 아직 어리둥절할 때가 있다. 그래도 내 교육 공무원 인사 기록 카드 포상 기록 란에 고스란히 문자화되어 있다.

어제 그러니까 12월 30일 낮 12시, '그야말로' 옛날식 다방 냄새가 나고 '그야말로' 멋을 부린 마담이 있는 동래 부산은행 사잇골목 커피숍에 김수천 교장 선생님과 이경우 교육장님, 나 등 세 사람이 모여 앉아서 짜장면을 시켜다 먹었다. 밖에는 일기 예보 그대로 함박눈이 내리고 있었다. 궂은 비 대신 하얀 눈이 내렸지만. 최백호의 '낭만에 대하여'를 흥얼거리면서 우리는 옛 추억에 흠뻑 젖었다.

상(賞)도 당연히 화두에 올랐다. 실제 상황과 상 사이에 등호를 그을 수 있는 김 교장 선생님과 그 반대의 처지에서 뜬구름을 잡는 나, 극명한 대비 탓이었을까, 부끄러워 얼굴이 화끈거렸다.

그런데도 이 연말연시에 은근히 어디에서 상이나 하나 굴러 떨어지지 않는가 싶어 이리 기웃 저리 기웃거린다. 한심스럽다. 초등학교 때부터 여태껏 분에 넘치는 상을 받은 것만 해도 더러 있는데, 나는 때로 두 팔을 앞으로 내밀고 요행을 기다리는 참이다.

오늘도 집으로 배달된 각종 문학상 시상식 초청장을 앞에 두고 있다. 수상자의 면면을 들여다보면서 함량을 저울질해 보는 이 못된 버릇, 이 게 행여 굴욕은 아닐까 싶다. 내일 모레가 일흔인데……. 모르겠다. 오늘 밤엔 양산시 교원 예능 경진 대회 가곡 성악 장려 상장을 펴 들고서 아슬아슬함의 의미나 음미해보는 수밖에.

정말 못난 나, 조금은 못난 타인

　고사성어 '등용문(登龍門)', 나는 그걸 어지간히 써 먹는다. 노인 학교에서다.

　등용문은, 아들이 직장도 없고 결혼도 못한 채 가난하게 사는 할머니들, 그러니까 주공 1단지나 2단지 혹은 4단지 노인 학생들에게 구연한다. 그러나 맨정신으로 그러다가는 멱살 잡히기 십상이다. 눈물이라도 보여야 진심을 전달할 수 있다. 벼슬 = 등용문이 아니라, 탄생 = 등용문을 우기려면 그 정도의 과정을 겪어야 한다. 온갖 몸부림 끝에 약간의 긍정이라도 그들의 표정에서 읽을 수 있다면, 그날의 수업은 성공이라고 자평한다.

　등용문, 역시 중국이 무대(?)다. 양쯔강 다음으로 긴 황하 상류에 용문이라는 협곡이 있단다. 물살이 빠르고 세서 웬만한 물고기(잉어)는 거슬러 올라갈 엄두도 못 내는 곳. 그 도전에 실패한 놈들은 바위에 부딪혀 비늘이 떨어져 나가고 살점이 찢긴다. 죽는 놈들도 부지기수임은 보나 마나. 그러나 천에 하나 만에 하나 그 용문을 통과하는 잉어는 용으로 변한다니 좋기도 하겠다!

　근데 세속에서의 등용문은 행정고시나 사법고시 등을 일컫는 것 같다.

입신출세에 직결되는 그 어려운 시험 말이다. 그런데 사전을 들여다보면 두 가지 파격적(?)인 다른 예가 있으니, 문단에 데뷔하는 신춘문예 당선이나 문학잡지의 추천이 그것이다. 그리고 악단(樂壇)에로의 디딤돌인 콩쿠르 또한 포함되는 모양이다.

내 문단 생활도 30년 가까이 되니 등용문을 통과한 지 제법 오랜 세월이 흐른 셈이다. 그렇게 강산이 세 번이나 바뀌었는데, 여의주를 입에 물기는커녕 겉모습마저 이무기조차에도 못 미친다는 자탄에 빠져 있다. 게다가 늦었다손 치더라도 소설로도 등단했으나, 그 피라미 같은 행색으로는 황하 상류가 아니라 하류에서도 버티지 못할 것 같다.

내가 이렇게 자기 폄훼에 빠진 이유나 적어 보자.

대여섯 해 전 노인들에게 한글을 가르친답시고 초등학교 국어 ≪읽기 교과서≫를 몇 권 구해서 교재 연구를 한 적이 있다. 몇 달 씨름을 하다가 흐지부지 끝나고 말았지만.

그 쓸모없게 된 교과서들을 거의 다 팽개쳐 버리고, 행여 참고가 될까 봐 몇 권 남겨둔 것이 오히려 화근(?)이 될 줄이야. 그제 나는 책꽂이를 정리하다가 1학년 1학기를 빼어들었다.

물론 요즈음 세상에 글자 모르고 입학하는 어린이가 거의 없지만, 그래도 녀석들이 학교라는 울타리에 들어서서 처음으로 대하는 공식적인 책이 교과서 아닌가. 나는 야릇한 흥분을 억누르면서 책장을 넘겼다.

맨 처음 나오는 글자가 '우리'다. 그리고 '나', '너', '아기'가 다음을 잇고. 아버지 어머니를 포함한 '가족'의 개념이 등장한다. 30페이지쯤 넘기니까 나의 무식이 드러나는 낱말 하나가 튀어 나왔다. 소들이 뛰어나오는 모습을 '경중경중'으로 표현한 것이다. 여태 내가 한 번도 원고지나 말을 통해 써 보지 못한……. 나는 '허둥지둥'에는 익숙해 있는데, '허둥

허둥'이 교과서에 살아 숨 쉰다. '우적우적'도 마찬가지다.

'우리'와 '우리들'이 어른에게도 혼란을 부추기는데, '우리'라더니 54쪽엔 '우리들은 참새다'라는 동요가 나온다. 혼란이다. 누구는 '우리들'이 틀렸다고 우겼지만, 둘 다 버젓이 제 자릴 차지하고 있다.

'발름발름' '죄암죄암' 등의 흉내말이 잇따른다. 고백하건대 여태 1만 5천여 장의 원고지를 허비했는데, 녀석들로 거기 어느 한구석을 메우기도 했으련만, 이 둘의 존재 가치를 모른 채 지내왔으니 내 노력과 열정이 부족했다.

띄어쓰기에 대해 얼마나 갈팡질팡해 왔는지 뒤통수를 한 대 맞은 것 같은 기분은 64쪽에서 맛보았다. 지난번 졸저 <열아홉 살 과부가…>의 교정을 보아 주던 K시인은, 내가 자신 없어 하자 분명히 '그때'가 맞다고 했는데, 교과서엔 '그 때'로 적혀 있다. 전자는 허용이요 후자가 원칙이란 해석이 가능하다. 따지고 보면 '그때'와 '그 때'는 긴박성에서 차이가 있는지 모른다. 그런데 금년도 발행 초등학교 교과서에는 '그때' 일색이다.

그런가 하면 내 생각과 완전히 부합되는 것도 있었으니, 그 첫 번째, '오후 5시'가 아니라 '오후 다섯 시'로 일관했다는 점이다. 세상에 5시로 써 놓고 다섯 시로 읽으라면 그건 무리다. 특히 상대는 어린이니까. 설사 성인이라도 산문에서 제발 숫자 좋아하지 말았으면 하는 좁은 소견을 밝힐 기회다.

무엇보다 편지 끝에다가 '드림' 대신 '올림'이라 적은 걸 보고 속이 다 후련하였다. 세상에 무슨 큰 선물이나 하는 것처럼 때로는 부담스런 청첩장을 보내면서 '드림'이라는 성인이 부지기수인데, 이 초등학교 교과서가 문인들에게 안성맞춤인 표준이다.

솔직한 고백 또 하나. 천자문도 못 읽고 인(印)을 위조한다는 속담이 있다. 그 장본인이 나 자신이란 느낌을 떨칠 수 없다. 나는 여태껏 '예요'와 '이에요'를 가끔 혼동해 왔다. 설명을 들을 그때뿐이었다가 이번에야말로 싼 수업료로 더 이상 오답을 적지 않아도 되게 되었다. '지우개예요.'/ '연필이에요.' 지우개와 연필 두 명사의 끝 음절에 받침이 있고 없는 것에서 좌우되는 거 이제야 확실히 알았다.

아뿔싸, 코흘리개 교과서를 붙잡고 이렇게 일희일비에 시달리다니, 내 등단은 역시 현실이 아니라 허상이었을지 모른다는 착각에 빠지게 된다. 좋은 글을 쓰려면, 맞는지 틀렸는지의 잣대 앞에서 조금은 겸허해져야 한다는 교훈 하나는 얻은 셈이지만. 작품으로서의 가치 평가는 그 다음이다.

며칠 전 중학교 국어 교과서를 들여다 볼 기회가 있었는데, 아연실색할 뻔했다. 입적하신 법정 스님의 수필 한 편을 옮긴 것까지는 좋았다 치자. 그런데 어느 한 줄에 '이질감(異質感)을 느꼈다'는 표현이 있지 않은가? '이질감에 빠지다' 혹은 '이질감을 가졌다' 해야 맞는데 말이다. 스님이 그렇게 쓰실 리가 만무한데도 누구 하나 책임질 사람은 없다. 공명심에 들뜬 어떤 인사가 느낄 '感'을 모르는 처지에 집필하고 심의하는 등 야단을 피우다 보니 마침내 '역전 앞'이 또 하나 태어난 셈이라 하자.

어차피 들어선 길이다. 추석이 지나면 초, 중·고등 학교 국어 교과서를 몽땅 사 들여오자. 아마 백 권은 좋이 되리라. 샅샅이 훑어보고 자신에게 채찍질한다면, 내 얼굴 드는 각도에 조금은 변화가 있지 않을까?

어쨌든 나는 지금 초등 학교 1학년보다 못났다는 자괴감에 빠진다.

등용문을 통과한 지 30년인데 제자리걸음에서 오히려 후퇴하고 있는 것이다. 그런데 제 버릇 남 못 준다더니 나보다 조금은 못난 타인들도 한 번은 음미해 봐야 할 거 아니냐는 뉘앙스를 보탰다. 싸잡아 손가락질을 받자는 음모는 아닐지, 약간은 두렵다.

교장의 죽음은 아름다워야 한다?

　수도권, 그러니까 서울과 경기도의 교장들이 뒤숭숭한 분위기에 휩싸여 있다. 신분과 돈 때문이다. 돈만 있으면 개도 멍첨지가 되는 세상이란 속담이 떠오른다. 여자의 하이힐 굽에 남자가 얼굴에 생채기가 나고, 그 사이에 오간 말이 무섭다.

　신문이나 방송을 보면서도 강 건너 불구경하듯 할 수 없었다. 신경이 쓰였다는 뜻이다. 씨식잖긴 했지만, 나도 전직 교장이기 때문이다. 그러다 잠시 혼자서 웃었다. 소위 전문직, 그러니까 장학사(관)나 연구사 등 전문직 출신이 아니었던 게 다행으로 여겨져서다. 그 울타리 근처에도 못 가 본 경력이 되레 가슴을 펴게 할 줄이야.

　그런데 오늘 아침에는 어느 초등학교 교장, 아니 전 교장이 스스로 목숨을 끊었다는 기사가 보도되었다. 그가 하필이면 남의 학교 지하 주차장에서 그런 선택을 했을까? 우셋거리라는 생각이 얼핏 들었지만, 아 이건 남의 이야기가 아니구나 하는 절박감이 앞서는 것이었다. 앞뒤 문면으로 보아서 그는 그저 심약(心弱)하다는 추측이 앞섰다. '방과 후 교사들에게서 전기세 명목으로 겨우(?) 5백만 원 받은 게 드러났을 뿐인데……. 그런데 그는 그걸 죽음과 맞바꾼 것이다. 아깝다. 62세, 정년을 코앞에 둔 나이 아닌가? 평생을 교직에 바쳤으니, 이번 일만 없었더라면 명예로운 퇴임을 했을 것이다. 그리고 여생에서 또 다른 보람을 찾았을 게 분명하다.

이런 저런 생각을 하다가 나는 이윽고 가벼운 신음소리를 토해 내었다. 당사자가 하필이면 부천 교육청 관내에 근무했단 말인가? 경기도 부천! 나는 오래 전, 부천과 악연이 있었다.

감추어 놓고 넘어가기에는 너무 찜찜한 일이 거기서 벌어졌었던 것이다. 그 자초지종을 한번쯤은 밝히고 싶기도 하던 차다. 교직 생활 43년 동안 말이다. 솔직히 아닐 비(非)와 관련 있는 일들이 상대적으로 적었다고 자신 있게 말할 수 없다. 내친김에 고백이다. 나와 어울리는 말은 비분(非分)・비소설(非小說—수필을 쓰니 논픽션에 가깝다고 보고)・비승비속(非僧非俗)・비합리(非合理) 등등이다. 그런데다 아직도 내 가슴이 무너져 내리게 하는 비(非) 자(字)와의 '조합'이 있으니 '비리'에 연루된 것으로 낙인찍힌 공식적인 문서 한 장이다.

그때가 11월 중순경이었을 게다. 나는 거의 식물 교장이 되어, 병풍 뒤의 간이침대에 몸을 뉘고 집무 아닌 집무를 하고 있었다. 전화벨이 울렸다. 부천 검찰지청이란다. 보이스피싱이려니 싶었는데, 그러기에는 상대의 목소리가 너무나 당당하다. 나는 움찔했다. 상대는 뜸을 들일 생각도 않고, 방과 후 교실 운영자로부터 금품을 받은 혐의가 있으니 나더러 출두하라는 게 아닌가? 그리고 구체적인 일자와 장소, 그리고 10만 원짜리 상품권 두 장까지 들먹인다.

도무지 이해가 안 되었다. 계약 당시의 교장도 내가 아니었고, 그가 지목한 금요일엔 종일 노인 학생들이 내 방에서 시간을 보냈기 때문에 외부인사를 만날 겨를도 없었다. 그러나 어쩌랴, 나는 코뚜레 끼인 송아지가 되어 후들거리는 다리를 끌고 지정한 장소에 갔다. 물론 나 혼자만이 아니었다. 다른 전직 교장도 있었다. 난생 처음 피의자 취급을 받고 수사관 앞에 앉아서 헷갈리긴 하였지만, 지은 죄가 없음을 조목조목 설명했다. 이미 구속되어 있는 여사장(女社長)과의 대질 카드까지 내밀더라. 하나 파김치가 다 된 나에게는 그게 함정일 수밖에 없어 거절했다.

내려오는 비행기 안에서 내 목숨을 스스로 버렸으면 하는 처음으로 생각을 했다. 이래저래 너무 지쳐 있었다. 정말 그걸로 그 사건에서의 결백이 증명될 수 있다 치자. 교내의 어린이 사망 사건도 깨끗이 잊혀질 게 아닌가.

그게 내 평생을 통해 몇 번째 가는 큰 위기 중의 하나였을 것이다. 그런 체험을 해 보지 않은 사람에게는 아무리 설득력 있게 설명해도 먹혀들어가지 않을지도 모른다.

그 뒤 얼마 동안 가끔씩 절망의 나락에 빠졌다. 아내는 막다른 데까지 가 있는 내 결심을 눈치 채지 못했다. 다만 승용차로 나를 시 교육청까지 실어다 나르면서 아내는 울기도 많이 했다. 그런 과정에서 은근히 오기가 생기는 것이었다. 좋다, 끝까지 가고 나서 삶의 끈을 놓기라도 하자!

나도 끈질겼다. 뒤집어쓰면 가볍게 끝날 일인데도, 때로는 묵비권까지 행사했다. 시치미를 뗀다는 것과는 확연히 다른 표정이었으리라, 감사관 앞에서 말이다. 다른 사람은 어땠는지 모르지만, 나는 끝까지 부인했다.

그러다가 접점(接點)은 너무 싱겁게 찍어졌다. 징계가 아닌 '주의(注意)', 개나 소나 받는 주의, 그러나 그 휴지와 다름없는 문서의 붉은 색 직인이 왜 그리 선명한지……. 나는 장학사가 교장실을 나서는 순간,

그 공문서를 찢으면서 고소(苦笑)를 날렸다. 그러면서 생각하였다. 만약 '견책' 정도만 받았더라도, 산다는 자체가 성가셔서 죽음 쪽을 선택했을지 모른다고.

세월이 흘렀다. 몇 년이 지난 지금 나는 일생을 통해 가장 행복한 시간을 보내고 있다. 목숨이 얼마나 소중한 것인가를 절실히 깨닫는다. 돌이켜보면 아찔하다. 기어이 엄청난 일을 저질렀다 치자. 나로 인해 내 가족이 고통을 겪는다는 것은 오히려 둘째 치더라도, 내가 몸담고 있는 학교는 더 쑥대밭이 되었으리라. 부덕도 모자라 비리에까지 연루된 교장의 종말, 저승 가서도 그 비참함을 어찌 잊을 수 있겠는가?

요즈음 아침에 눈을 뜨면 하루가 시작된다는 데에 희열을 느낀다. 인생은 아름다운 것이라는 실감이 부쩍 더 든다. 오늘 신문을 펼쳐드니, '그리운 조지아'(Georgia On My Mind) 이야기가 실려 있다. 레이찰스가 부른 이 노래 한번 배워 봐야 하겠다. 의욕이 샘솟는다.

끝맺음을 하자. 교장은 단위 학교의 교육 책임자다. 하필이면 부천의 교장이어서 더욱 혼란스럽다. 5백만 원과 자기 목숨을 맞바꾸었다니. 전직이라도 교장의 죽음은 아름다워야 하는데……. 교장이 벼슬은 약하지만 말이다. 내가 섣불리 너무 감당하기 힘든 말을 하는지 모르겠다. 상품권 사건으로 두루뭉술하게 동곳을 빼려 한다는 비난을 받아야 할 주제에.

좋은 말, 나쁜 말, 이상한 말

나는 빗꾸러기다. 나 자신을 빗대어 야초(野草) 어쩌고저쩌고 하는 교묘한 핑계를 앞세우곤, 특히 다듬어지지 않는 거친 말로 교직 생활 43년을 보냈다. 그로 인해 제자들에게 남긴 상처가 많고 크다. 그걸 죽을 때까지 후회할지언정 청산은 안 된다. 절망이다.

83년도에 부산으로 전입했다. 내 눈에 아주 버릇없는 녀석으로 비쳐지는 5학년 학생에게 체벌을 가하면서 무의식중에 뱉은 말이다. 야, 너 임마, 도대체 가정교육을 어떻게 받았어?

그러고도 무사하리라고 기대한다는 자체가 잘못이다. 다음날 당장 애의 아버지가 찾아와서 삿대질을 하면서 항의했다. 자칫하면 멱살까지 잡힐 뻔했다.

이건 비교도 안 되는 실언이 있었다.

음성 한센인의 자녀들은 멀쩡한데, 따로 미감아란 엉터리 말을 붙이고 있을 시대였다. 나는 그들에 대한 편견을 상대적으로 적게 가질 만한 이유도 있었다. 내 승진에 필요한 점수를 그들의 생활을 논문으로 써서 얻고 있었던 것. 거기다가 그들(미감아) 두서넛을 내 반에서 맡았으니, 나는 또 하나의 날개-미감아 학반 점수가 있다-를 단 셈이었다.

어느 날 학반 어린이를 데리고 작업을 하고 있었다. 그런데 한 미감아가─이 표현을 써서 면목이 없다─자꾸만 장난을 치는 바람에 '일사분란'만 염두에 두던 나는 버럭 화가 나고 말았다. 그래서 한다는 소리가, 야 문○○ 자식아.

부끄럽지만 당시만 해도 그게 우리끼리는 통하는 대화 방식이었다. 친구들이 한 자리에 모이면 그 정도야 다반사 아니던가. 그렇지만 미감아의 학부모에게는 큰 생채기가 될 수밖에. 수습하느라 곤욕을 치러야만 했다. 지나간 얘기지만, 그로 인해 나는 음성 한센인과는 가까이 지내고 있다. 내 글에도 그들이 더러 등장하고, 평등에 대한 나름대로의 신념을 가지게 되었으니 전화위복이다.

무대는 다시 50년 전, 영남 제일 명문 부산 중학교 3학년 11반 교실, 나는 학교에 오는 둥 마는 둥하고선, 가출을 염두에 두고 있었다. 그 날은 무슨 바람이 불었는지 영어 시간에 얌전히 앉아 선생님 강의를 듣고 있었다. 한참 열을 내어 수업을 하는 선생님의 눈 밖에 난 친구가 있었다. 화가 머리끝까지 치밀어 오른 선생님이 분필로 그를 정조준, 혼신의 힘으로 던졌겠다. 그러면서 대갈일성, 야 양○○ 자식아!

걷잡을 수 없이 사건은 확대되었다. 다음날 새벽 득달같이 달려온 학생의 어머니가 교문 앞에 서서 그에 '양○○'에 버금가는 욕지거리를 퍼부으며 '장본안' 퇴출 운동을 벌이더라. 요즈음 말로 1인 시위, 지금 돌이켜보면 아찔한 느낌이 든다.

교장 시절.

어느 비오는 날, 내 방으로 지역 사회의 유지 되는 사람이 찾아왔다. 학부모였다. 그도 나도 차를 좋아하는 편이라 가끔 있는 일이었다. 그렇다고 해서 그가 학교 발전 기금을 낸다든지 내게 따로 밥 한 그릇 사는 따위의 거래(?)도 없었다. 그러나 오해한 담임교사는 우리 둘의 만남 자체를 고깝게 여겼던 모양이다. 학부모가 돌아가면서, 복도에서 우연히 담임과 마주쳤겠다. 담임은 시큰둥한 인사를 건네곤 교실로 돌아갔다. 애를 보자 그만 평소의 감정이 폭발하여 내뱉는다는 게, 아뿔싸 실언치고는 너무 심한 실언이다.〈담임 무시하고 교장만 만나다니 돌아도 한참 돌았구나〉

"그래, 계속 돌아라!"

정신 지체인 어린이는 그 이야기의 앞뒤를 분간할 능력이 없었다. 오직 귀에 들어온 것은 계속 돌라는 명령문 하나뿐, 어린이는 불쌍하게도 우산을 받는 둥 마는 둥하고선, 운동장 트랙을 따라 뛰는 수밖에. 두서너 바퀴째에 다른 동료가 발견했기에 망정이지, 하마터면 큰 사고로 이어질 뻔했다.

이건 들먹여야 하나 말아야 하나.

지금은 학교에서 수업 시각 따위를 종으로 알리는 법이 없다. 자동화되어 어김없이 시종을 음악으로 알려 준다. 그러나 그리 오래 않아 땡땡땡 소리가 다시 울릴지 모른다. 향수 같은 걸 느끼고 있으니까.

이걸 여담이라고 하기엔 너무 사실적이다. 그리고 너무 알려져 있는 얘기이고. 하나 내친김이니 한 번 들먹이자. 오래 전 종철이란 이름을 가진 사환이 학교에 근무했더란다. 어느 날 촌각을 다투는 중요한 시험을 치르는 중인데, 교장이 그를 불렀다.

"종철아."

5분쯤인가 남았는데도 종철 군이 그대로 뛰쳐나가 그만 마침 종을 치고 말았으니, 그 후유증이 만만찮았음은 불을 보듯 뻔한 노릇. 학교가 벌집을 쑤신 듯 완전 난장판이 되고 말았다. 그 중요한 시각에 종철이를 부른 교장도 신중하지 못한 점이 있었지만, 종철 군이 교장의 '교감 선생

님 좀 오시라 하라는 다음 말씀을 듣지 않은 성급함도 문제다. 그 후문
은 그냥 우스개로 지금도 회자되고 있을 따름!

어제 텔레비전으로 영화 한 편을 보았다. '좋은 놈/ 나쁜 놈/ 이상한
놈'. 참 밑도 끝도 없는, 한 마디로 황당한 내용이었다. 송광호와 이병헌,
그리고 정우성 등이 등장하는데, 아무런 주제조차 없었다.

오늘 졸고 '좋은 말/ 나쁜 말/ 이상한 말'을 쓰려고 컴퓨터 앞에 앉으
면서 자신에게 기대를 보내지 않는 이유도, 피장파장을 전제로 했기 때
문이다. 영화에서 좋은 놈 어쩌고 저쩌고의 구분이 없었던 것처럼 '좋은
말/ 나쁜 말 /이상한 말'도 그저 알쏭달쏭한, 시정아치의 농지거리에 지
나지 않았다.

그래서 나이 얼마나 더 먹어야 내가, 좋은 말을 나쁜 말 이상한 말보다
많이 쓰게 될지 염려스럽다. 짐만 하나 더 지게 되었나?

'결초보은' VS '단장(斷腸)', 그러나……

공직에서 물러난 지 어느덧 6년이 넘었다. 스스로 자신을 낮추어야지 하는 건 마음뿐, 아직도 남 앞에 나서기를 좋아하니 서글프다. 하나 낯두꺼움도 때론 필요악이더라. 묘한 함수 관계랄 수밖에.

오는 11월 16일, 금명 중학교 학부모들을 대상으로 강의를 좀 해 달라는 요청을 받았다. 두 시간 그러니까 120분 동안이다. 가슴이 벅차올랐다. 야인의 신분으로 학부모들을 그런 자리에서 만날 기회는 드물었기 때문이다. 게다가 듣기 쑥스럽지만 '강의'라니, 외형상의 격상 앞에 또 한참 들떠 있었다.

절차가 힘들 줄 알았는데, 처음부터 J담당 교사와 수월하게 합의가 되었다. 주제는 '고사성어의 올바른 해석을 통한 자녀의 인성 함양, 물론 원고를 다듬는 도중에 표현이 약간 달라질 수도 있겠지만, 무난할 것 같았다. 어쨌든 내 의견을 수용한 그가 고마웠다. 물론 학교장의 결재는 J교사가 받겠지. 아 참, 그의 이야기 속에서, 유머와 위트를 섞어서 재미있게 강의를 진행해 달라는 뉘앙스도 읽을 수 있었다. 그걸 새겨들으면서 나는 중얼거렸다. 노래도 섞어야 하지 않을까?

고사성어? 버거운 것 같지만 믿는 구석이 있다. 83년부터 노인들과 더불어 지내기 시작하고 나서부터 여태껏, 그것들을 부지런히 구연한 경험을 쌓아 왔기 때문이다. 전래 동화와 더불어. 유유자적보다는 권선 징악 쪽을 택해 지나치게 강조하려는 그런 조바심이 흠이긴 하지만.

전화를 끊고 보니 우스꽝스럽게도 허정무 전 국가 대표 축구 감독의 얼굴이 떠오르는 게 아닌가?

그는 지난 월드컵 축구 감독으로 선수단을 이끌고 나갔었는데, 현지에서 '결초보은(結草報恩)'이란 고사성어를 인용함으로써, 스타일을 완전히 구긴 셈이 되고 말았다. 더구나 그 말을 여과 없이 그대로 언론에서 다투어 보도하였으니, 국민들은 어리둥절할 수밖에. 조그마한 우리말 사전에서라도 찾아보라. 결초보은/ 죽어 혼령이 되어도 은혜를 잊지 않고 갚음. 시제(時制)가 애매해서 그렇지 아찔하다.

'결초보은'이 이루어지려면 필요조건과 부수조건이 있어야 한다. 무엇보다 망자(亡者)가 아니면, 풀을 묶어(結草) 어쩌고저쩌고해서는 안 된다. 다시 말해 '죽은 사람이 산 사람에게 보답하는 은혜'가 결초보은인 것이다. 게다가 '서모(庶母)', '순장(殉葬)', '원수(怨讐) 집안'이라는 가설이 전제되어야 한다. 내가 아무 근거 없이 어찌 남을 어리둥절하게 만드는, 북두칠성이 앵돌아질 이야기를 하겠는가?

'결초보은'에는 또 하나 '아침에 우는 새'라는 민요(民謠) 가락이 따라야 제대로 멋을 낼 수 있다. 주인공 아버지가 늙어 판단이 흐려진다는 대목이 있어서다. ♬♪호박은 늙으면 단맛이 있고요/ 사람은 늙으면 꿀맛이 있다/ 나냐녀야 두리둥실 안고요 낮이 낮이나 밤이 밤이나 참사랑이로구나/ 신작로 복판에 택시가 놀고요······ ♪♬

두 번째로 나는 서슴없이 '단장(斷腸)'을 골랐다.

'단장'은 한자로 썼을 경우 대여섯 개의 뜻을 지닌다. 丹粧 : 얼굴 머리

옷차림 따위를 곱게 꾸밈/ 短長: 단점과 장점/ 短杖 : 짧은 지팡이/ 短牆 : 짧고 낮은 담/ 團長 : 어떤 단체의 우두머리/ 端裝 :단정하게 차림/ 斷章 : 한 체계로 묶지 않고 몇 줄씩의 산문체로 토막을 지어 적은 글 등등. 오직 단장(斷腸)일 경우, 글자대로만 풀이하면 '몹시 슬퍼 창자가 끊어지는 듯함'으로 우리의 얼굴에 수심이 가득하게 만든다.

'단장의 미아리 고개'라는 대중가요의 배경도 한번 살펴 볼 필요가 있 겠다. 한국 전쟁 때 작사가 반야월이 미아리 고개에서, 다섯 살인가 되는 딸이 포탄에 맞아 목숨을 잃었더란다. 손으로 땅을 파서 그 주검을 묻은 사연을 노래로 만든 게 '단장의 미아리 고개'라더라. 가사에 '임'이 등장 하는 걸 보면 신빙성이 떨어지지만, 본인의 고백이 그러니 어쩌랴. 한 번 불러본다. ♬♪**미아리 눈물 고개 임이 떠난 이별 고개/ 화약 연기 앞을 가려 눈 못 뜨고 헤매일(헤맬) 때/ 당신은 철사 줄로 두 손 꽁꽁 묶인 채로……♪♬**

어쨌든 단장(斷腸)이, 부모가 자식을 잃음으로써 받는 충격을 나타낸 것임은 맞다. 그런데 애초의 주인공은 어미 원숭이와 새끼 원숭이였다 나? 중국 제 나라 환공을 수행하던 못된 부하가 새끼 원숭이를 잡아 배에 실어 천릿길을 올라오는 바람에, 끝까지 울부짖으며 따라오던 어 미가 마침내 창자가 끊어져 죽었다는 것. 미물에게서 우리가 배운 교훈 이긴 한데, 이를 실제처럼 말로써 연출하려면 '청승'까지 떨 줄 알아야 한다는 것이다. '단장의 미아리 고개'를 제대로 부를 줄 모른다 치자. 그가 아무리 말을 잘해도 좋아도 실패할 가능성이 크다.

나 자신 그와 반대로 너무 거침없이 나섰다가 절망의 나락에 빠진 적 이 있다. 노인 학생들을 웃긴답시고 그 '나쁜' 사람의 성(姓)을 가짜로 들먹인 게 잘못이었다. 아내의 '배' 씨에다 ㅂ 하나를 더 붙여 '빼' 씨라고 했는데, 제대로 소리가 안 나오는 바람에, 배 씨 성을 가진 할머니로부터 호된 꾸중을 받고 만 것. 자기는 죽어도 배 씨라고 들었다는 데야 나는 유구무언. 손이 발이 되도록 빌었으나 이미 엎질러진 물, 돌이킬 수 없었다.

그러나 심기일전 ㅇ 받침 힘을 빌어 '빵' 씨라고 떠들어대는 게 요즘의 일과다. 덕분에 모두가 파안대소하고, 뺑덕 어머니의 존재가 상한가를 치솟게 되었다. 이 실수담까지 곁들여 각색을 해서 다른 노인 학교로 나서는 발걸음이 가볍다.

학부모들한테 이 둘을 내밀 생각이다. 그러나 이게 자녀들의 인성 함양에 무슨 큰 메시지를 던질 수 있겠는가. 정작 제대로 된 카드는 따로 있다.

진정한 친구 사이는 어때야 하는 것을 제대로 일러 주는 고사성어로 '관포지교(管鮑之交)'가 있지 않은가? 관중과 포숙아 사이의 아름다운 우정은 아무리 강조해도 지나치지 않다. 세상을 헤쳐 나가는 현명한 처신도 중요하지만, 사람을 제대로 알아보는 지혜로운 눈도 그에 못지않다는 걸 강조할 생각이다. 노래? 조용필의 '친구여'! 그거 하나면 큰 보탬이 될 것이다. ♬♪꿈은 하늘에서 잠자고 추억은 구름 따라 흐르고/ 친구여 모습은 어딜 갔나 그리운 친구여/ 옛일 생각이 날 때마다 우리 잃어버린 정 찾아……♪♬♬

세종시 문제 때문에 정국이 달아올랐을 때, '미생지신(尾生之信)'이라는 화두가 나라 전체를 뒤덮었다. 다리 밑에서 만나기로 되어 있는 여자를 기다리다 빗물에 휩쓸려 떠내려가서 죽은 미생, 그를 우리 보통 사람들은 어떻게 평가할 것인가, 난상토론(?)이라도 했으면 한다. 비가 오는 날이었으니, 최백호의 '낭만에 대하여'를 갖고 분위기를 돋우고. ♬♪굿은 비 내리는 밤 그야말로 옛날식 다방에 앉아 도라지 위스키 한 잔에다/ 짙은 색소폰 소릴 들어 보렴/ 이제와 새삼 이 나이에……♬♪

'낭만에 대하여', 무능하고 부덕한 교장인 내가 한 어린이를 교내에서 잃기 직전 혼자서 연습하던, 가슴 저미게 하는 사연도 털어 놓을 것이다.

인성 함양이 목적일진대, '귤화위지(橘化爲枳)'를 백미로 삼아야 할 것 같다. 사람은 자라는 환경에 따라 그 그릇의 크기가 달라진다는 덕목을 우리에게 가르쳐 주는 것이다. 회남에서 나면 귤이 되는데, 회북에서는 겨우 탱자라지 않던가? 가정이나 학교에서의 교육적 분위기 그게 자녀의 장래를 좌우하는 지렛대 역할을 함을 강조한다. 우리와 우리 자녀들에게 희망이 있다. 가곡 '희망의 나라로'를 모두 열창!

애초 계획대로 박장대소하는 분위기가 이어질 것이라 전망하지만, 미흡하다는 판단이면 도중에 다른 무기(?)를 전가의 보도로 끄집어내야 한다. 영역(英譯)한 '해운대 엘레지'도 나는 따로 들고 있을 것이다. 내 코미디언 기질까지 드러내어야 할 판이다.

나더러 모금 달인(達人)이란다

달인이란? 학문이나 기예에 뛰어나 남달리 통달한 사람을 일컫는 말이다. 아니면 사물의 이치에 통달한 사람이든지. 그러나 본래의 뜻이 그렇다는 것일 뿐이다. 근래엔 과장인지 왜곡인지도 느끼지 못하면서 아무에게나 이를 갖다 붙이는 데에, 우리 모두가 둔감해지고 있으니까. 방송 탓이다. 이러다간 개나 소나 다 달인이 되지 않을까 염려스럽다.

나는 개그니 코미디언 따위의 프로그램을 안 보는 편이라서 잘 모르지만, 소문을 들어 달인이라면, 김병만의 대명사쯤 된다는 것 정도는 안다. 159센티미터의 키? 거짓말 좀 보태어 이 세파를 헤쳐 나가기 힘들 정도의 열등의식에 사로잡혔을 텐데, 그는 그걸 극복했다더라. 갖가지 재주를 지니고 있는 모양이어서, 시청자들의 시선을 사로잡기도 한다는 그가 이번에 또 책 한 권을 내었으니 <달인, 자전거를 말하다>! 최재남이 누구인지 모르지만 그와 공저(共著)란다. 백 퍼센트 신뢰감을 보낼 순 없어도, 박수는 보내야 하지 않겠는가?

어쨌든 김병만은 다양한 재주를 지닌 모양이다. '달인'이 그에게 걸맞는 호칭이라는 걸 팬들이 별 이의 없이 받아들이는 것도 같고. 바로 어제는 전북 경찰청으로부터 홍보대사로 위촉되기도 했다니, 값어치를 더하게 됐다.

누가 나더러 기억에 남는 달인이 있느냐고 물으면, 망설이지 않고 10년 전에 유명을 달리한 경재 조영조 선생이라고 대답하겠다.

나는 평생 그만큼 다양한 분야에서, 그것도 수준 높은 기량을 가진 인물을 보지 못했다. 부산시 문화재 전문 위원도 역임하고, 국전에서 서예와 전서(篆書)로 입선했다. 불교 방송에서 오랫동안 '삼국유사'를 강의하고, 집에서도 공간을 별도로 마련하여 후학들을 가르쳤다. 대학에도 출강하였고, 그는 오페라에 출연해도 괜찮을 정도의 성악 실력도 갖추고 있었으니, 그를 달인 중에 달인이었다고, 사후(死後)이지만 차라리 아부(?)라고 하고 싶다.

그런데 그는 건강이 좋지 않았다. 오디를 따려고 뽕나무에 올라갔다가 그만 떨어져 땅바닥에 가슴을 세게 부딪쳤는데, 그게 간에 손상을 입힌 것이라 했다. 서식 건강법이라던가? 거기 상당 기간 의존한 걸로 안다. 생수를 마시고, 풍욕(바깥에서 속옷을 입었다 벗었다 한다고 했다)과 냉온욕을 일상화하는…… 마침내 백초유영(百草有靈), 즉 백 가지 풀을 먹으면 영검이 있는 말에 현혹, 몇 달 동안 그것들만 섭취하게 된다. 그 결과 체중이 36킬로그램까지 떨어지고, 바람에 맞닥뜨려도 나가둥그라지는 지경에 이르고 만다. 그런데 참으로 기이한 경험을 한다. 나이가 들었으니, 검버섯이며 무사마귀도 더러 생겼었는데, 그런 게 하루아침에 사라지는가 싶더니 마치 세 살짜리 어린이 피부처럼 고와지는 게 아닌가. 마침내 다섯 살 때 누구네 집 밭에다 오줌을 눈 기억까지 또렷이 재생되는 바람에 오히려 두려워지더라는 이야기를 덧붙이며 그는 웃어 보였다.

그러나 그는 만 예순 살 즉 회갑을 맞는 해, 부산을 폭설이 뒤덮는 찬 겨울 어느 날 동래 광혜 병원에서 생을 마감한다. 사범학교 동기 동창

중 유일하게 내가 그의 곁에서 밤을 새웠다. 열 일고여덟 살에 만나서 40여 개 성상을 보내면서, 말이 친구 사이지 그는 내 스승이고도 남았다. 그에게 신세를 지기만 했으니(1· 2수필집 표지 제호를 그가 써 주는 등) 그를 잃은 슬픔이 컸다. 지금 생각해 보면 그는 민간요법의 달인이기도 했다. 어쨌거나 달인으로서의 그의 흔적에서 지금도 나는 향기를 맡고 있다.

그 경재 형을 내 돌아가신 아버지께서 칭찬을 많이 하셨다. 사범학교에 입학하기 무섭게 경재 형은, 청남 오제봉 선생을 본격적으로 사사하기 시작했다. 2학년 때 방학을 이용, 그와 함께 30리 넘는 길을 걸어 고향 밀양군 단장면 국전리 고향 내 집을 찾았을 때, 아버지께서는 경재 형의 그릇 됨을 알아보셨다. 당시도 당신께서는 서당을 운영하고 계셨던 터였는데 경재 형의 붓글씨를 보고선 말씀하셨다.

"자넨 대가가 될 걸세. 빼어난 솜씨네그려."

그런데 실은 당신이야말로 달인이셨고, 그 흉내조차 내는 후손이 없어 안타깝다. 당신께선 어디서 배우지 않았어도 못 하시는 일이 없으셨다. 한번 보기만 하면 머릿속에 각인시켜 그걸 재생 혹은 재현해 내시는 재주에, 모두가 혀를 내둘렀다. 한학(자연히 서예가 따른다), 주역, 시조창 등을 필두로 집짓기, 양복 맞추기, 짚으로 각종 농가 필수품 만들기 ······. 바둑이나 장기는 물론 골패 등 잡기에도 능하셨다. 155센티미터 안팎의 단구 뿜어져 나오는 '폭발력' 앞에서 왼고개를 젓는 사람이 없었다고 나는 자부한다. 그러나 진정 당신께서 달인으로서의 면모를 보이신 것은 농사에서였다. 과학적인 영농, 그걸 실천하시던 모습 나는 생생이 기억한다. 특히 밭에다 대체 작물 담배를 재배한 선구자이셨다. 단장면 총대(總代)까지 맡으셔서 이리저리 뛰어다니시던 그 자체만으로도, 당신께서는 달인이셨다. 한복 차림에 고무신을 신고, 지금은 태릉 초등학교 건물이 서 있는 면 담배 창고에 부지런히 드나드시던, 그 환상적인 (?) 당신이 오늘 따라 그립다.

경재 형과 아버지의 영향을 받아서일까? 나도 달인의 반열에 오를 기회가 있긴 했다. 43년 교직 경력, 28년 노인 학교 종사, 반세기가 넘는 노래 인생, 30년 가까운 문단 말석에서의 몸부림……. 그러나 사람들은 흔히 나더러 이렇게 평한다.

"천자문도 못 읽는 주제에 인(印)을 위조하러 나서는 위인 아닌가?"

결국 남을 속여 왔다는 폄훼 아닌 폄훼를 받아도 싼 칠십 평생을 산 셈이다. 나는 거기에 동의하는 데 결코 인색하고 싶지 않다. 아니 오히려 독백으로 화답한다. 짜장, 옳은 말이라 할 수밖에요, 감사합니다.

그런데 부산에서 용인으로 올라오기 한 달 전에, 친하디 친한 누가 나를 이렇게 치켜세워 준 것이다. 당신이야말로 모금(募金)의 달인이오.

다 그럴 만한 근거가 있다. 91년도 노인 학생 동남아 여행 때 지역인사들에게서 지원받은 380만원, 시민들에게 유품으로 안겨 주고 싶다며 부산 노래 취입 경비 중 손 벌린 게 250만원, 《북구 문학》 창간호와 5호를 만드는 과정에서 모은 광고비 도합 500만원! 1천 1백여 만 원의 거금을 적수공권으로 모았으니. 그런 의미에서 보면 일찌감치 나는 달인이되었어야만 했다. 오히려 만시지탄의 감이 없지 않다고나 할까?

다행히 '떡'을 만지면서 고물은 손가락에 묻히지 않았으니, 그나마 다행이라고 하자. 하기야 척박한 땅 개간하는 것보다 더 땀을 흘려야 할 처지에, 그런 여유(?)가 양심을 이기지는 못한다. 자연인의 1천 1백만 원, 그것으로라도 달인의 칭호를 하나 얻었으니 안도의 숨을 쉴 차례인가 보다.

다만 김병만은 차치하고라도 경재 형도 그랬으리라. 그는 피나는 노력과 자기 성찰, 긴 세월과의 싸움, 그게 어우러진 결실의 주인공으로 거듭난 삶을 살았다. 아버지에 대해 더 표현하는 건 오히려 불효니 이만 접기로 하자.

이제 여생을 보낼 곳은 천리 타향 용인이고, 여기서 새로운 일을 시작하겠다면 그 자체가 건조한 발상이다. 물리적 한계도 그렇고. 그저 조용히 살다가 하늘나라로 가는 것, 그게 섭리에 따르는 길이다. 그래도 죽기 전의 '달인'이 어딘가? '문학'이나 '모금'이나 다 그게 그것인 것을. 교단, 노인 학교, 노래, 모두가 궤를 같이하고 있다고나 하자.

<우리말 사전>과의 곡예

근래 이름만 수필인 잡문 한 편을 끼적거려, 손을 털고 보니 아뿔싸 그 길이가 만만치 않다. 자그마치 20장이 넘는다. 찜찜하기 짝이 없다. 문학이 가치 있는 체험의 기록이라 정의를 다시 한 번 기억한다. 제대로 글을 쓸 줄 아는 사람일 경우, 세상에서 가장 힘들게 삶을 이어가는 시각 장애인들 속에서 보낸 몇 시간, 그걸 제대로 묘사할 수 있을 텐데. 나는 허풍만 떨었다는 자괴지심에 빠진다.

게다가 성미 그대로 서두르는 바람에 퇴고도 제대로 못하고 어느 잡지를 통해 활자화시키고 말았다. 그런데 사후에 엄청난 오류가 발견되고만 것이다. 오늘 오후는 내내 낯이 뜨겁다. 이 자리에서 그 실상을 그대로 드러내야 직성이 풀린다? 오죽 못났으면 그래야 하나.

'명재경각(命在頃刻)'. 듣기 좋은 꽃노래도 한두 번이라 했지만, 아무리 목숨이 촌각을 다툴 만큼 왔다 갔다 해도 자주 쓰면 식상하다. 앞서 들먹인 내 졸고에 그걸 집어넣었다가 이래저래 봉변을 당했으니……. 한자는 바르게 썼다, 있을 在로. 그런데 한글 '재'의 ㅐ 대신 바로 이웃한 ㅔ를 두드렸으니, 아차, '명제경각'으로 둔갑을 할 수밖에.

바로 며칠 전까지 얼굴을 붉히면서까지 어느 작가의 글을 혼자서 나무라던 기억이 났다. 어쩌면 그렇게 묘하게 맞아 떨어지는지, 자업자득이란 말을 절감해야 한다. 그는 색채(色彩)를, 계속해서 '색체'로 우기고 있었다. 그러니 '수채화'도 '수체화' 이상 이하도 아니게, 경상도 말로 '안(內)의 체'로 잘못 탄생하여 뭇사람들의 얼굴을 찡그리게 만들었다.

이제 내가 딱 걸려든 셈이다. 저속한 농담, 뭐 묻은 개가 겨 묻은 개를 나무라는 격의 전자(前者)가 아니 되고 어찌 견디랴. 나는 내가 욕을 바가지로 얻어먹어도 싸다며, 문단의 더 낮은 말석을 찾아 기웃거려야 할 처지다. 사필귀정이로구나!

직장에 나가기 시작하는 아들에게 나는 입만 벙긋하면 일희일비에 휘둘리지 않도록 주의를 준다. 평상심만 지니면, 세상 풍파 맞닥뜨려볼 만하다는 긍정의 덕목도 덧붙인다.

그런 나는 내 일상이 어떠한가? 기쁨은 잦되 짧고, 슬픔은 드물되 길다. 근래 몇 달 동안 나만큼 컴퓨터 앞에 자주 앉는 문우는 많지 않으리라. 15장 안팎의, 어린이 장난 같은 부스러기를 붙잡느라 노심초사다. 그래도 손을 털고 일어날 때엔, 기분이 하늘을 찌를 듯하지.

그러나 식사 후에 다시 그걸 곱씹어보면, 기역자 왼다리도 못 그렸구나 하는 자탄을 쏟는다. 희비가 자리바꿈 할 수 있다면 좋으련만. 다음 기쁨의 회수가 문제가 아니다. 주기가 길었으면 하는 것이다.

어젯밤 어떤 문학상 시상식에 가는 길이었다. 여기저기 홈페이지가 가득하도록 내 못난 분신들을 올려놓은 참이라, 솔직히 말해 발걸음이 무거웠다. 역 대합실에서 두 여류 작가를 만나, 고드름장아찌처럼 싱거운 소릴 몇 마디 건네고 나서야, 약간은 안도할 수 있었다.

문협 회장 선거 때 같이 일하던 H시인의 얼굴이 보였다. 나는 그 테이블로 뚜벅뚜벅 걸어가서 한 자리를 차지했는데, 이런 횡재가 어디 있나?

불교 문협 Y회장이며, 작년도 우수상 수상자 J시인, 교직 선배 C아동문학가, O수필가, K여류시인 등과 합석하게 되었으니 말이다. 나는 항상 갖고 다니는 〈우리말사전〉을 테이블 위에 얹고 그 위를 팸플릿으로 덮었다. 누가 의아스러워하며 뭐냐고 묻기에 검지를 세로로 입술에 갖다 대었다. 이윽고 외우(畏友) S아동문학가가 들어오는가 싶었는데, 마침 우리 테이블 빈자리를 하나 차지하는 게 아닌가? 나는 내로라하는 부산 문단의 거목들 사이에 끼인 셈이 되었다. 참 좋았다.

시상식 기획을 누가 했는지 모르지만, 제대로 이어져가고 있었다. 나 같은 존재도 잊지 않고 내빈 명단에 끼워 주고 해서 그런지 기분이 괜찮았다. 한 잔 마신 맥주가 내 얼굴을 불쾌하게 만들었고. 시상식은 간결하게 끝났다. 식사 시간이 시작되기 무섭게 내가 '권주가'를 부른다. ♫♪♬ 잡으시오 잡으(나)시오 이 술 한 잔을 잡으(나)시오/ 이 술은 술이 아니라…… ♪♬

모든 시선이 우리 쪽으로 몰리는 것쯤 내 등을 통해서도 느낄 수 있었다. 나는 그들에게 무언으로 답했다. 축하하러 왔으면서 뜨악한 표정으로 앉아 있을 수 없지 않은가? 모처럼 나는 그렇게 들떠 올랐다.

그런데 식사 후 약간 틈이 생겼다. 그게 우환이 될 줄이야. 못된 송아지 엉덩이에 뿔난다고 하더니, 내가 그 맞잡이가 되는 것이 아닌가? 나는 슬그머니 <우리말 사전>을 펼쳤다. 조금 전 단상에서 어느 누가 하던 말이 아무래도 꺼림칙하게 여겨진 까닭에서였다.

그가 이렇게 서두를 이렇게 열었었으니 말이다. '내외' 귀빈 여러분! 나는 뒤늦게 다시 한 번 내 귀를 의심하였다. 〈우리말 사전〉 461쪽에 '내외'가 상세하게 풀이되어 있다. 부지런히 훑어나간다.

첫째. 안과 밖. 안팎/ (예) 경기장 내외를 가득 메운 관중

둘째, 국내와 국외/ 내외 정세, (예) 내외 귀빈을 모시다. (그리고) 조선의 독립 내외에 선포하다.

셋째, 부부/ (예) 김씨 내외가 나란히 걸어가고 있다.

그리고, 어떤 기준에 약간 넘거나 덜한 것/ (예) 수필은 원고지 15장 안팎이어야 한다.

'모르는 남녀 간에 서로 어려워하여 얼굴을 대하지 않고 피함'은 별도로 풀이해 두었더라.

다시 이야기를 되돌리자. 하객이야 백 명을 훨씬 넘겼지만, 그 중에 외국인은 눈을 비벼도 없는데, '내외 귀빈'했으니, 이걸 어쩌나. 이미 엎질러진 물이다. 그러나 본인이 무심코 던진 말을 붙잡고, 제삼자가 설레발치다니 이러고도 내 정신인가 싶었다.

그런 나를 물끄러미 바라보던 S형이 한 마디 건네는 바람에 내 정신이 획 돌아왔다. 동갑내기 문우 중에서 내가 '가장' 존경하는 그다. 나더러 이제 <우리말 사전> 거의 다 외었느냐는 농담 반 진담 반의 S형 충고(?)에는 객쩍음이 전혀 섞여 있지 않았다. 그래서 나는 그가 좋다. 몇 달 전에 점심 식사를 같이 하면서 내가 가진 <우리말 사전>을 보고, 적이 걱정하던 그였는데. 그의 눈빛에 오늘은 애정이 담뿍 담겼다.

이윽고 식사가 끝나고 하객들은 하나 둘씩 자리를 뜬다.

나도 일어서서 부지런히 걸어 내려왔다. 그리고 지하철 안, 여느 때처럼 <우리말 사전>을 무릎 위에다 펼쳤다. 799쪽에다 시선을 꽂고, 세어 보니 대개 50단어. 2700쪽쯤 되니까, 15만 안팎이다. 그 많은 것들이 단 한 번이라도 나를 기다린다니 가슴이 설렌다. 책인즉명(責人則明), 즉 내 잘못은 덮어 둔 채, 남을 나무라는 데에 밝다? 나를 꼬집는 듯한 이 말이 도중에 잡혔다.

그러나 혼란은 잠시, 나의 사람 됨됨이가 겨우 이 정도라는 데에 흔쾌히 동의하기로 한다. 걸핏하면 나는 공인이 아니라며, 내 잘못 앞에서 시치미를 뗀 게 어디 한두 번인가.

오늘 좋은 사람들을 많이 만났다. S형을 비롯한 모두가 내게는 소중한 메시지를 던져 주었다. <우리말 사전>! 그 소품도 훌륭한 연결고리 구실을 했고. <우리말 사전>이 없었더라면, 나는 며칠 동안 남 꼬투리를 잡고 늘어지느라 분주했을 것이다.

사전과 전동차, 그리고 이규정 교수

　금곡 역에서 지하철을 타고, 신문을 펼쳐 들었다가 '우리말 우리글' 난에서 깜짝 놀랄 만한 걸 하나 보게 되었다. '기적(汽笛)소리'라니, 얼토당토않다는 것이다. '기적'에 소리라는 의미까지 포함되어 있으니 그거야말로 '역전 앞과 하나 다를 바 없다는 것! 마침 여느 때처럼 <우리말 사전>을 들고 있던 참이라 찾아볼 수밖에. 372쪽에 있다. 기적/ 기차나 기선 따위에서, 소리를 내는 장치, 또는 그 소리. 나는 여태껏 내 무식 혹은 무지를 많이 드러낸 셈이라며 고소를 날려야만 했다. 내가 무턱대고 쓴 글이나 말 중에서 '기적 소리' 등장하는 데가 어디 한둘뿐이었겠는가?　나는 겸연쩍은 표정으로 노래 몇 곡을 장난기를 섞어가며 기어들어가는 목소리로 불러봤다. ♬♪기적 소리 슬피 우는 이별의 플래트 홈 무정하게 떠나가는 대전 발······♪(대전 발 영시 오십 분)/ ♪······기적도 목에 메어 뿌리치고 떠나가네······♬(이별의 부산 정거장)/ 태극기 날리며 임을 보낸 새벽 정거장 '기적'도 울었소······♬♬(임 계신 전선)

　아무리 대중가요지만 작사가가 우리말을 제대로 아는지 두 곡은 '기적 소리' 대신 '기적'이다. 그제야 나는 대중가요 애호가로서 미소를 날릴 수 있었다.

기자는 '신음(呻吟)'을 꼬집는 것도 잊지 않았다. 한자를 모르면, 신음에서 '음'이 소리 음(音)인 줄 알아 사람들이 착각하고 있으니, '신음소리'가 맞다고 주장해 온 나로서는, 한 방 맞은 셈이 되고 말았다. 그런데 사전에는 이렇게 적혀 있다. 병이나 고통으로 앓는 소리를 냄. 예문은 '신음소리를 내며 쓰러졌다.' 이율배반은 어김없이 사전의 행간에도 도사리고 있는 것이다. 거짓말 좀 보태어 머리가 지끈지끈했다.

수영 역에서 하차하여 볼일을 보고, 귀가하기 위해 도로 3호선에 올랐다. 노약자석에 자리를 잡았는데, 옆에서 누가 나를 부른다. 아, 이규정 교수님! 나는 황급하게 모자를 벗고 허리를 굽혔다. 내외분께.

내가 들고 있는 사전에 교수님의 눈길이 멎는 걸 보고, 오랫동안의 숙제 한 가지를 풀어야 하겠다고 마음먹었다. 몇 달 전에 읽은 교수님의 《아름다운 누룩》에 '안도의 한숨을 쉬다'라는 표현이 있었는데, 그거야말로 교수님의 실수가 아닌가 싶었던 것이다. 한숨은 '근심이나 서러움이 있을 때 길게 몰아내 쉬는 숨' 정도로만 알고 있었으니 질문을 하는 것은 어쩌면 당연한 노릇이 아닌가? 따라서 '안도'의 한숨이란 존재할 수도 없고, 어느 한글학자의 주장대로 '안도의 숨'이 맞지 않으냐는 이야기까지 건네었다.

그런데 정작 교수님은 비껴가는 듯한 대답을 하는 대신, 우리말의 중요성에 대해서만 몇 마디 강조하셨다. 당신이 글을 쓸 때, 버스 등 우리말로 아무리 해도 대체할 수 없는 것을 제외하곤 외래어는 끌어오지 않는다고. 내가 고개를 끄덕이면서 음미해 볼 사이도 없이, 다음 망미 역에서 내외분은 하차하셨다.

나는 반사적으로 다시 사전을 펼쳤다. 2562쪽, 거기 예문에 '안도의 한숨을 쉬다'가 분명히 있지 않은가? 나는 기가 막혀 멍한 표정만 지을 수밖에.

내친김에 나는 비슷한 몇 가지를 뒤져 거듭 확인하면서 시간을 보냈다.

'혼신(渾身)', 당연히 그 뜻은 '온몸'이다. 그러나 예문 앞에서 나는 여전히 한숨을 쉬어야만 했다. 혼신의 힘을 다하다? 두드러지게 드러나지 않지만, '혼신'과 '다하다'가 짝을 이루면 '역전 앞'과 비슷하다는 느낌을 주어서다. 촌로의 주장에 귀 기울일 사람이 어디 있으랴만, 역시 '혼신의 힘을 쏟다'라고 하면 거부감이 없을 것 같다.

'박수(拍手)', 칠 박과 손 수가 이어져 이루어진 말이다. 이게 또 문제다. 초등 학교 어린이들조차 설명만 잘 들으면 '박수'와 '기적 소리', '역전 앞', '빨래 씻다'가 한 통속이라는 걸 알 것 같다. '기적'과 '기적 소리'에 둔감해서 여태 구분 못해 온 처지에 내가 이야기를 끄집어내기는 부끄러운 노릇이지만. 류영남 박사도 그 이야기를 한 번 한 것 같다.

갑자기 우리말에 대한 두려움이 생기는 것이었다. 내가 타고 있는 게 지하철인지, 전동차인지조차 구분되지 않았다. 아니면 열차? KTX를 이용하여 서울로 올라간다면, 열차를 탔다는 게 맞는데, 지하철은 참 아리송하다. 지하철은 '대도시에서 교통 혼잡을 완화하고 빠른 속도로 운행하고자, 땅속에 터널을 파고 부설한 철도'다. 거기 승차(乘車)는 불가하다. 그렇다면 누가 휴대 전화로 지금 어디냐고 물었을 때, 지금 지하철 전동차 안이라는 대답을 하면 맞는 걸까?

신문을 끝까지 훑어보니 '행보(行步)를 걷다'라는 어처구니없는 문장도 있다. 이거야말로 '기적소리'는 비교가 되지 않을 정도의 잘못된 표현이다.

더더구나 스포츠 지면에 어김없이 '젊은 피 수혈'이라는 제목을 크게 달아 놓았다. 도대체 나보다도 우리말 실력이 부족할 듯한, 어느 기자가 우연히 뽑은 이 '젊은 피 수혈 어쩌고저쩌고'는 왜 이렇게 생명이 끈질긴가? 불행한 사생아, 내 기억으로도 벌써 네댓 해는 된 것 같은데.

열차는 어느덧 덕천 역에 닿아 있었다. 나는 주섬주섬 짐을 챙겨서 일어섰다. 환승하여 다시 사전을 들여다본다. 어김없이 맞은편 승객 몇몇이 내게 시선을 준다. 아마도 이런 생각이리라. 아 저 할아버지 희한한 사람일세그려!

목적지까지는 10분 남짓이다. 나는 휴대 전화를 만지작거려 메모난을 찾아냈다. 거긴 잡동사니가 입력되어 있다. 그리고 보니 이 문명의 이기가 잡살뱅이 구실까지 한다는 느낌이다. 그러면서도 오히려 뿌듯한 것은 제법 큰 공간에 대중가요며 팝송, 민요, 가곡 등은 물론 성가, 찬송가, 찬불가 가사 등이 빼곡히 들어차 있어서다.

그 중에서도 보물은 단연 사전에서 뽑아낸 아름다운 우리말 들이다. 품사며 뜻 등은 생략한 채, 사전 행간으로부터 다가드는 녀석이 있으면 곧바로 잡아, 두드려 넣은……. 3백 개쯤 되리라. 설사 내가 잡문밖에 못 끼적거리더라도, 그 창작 작업 과정에서 벽돌 하나 몫은 할 녀석들이다.

그래도 나는 수필이라는 이름하에 글을 쓴다는 가정을 하고서, 낱말 몇 개를 사전에서 건져 올리는 데 성공했다. 싱겅싱겅하다/ 방이 치고 써늘하다, 씨앙이질/ 한창 바쁠 때 쓸데없이 남을 귀찮게 함, 아닥치듯/ 매우 심하게 말다툼하다. 다음 컴퓨터 앞에 앉는다면 반드시 이 셋은 동원시키리라,

나는 금곡 역이라는 안내 방송이 어느 때보다 정겹게 들린다고 느끼면서 자리에서 일어선다. 사전, 지하철(전동차/ 열차) 내게 반려자와 다름없다.

제 6 부

아들 곁에 묻히리라

아내와의 40년, 그 불가사의

지금부터 69년 전 양력 6월 7일, 밀양군 단장면 어느 시골에서 사내아이가 하나 탄생했다. 그리고 아홉 해 뒤 7월 14일, 부산 충무동에서 계집아이 하나가 고고의 소릴 울린다. 그저 평범한 이야기의 서두를 거창하게 장식하려는 건 내 교만의 탓이다. '월하빙인(月下氷人)'에 의하면, 누구나 새 생명으로 이 세상에 모습을 드러내는 즉시, 보이지 않는 빨간 실로 배필이 될 상대 발가락끼리 묶여진다고 했다.

월하빙인, 노인 학교에서 수도 없이 구연했다. 나는 때로는 참 의아스럽다는 느낌을 가지면서까지, 아내와 40년 가까이 살을 섞고 살아왔다. 이제 우리 나이로 내가 일흔 살, 아내는 예순 한 살을 맞았다. 아홉 살이라는 나이 차이와 부산과 경남이라는 지역, 그 시공(時空)은 빨간 실오라기 하나 앞에 한갓 물거품이 되더라고나 하자.

세상 모든 것에 발단이 있기 마련이다. 하물며 인륜지대사라는 혼인이랴.

메리놀 병원에 엄마가 입원했다가 몇 달 뒤에 그만 이승을 하직하시고 말았다. 시각 장애를 가지신 채로. 장례를 모시고 학교에 갔더니, 스무 살을 갓 넘긴 여교사가 부임해 온 게 아닌가? 그 무렵 결혼이란 말이

사치스럽게 들릴 정도여서, 결(結) 자란 소리만 들어도 주눅이 들 정도 움츠리고 살았다. 오르지 못할 나무는 쳐다보지도 말라고 했지만, 나는 첫눈에 반한 여교사에게 접근을 시도한 것이다.

엄마를 돌보아 주던 할머니 한 분이 있었다. 아들이 부산 상대 학장으로 있다는……. 엄마가 기어이 눈을 감으신 뒤에 울고만 있을 무렵이었으니, 영주암에 머물고 있다는 그 할머니가 무척이나 보고 싶던 차이기도 했다. 나 같은 무지렁이에게 어찌 그런 용기가 생겼을까? 한 달도 채 지나지 않아 그 여교사에게 거짓 표정을 지어가며−내가 마치 효자라도 되는 척한 것도 물론이다−동행(同行)을 간청한 것이다. 그게 3년 뒤에 실제 내가 그 여교사에게 면사포를 씌울 계기가 될 줄은 어느 누구도 짐작하지 못했으리라. 월하빙인의 노인을 빼고서는. 우리는 그렇게 해서 간이 사택에서 한 이불을 덮고 자고, 그 뒤로도 3년 동안 한 학교에서 근무했으니 손가락질을 알게 모르게 받은 셈이다.

당시는 불자였기에, 언필칭 우리의 인연이 어찌 부처님의 가피(加被) 덕이라며 열을 올리지 않을 수 있었으랴. 실제 할머니로부터 어머니, 그리고 우리 다섯 형제자매들이 모두 절에 다녔고, 처가 쪽도 마찬가지였으니. 그리고 보니 아내에게 면사포를 씌워 줄 당시, 아내와 내가 한 쌍의 부부로서의 공통분모는 신앙 외는 별로 없었던 것 같다.

아홉 살의 나이 차이. 따라서 아내는 완전히 손해보고 내게 시집온 셈이다. 신체 조건도 마찬가지. 내 신장이 겨우 165센티미터가 될까 말까 한데, 아내는 160센티미터라 중키는 되었으니 내가 많이 기우는 편이었고. 아내는 그만하면 미인이라는 평을 들을 만하지만, 부끄럽게도 우리 형제자매 중에서 인물 좋은 사람이 없어 그것도 때로는 내게 열등감으로 작용했다, 오랫동안. 그게 마침내 의처증으로까지 변해가기도 했으니, 과거지사 앞에 이젠 웃어야겠다.

게다가 심성이 아내는 나와 달랐다. 나는 거칠고 일방적이고 매사에 막무가내인데 반해 아내는 순종으로만 일관했다. 수많은 일을 벌이기만 했지, 매듭을 못 지어 갈팡질팡할 때에 언제나 아내는 수습(?)에 나섰다. 그 예 하나. 우연히 발을 들여 놓기 시작한 노인 학교에 토요일 거의 하루도 빠지지 않았었는데, 아내는 그 21년 동안 가장(家長) 없이 살림을 꾸려 왔다. 그 기간 모두 197명의 노인들을 인솔하여 동남아 다섯 나라를 세 번에 걸쳐 각 4박 5일씩 여행했을 때도, 아내는 200 가까운 목숨을 담보로 한 그 황당한 일을 인고(忍苦)로 받아들였다. 그런 일들을 예로 들자면 열 손가락으로도 모자라리라, 모두가 한갓 공명에 지나지 않는 것을……. 마치 한 산봉우리를 넘은 듯 안도의 숨을 쉬며 나는 가끔 아내에게 묻기도 했다. 농담반 진담반으로.

"난 죽어서도 당신하고 결혼하고 싶은데, 당신은 어때?"

아내는 미소로 답했지만, 나는 아내의 얼굴 표정으로서 그늘을 읽었다. 나는 차라리 자위했다. 나라도 그건 진절머리 자체일 것 같았다.

아내와 나는 딱 남매를 낳았다. 녀석들은 공부도 제대로 했고, 그만하면 모두 고개를 끄덕일 비교적 명문인 대학도 졸업시켰다. 아내도 30년 교직 생활 경력의 전직 교사, 딸은 현직 중학교 과학 교사, 아들은 영어 학원장, 나는 정년퇴임한 교장. 근래 경제적으로도 안정되어 남부럽지 않은 생활을 하고 있었다. 딸이 천주교 집안으로 시집가는 덕분에 가족 모두가 앞서거니 뒤서거니 하여 개종도 하여, 외형적으로나마 신앙생활도 열심히 하였고.

그런데 아들이 그만 과로로 인한 돌연사로 저승에 먼저 가 버린 것이다. 제 어미가 들어가서 수학을 가르치고 학생들 관리도 거들어야겠다는 생각에 만반의 준비를 갖추어 놓고 있을 때였다. 전망이 썩 밝다 싶었다. 아내와 나는 하느님께 '54일 묵주 기도'를 드리는 중이었고. 전반기 청원기도를 마치고, 후반기 감사기도가 중간에 이르렀을 때, 왜 그분은 착한 아들을 데려가셨을까? 그러나 너무나 뜻밖에 내 입에서는 하느님께 대한 한 마디의 원망도 나오지 않았다.

가족들이 말문을 닫은 지 오래다. 앞 못 보던 엄마가 돌아가셨을 적엔, 하염없이 밤낮으로 울면서도 따라 죽겠다는 끔찍한 생각은 안 해 봤지만, 이번엔 달랐다. 남은 딸 내외와 손자가 없었더라면 무슨 결심인들 못했으랴.

모두의 누선(淚腺)에 생채기가 났을 텐데도, 시시때때로 눈물이 흘러 무릎을 적신다. 생전의 아들에 대한 어미 아비로서의 모든 잘못을 아내가 뒤집어쓰려 한다. 그에 비하면 내 죄는 백 번 천 번 커서, 혼신으로 끌어안고 있어도 터지기 직전인데 말이다.

다시 한 번 고백한다. 아내와의 40년 역정(歷程), 그대로 나는 여전히 아내에게 기우는 지아비다. 뼈저린 열등의식이라 해도 좋다. 그런 아내와 어느 날 마주앉아 기도를 드리다가 누가 먼저랄 것도 없이 건넨 말이다.

"여보, 이제 같은 날 같은 시에 죽어야 하지 않을까? 아들이 달려오면 셋이서 부둥켜안기 위해서라도."

아내가 한없이 고맙다. 그리고 이 세상 어떤 여자보다 아름답다. 돌이켜보면 아내와의 40년, 설사 경박하단 욕을 먹을지라도 그건 불가사의라는 표현을 동원할 수밖에 없을 것 같다. 그러나 절에서 만나 어렵게 얻은 아들을 성당에서 잃어버린 거, 이것도 섭리라면 섭리다. 다만 하늘나라에서는 결혼도 없다 했으니, 아내와 손잡고 간다 해도 그 뒤의 허물은 여기에서보다야 줄어들겠지. 그래도 아. 아들은 아들로서 보고 싶다.

빈처(貧妻)를 속이다니

이름만 대면 누구나 알, 전 농협 중앙 회장이 내게 선심을 한번 베풀었다. 동향인이기 때문에 안부 편지를 냈는데, 내 저서를 300부만 보내달라는 것이었다. 그는 ≪대통령의 오줌 누기≫ 등을 받는 즉시 3백만 원을 바로 입금시켜 주었다. 몇 년 전일이다.

내겐 적잖은 돈이었다. 그러나 통장을 아내에게 송두리째 건네고 만다. 사정이 사촌보다 낫다는 속담이 있지만, 사정사정해서 겨우 50만 원쯤을 얻었다. 그것으로써라도 만족하는 수밖에. 따로 통장이 없던 나는 그걸 책갈피에 감추어 놓기까지는 좋았는데, 그만 좀이 쑤셔서 견딜 수 없었다. 곶감 꼬치에서 곶감 빼먹듯 한 푼 두 푼 끄집어내어 쓰다 보니 그 결과야 뻔할 수밖에. 이키, 낭패로구나 싶다 느낀 이후로 난 그 책을 책꽂이에서 빼지 않았다.

그로부터 2년쯤 지나고 나서, 나는 지방 선거전에 뛰어든다. 내가 찬조 연설자로 나서 유세 차량 위에 등장한 것이다. 시내 최고령자에다가 직접 노래까지 곁들여 부르는, 1인 2역을 맡았다. 보름 남짓 피를 토하다시피 해서 받은 돈이 1백만 원을 조금 넘겼는데, 이번에는 점잖지 못하게 상당액을 '꼬불치고' 말았다. 거액(?)의 비상금! 가슴이 두근거렸다.

나는 갑자기 부자가 되었다. 그걸 봉투에 넣어 봉한 다음, 아예 ≪한국가요≫란 고본(古本) 999 쪽에 테이프로 붙여 버렸다. 만 원짜리 수십 장의 은신처로서는 기가 막히는 곳. 내가 워낙 아침저녁으로 들여다보며 씨름하는지라, 아내는 진절머리가 나서라도 그 책만은 거들떠보지도 않았으니 말이다. 게다가 이번에는 어찌된 셈인지 주머니 끈을 조르듯 낭비의 유혹으로부터 벗어날 궁리부터 하게 되었으니.

그 일상이 허물어진 것은 책을 한 권 내야 하겠다는 욕심 때문이었다. 아니 그건 오히려 오기라고 말하는 게 낫겠다. 단순한 숫자 놀음으로 남을 쫓아가고 싶은……. 그 때까지 열 네 권의 책을 세상에 묶어내 놓았는데, 문우들이 다투어 '몇 번째 수필집 상재 어쩌고저쩌고' 하는 어쭙잖은 소문을 내는 바람에 그만 강박 관념에 휘둘렸다고나 하자. 다시 한 번 진피아들이 되는 순간이었다.

그래도 처음 며칠 동안은 내치락들이치락 변덕에 시달렸다. 역시 돈 문제였다. 그러나 이윽고 부딪쳐보자는 심산이 나를 지배하는 걸 어쩌나. 그래도 일단 모험 쪽에 발을 들여 놓으니 오히려 마음이 편해졌다. 드디어, 내친김에 '두 권'에다가 부사(副詞) '한꺼번에'를 접목시키기에 이른다. 어쨌든 그건 달걀로 바위치기와 다름없는 짓이었다.

아내에게 설명했다. 수필집 ≪열아홉 살 과부가 스물아홉 살 과부를 데리고≫는 270 쪽으로 해서 300만원이면 된다. 유머 신앙 수필집 ≪천주교야 노올자≫는 250쪽 안팎인데, 도서 출판 J의 사장인 친구 H형이 그냥 내어 주겠다는 약속을 했다고 거짓말을 둘러댔다. 짐짓 고맙다는 표정을 지어 보이며.

사정이 그럴진대 아내인들 어찌 거절할 수 있으랴. 약속한 돈을 수표로 바꾸어 내게 건네주었다. 턱없이 부족하지만 나는 감지덕지 그걸 받아들고 ≪열아홉 살……≫가 고고의 소릴 내기도 전에, 출판비 전액을 지불하는 허세까지 부렸다. 새마을 금고에 가서 마이너스 통장인가 하는 걸 낸 것도 그 무렵이었다. 친구 J형 130만원은 따로 떼어놓고.

이윽고 한 달 날짜 차이를 두고 태어난 열다섯/ 열여섯 번째(논픽션 등을 합하면 그렇다) 내 분신을 들고 콘서트라는 미명 아래 영광도서 문화 사랑방 무대에 선다. 되지도 않은 우스개를 섞어 노래를 부르고 별 공감도 불러오지 못할 주장을 덧붙이며 천하가 다 아는 부지꾼인 내가 한 시간 반 넘게 버텨냈다니, 실로 가관이라는 뒤늦은 자평이다. 몰염치의 극치지만, 다행히 출판비의 1/2은 그 곳에서 건졌다. 이걸 가관이라 해야 하나 어쩌나. 하나 아래 그 후일담이 졸고의 백미다.

빚은 빚으로 남았다. 고스란히. 그 때 구세주가 나타난 것이다. 앞서 들먹인 후보자가 어느 날 나를 만나자더니 적잖은 액수의 현찰을 호주머니에 넣어 주는 게 아닌가? 한시름 덜게 됐지만, 그 정도 갖고선 어림없었다. 여전히 110만 원쯤, 내가 갚아야 할 돈.

드디어 나는 아내의 지갑에서 나는 돈을 슬쩍하기로 결심한다. 내 빚이 백 만 원이 넘는다는 걸 아내가 알았다 치자. 까무러칠지 모르는 일 아닌가? 처음엔 아내가 바깥에 볼일을 보러 나갔을 때를 노렸다. 얼른 지갑을 열어 보았더니, 만 원이며 천 원 지폐가 수두룩하다. 나는 그 중에서 잡히는 대로 이것저것 할 것 없이 섞어서 몇 장을 빼내었다. 귀가 한 아내가 전혀 눈치를 못 채는 걸 보고, 나는 안도의 숨을 내쉬었다. 이튿날 새마을 금고로 달라갔음은 물론이다. 아슬아슬한 줄타기는 몇 번이나 계속된다.

두어 달 그러다가 나는 방법을 바꾸기로 결심한다. 아내에게 들어가는 내 잡수입의 길목을 차단하는 식으로. 시즌이 되면 주례를 더러 서는 편이라 하루에 세 쌍이라면 적어도 20만원은 사례로 받는다. 그 전 같으면 전액을 봉투째 아내에게 호기롭게 흔들곤 했는데, 11월에 들어서고부터는 3만 원 정도는 예사롭게 '꼬불치고', 시치미를 뗀다. 그 변명이 우습다기보다 눈물겹다.

"오늘 말이야, 팀장과 수모—예식장에서 도와주는 여성을 그렇게 부르더라—하고 재래시장에서 점심을 먹었거든. 정식 한 끼도 만 원이라지 뭐요. 택시 탔고."

아내는 잘도 속아 넘어간다. 그러나 아무리 그렇다손 치더라도 어느 천 년에 제로 상태로 빚을 갚는다 말인가? 미심쩍어 하는 건 나 자신도 마찬가지다. 그러나 실제로 맞닥뜨려 보면 그렇지도 않더라. 워낙 내 잡(雜) 자가 들어가는 수입원이 다양하니까. 일단 주례는 제외하고라도. 28년 동안 계속해 온 노인 학교에서의 수업 등을 통해, 푼돈이지만 끊임없이 나는 현찰을 매만진다. 지난 2월 26일에도 부산 일보 대강당에서 노래를 불러 10만원을 받았다. 나도 어지간하지. 전액을 내 통장에 넣어 버렸으니까.

이건 고백하기조차 부끄러운 일인데, 그래도 입을 열었으니 뱉어 버리자. 집에서 샤워를 하고나서 나는 가끔 아내에게 손을 내민다. 허리가 아프다는 엄살 끝에 공중목욕탕에 갔다 와야겠다며. 새마을 금고 별실 행, 거기서 이사장과 시시껄렁한 이야기나 늘어놓다가 돌아오면 적어도 5천 원은 남는다. 저자를 보고 오라는 아내의 명은 내게 기회다. 현찰을 지니고 갔다 온다고 보았을 때 그 정도의 비슷한 이익 남기기가 '식은 죽 먹기'.

아내가 내 음모에 제대로 말려든 셈이라 해도 과언 아니다. 이제 두서너 달만 잘 이끌어간다 치자. 통장에 0이라는 숫자가 찍히겠지. 누이 좋고 매부 좋은 이 거래(?)는 그 이후에도 계속될지 모른다. 올해 고희 기념 문집이라도 한 권 만들려면 그 방법밖에 없으니까.

일흔 살 아들이 예순여섯 살 엄마 앞에서

어젯밤 잠을 설쳤다. 엄마와 아버지께서 누워 계시는 밀양 성당 '천상 낙원' 바로 밑 노인 대학 교육관! 두 분의 유택에서 엎어지면 코 닿을 바로 거기서, 노인들을 상대로 수업을 하기로 되어 있어서다.

밀양시 교동의 논길, 진흙이 쩍쩍 구두 밑창에 달라붙었다. 때로는 온몸이 기우뚱거리다가 나둥그러질 뻔했다. 천상낙원에 들어서서 나는 부르짖었다. 엄마 아버지 지 왔습니더! 오늘은 바로 밑에서 노래 부를 낍니더. 신나게예. 잘 들으이소.

교육관 안, 학생들이 1백 석 좌석을 가득 채우고도 남았다.

드디어 내가 무대에 올라섰다. 한갓 어정뱅이인 나 자신이 들어도 민 망할 정도로, 오히려 한 술 더 떠서 소개한 덕분인가, 우레와 같은 박수 소리가 터졌다. 얼떨떨했지만 나는 두려움을 느끼진 않았다. 더 나아가 속으로 부르짖었다. 그래 오늘은 엄마 아버지가 바로 내 등 뒤에 계시지 않는가.

나는 '열아홉 살 과부가⋯⋯'로 서막을 올렸다. 앞을 제대로 못 보셨 던 엄마의 유일한 애창곡. 근래 초량 시각 장애 복지관을 제외한 어느 노인 학교에서나–대단한 실례지만, 시각 장애인들은 상대적으로 '과부'

가 많은 탓인지 이 노래 부르는 걸 싫어하더라. -엄마 흉내를 내오던 설
움이 송두리째 묻어나오는 노래다. ♪♬ **열아홉 살 과부가 스물아홉 살**
딸을 데리고/ 어디로 가꼬 내 딸아 어디로 가꼬 내 딸아♬♫

반드시 웃을 수만은 없는 노래다. 아니 학생들은 박장대소하지만 나
는 가슴으로 운다는 표현이 맞겠다. 한바탕 소용돌이가 그렇게 휩쓸고
지나갔다. 그 뒤에 몰려온 순간의 적막은 아무도 눈치 채지 못한다.

그 다음 나는 '밀양 아리랑'으로 이어나갔다. 마침 밀양 아랑제를 준비
중인 시점이라 정말 적절한 민요다. 1-2절은 생략한다. ♪♬ **와 이래**
좋노 와 이래 좋노 와 이래 좋노/ 가마 타고 시집가니 와 이래 좋노/
아리아리랑 쓰리 쓰리랑 아라리가 났네/ 아리랑 고개로 날 넘겨주소//
와 이래 좋노 와 이래 좋노 와 이래 좋노/ 당나구(당나귀) **타고 장가가니**
와 이래 좋노/ 아리아리랑 쓰리 쓰리랑 아라리가 났네/ 아리랑 고개로
날 넘겨주소♫♬

'당나구 타고 장가가니 와 이래 좋노'에서, 내가 진짜 당나귀가 강중거
리는 흉내를 낸다. 아니 그건 당나귀가 짧은 다리로써도 길길이 뛰는
모습이다. 실로 가관인 연출을 나는 두 분께 대한 약속대로 해대는 것이
다. 웃음의 도가니. 나는 흐르는 땀을 씻으며 연방 분위기를 돋우어 나간
다. 그러나 여기에는 당시 아버지 때문에 신경을 쓰셨던 엄마의 한이
고스란히 그대로 담겨 있다. 그렇게 당나귀를 타셨던 아버지께는 여자
가 있었던 모양이었으니. 이른바 출가외인이라는 소리 수도 없이 들으
면서 자란 당신이, 어두운 눈으로 대문 밖으로 울면서 수시로 나가시곤
했지만, 몇 걸음 떼다 돌아서곤 하셨다지. 나는 엄마의 가슴 저미는 그
설움을 다시 재현한다. '노랫가락'이다. ♪♬ **달아 뚜렷한 달아 임의 사창**
에 비친 달아/ 임 홀로 누워나더냐 어떤 아녀자 품었더냐/ 동자야 본

대로 일러라 임오에게로 사생결단 ♬♪

　노래라고는 '열아홉 살…'밖에 모르시는 엄마시다. 당신의 애타는 심사가 여기에 모두 담겼으니, 내가 눈물로라도 부를 수밖에. 그러나 나는 학생들을 웃겨야 한다. 느닷없이 무대 아래로 뛰어 내려가 어느 할머니의 옷깃을 잡고 부르짖었다. '사생결단'이 아니라 '당신 죽고 나 죽자'! 마침 수녀가 들어와 그 모습을 보곤 파안대소하였으니 우리 모두의 정서를 어떻게 표현할 수 있을까, 차라리 난감하다고나 하자.

　그래도 아버지께서는 훌륭하셨다. 일찍이 단장면 사무소 호병 계장을 역임하셨고, 서당을 열어 젊은이들에게 한학을 가르치셨다. 나는 아버지가 자랑스럽기만 했지, 엄마 가슴에 못을 박는 일을 하셨다는 걸 뒤늦게 알았다. 그런 당신께서는 예순 살에 이승을 떠나셨다.

　엄마 혼자서 입대하는 내 모습을 보이지 않는 눈으로도 문조차 안 여셨다. 나는 총 29개월 동안 군에 복무하였다. 귀대하면서 내가 탄 것은 예외 없이 '십이 열차'. 학창 시절 6년 동안 이용하던……. 그 어찌 그냥 넘어가랴. ♪♬ 보슬비가 소리도 없이 이별 슬픈 부산 정거장/ 잘 가세요 잘 있어요 눈물의 기적이 운다/ 한 많은 피난살이 설움도 많아/ 그래도 잊지 못할 판자집이여/ 경상도 사투리의 아가씨가 슬피 우네 이별의 부산정거장♪♬

　웬만한 사람이라면, 이 노래가 밀양 출신 박시춘 작곡이라는 것쯤 안다. 난 평소 밀양에서 그의 주옥(珠玉)들을 무대에서 펼쳐 보이고 싶던 참, 내친 김에 '비내리는 고모령'을 꺼내 든다. 엄만 이 노래 듣기를 좋아하셨다. ♪♬ 어머니의 손을 놓고 돌아설 때엔/ 부엉새도 울었다오 나도 울었소/ 가랑잎이 휘날리는 산마루턱을/ 넘어오던 그날 밤이 그립습니다♪♬

89년도였으리라. 나는 노인 학생 87명을 모시고 4박 5일 동안 대북시를 여행하고 있었다. 마지막 날 밤, 여행사 직원과 함께 그 곳 노래방에 가서, 이 '비 내리는 고모령'을 붙잡고 울기도 많이 했다. 엄마 생각이 나서였다. 순간적으로 그 당시의 장면이 파노라마처럼 머리를 스치는 것이었다.

엄마 아버지께서 듣고 계신다는 것은 착각이 아니었다, 내게는. 근 반세기 동안 위태위태한 곳에 두 분을 모셔오다가 극적으로 천상낙원으로 옮겨 드린 게 너무나 다행이지만, 불효는 불효 아닌가. 나는 다시 목이 메 부르짖는다. ♪♬**불러 봐도 울어 봐도 못 오실 어머니여/ 원통해 불러 보고 땅을 치며 통곡한들/ 다시 못 올 어머니여 불초한 이 자식은 생전에 지은 죄를 엎드려 빕니다// 손발이 다 닳도록 고생을 하옵시며/ 못 믿을 이 자식의 금의환향……♬♪♬**

어느 새 약속 시간이 되었다. 내 기력은 그쯤에서 완전 쇠진, 더 이상 무대에서 버티기 힘들 정도였다고나 하자. 온몸이 땀으로 범벅이 되었고, 눈물인지 콧물인지 모를 것을 삼키느라 바빴다. 그러나 정신만은 오히려 말똥말똥. 나는 다시 두 분께 들러 말씀드렸다. 엄마 아버지 오늘 지가 부르는 노래 잘 들었지예? 또 올게예.

기차 시각에 맞춰서 난 다시 논길을 피해 아스팔트 도로 위를 걸었다. 어김없이 흘러나오는 노래. ♪♬**열아홉 살 과부가 스물아홉 살 딸을 데리고/ 어디로 가꼬 내 딸아……♪♬**

조그마한 빌라 1층에서 빨래를 널던 아주머니가 힐끗 나를 쳐다보았다. 나는 얼른 노래 가사를 바꾸어 불렀다. ♪♬**산(生) 일흔 살 아들이/ 죽은 예순 여섯 살 엄마 앞에서……♬♪**

그 다음 가사는 아직 미완성이다. 두고두고 머리에서 짜 내야 한다.

그러나저러나 이것 하나만은 짚고 넘어가자. 오늘 낮 열다섯 번째 콘서트를 열었다 해도 과언 아니다. 혹여 누가 손가락질해도 진실은 진실이니 괘념치 않으리라.

제자와 내 자식 농사, 얽히고 설켜….

43년 교직 생활을 했었다. 기억나는 제자? 부산에서의 '23'이라는 숫자를 손꼽아 보았자, 별로 없다. 불행이다. 교장 교감 경력이 반 넘어 직접 가르치지 못했으니, 그럴 수밖에 없으리라는 억측도 일종의 자기기만 아닐까.

그런 의미에서 보면 역시 삼랑진이다. 그 곳 송진, 숭진 초등에서 교편을 들고 보냈었던 19년. 그걸 거꾸로 잡고 비록 때론 때리기도 했지만, 그 과정에서 자란 제자들과는 지금도 연락이 되기 때문이다. 특히 3월 중순경 같은 새 학기 무렵엔 신상○ 군이 어김없이 내 머리를 지배한다.

마침내 나는 오늘 아침 숭진 초등학교 총 동창회 명부를 한 장씩 넘기다가 무릎을 쳤다. 신 군(君)의 주소를 찾은 것이다. 01×-567-1732, 사상구 삼락동, 삼우 금속. 여기서 엎어지면 코 닿을 곳의 중소기업 사장이다. 나는 신 군에게 다이얼을 돌린다. 뜻밖에도 신 군의 목소리가 반색을 띤다. 퉁명스럽게 받으면 어쩌나 싶은 건 한갓 기우였던 셈이다.

조그마하긴 하지만 자기 업체란다. 직원도 몇 명 되는 모양이고. 무엇보다 귀에 쏙 들려오는 말이다. 딸 둘, 아들 하나를 낳았는데, 맏이(딸)가 서울에서 대학원에 다니고 있다는 것이다. 막내는 중학교 2학년이고.

퍼뜩 머리에 떠오르는 게 있었다. 아하, 자식 농사 잘 지었구나! 내 입에서 감탄사가 절로 나왔다. 그럴 이유가 있다.

40년 전으로 거슬러 올라간다.

신 군은 나와 아내, 아니 이(李) 선생과 배(裵) 선생의 제자였다. 1970년 말을 기점으로 해서 맺은 우리 셋의 인연이다. 내가 근무한 지 몇 해 된 숭진 초등학교에 배 선생이 12월 17일 방학을 1주일 앞두고 스무 살 꽃다운 나이로 부임했던 기억부터 먼저 떠올린다. 참 아름다웠었지, 내 혼을 빼앗길 정도로. 그런데 몇 달 안 지나서 사고가 난 것이다. 오직 가르치겠다는 열정 하나로, 배 선생이 숙제를 안 해 온 신 군의 종아리에 회초리를 댄 것이 화근이었다.

멍이 들었는데 할머니가 그걸 본 것이다. 호출 명령이 떨어진 모양으로 배 선생은 안절부절못하고 있었다. 그렇다고 해서, 갖바치 내일 모레 식으로 뻗댈 수도 없는 노릇, 벌벌 떨며 사택을 나서는 배 선생을, 내가 무슨 보호자나 되는 것처럼 따라나섰다.

할머니는 노발대발하고 있었다. 우리더러 앉으란 인사말도 않고 장죽을 휘두르면서 내뱉는 말이다.

"가시나야, 너도 한번 맞아 볼래?"

그 서슬 앞에 나이 스물아홉 살인 나도 가슴이 두방망이질을 치는데, 하물며 이제 소녀티를 갓 벗은, 장본인 여선생이랴. 배 선생은 마치 사시나무 떨듯 하고 있었다. 숙부드럽기로 이름나지 않았다손 치더라도, 항변이라니 생각조차 못할 그런 분위기였다. 숙지근해지는 걸 기다리는 도리밖에.

거의 반시간이나 지나서 내가 나섰다. 집은 고개 넘어 사거리에 있고, 몇 달 전에 엄마를 여의었다고 서두를 열었다. 할머니를 보니 엄마 생각이 나네요. 총각은 누군교? 예 같은 학교에 근무하는 선생입니더. 그런데 와 내띠서는교? 할머니께 위로 드릴라고예, 지가 노래를 하나 불러보겠습니더.

나는 황급히 만류하려는 할머니를 억지로 붙잡아 앉힌 뒤, 민요 한 곡을 뽑는다. ♪♬석탄 백탄 타는데 연기만 풀썩 나지만/ 이내 가슴 타는데 연기도 김도 안 난다/에헤야 데헤야 어여라난다 디여라 허송세월을 말아라♪♬

할머니는 기가 막힌다는 표정으로 나를 물끄러미 쳐다보고 있다. 그래도 싫은 눈치는 아니었다. 나는 이때다 싶어 2절을 이어간다. 당시만해도 나는 남자 기생 소리 들을 만큼 아리랑 고개를 넘어가듯 민요 하나는 '기똥차게' 부르던 터라, 혼신의 힘을 쏟았다. ♪♬정든 임아 오실테면 버젓하게나 오지요/ 꿈속에서 오락가락 구곡간장을 다 태운다/ 에헤야 데헤야 어여라난다 디여라……♬♬

'노랫가락'인가 뭔가 한 곡 더 애타는 심정으로 열창했을 때, 할머니는 장죽을 내려놓고 편안한 얼굴로 되돌아오더니 한 마디 남긴다.

"'자식 농사', 그거 잘 지어야 하는 기라, 배 선생이라 캤재? 나중에 시집가서 아 한번 놓아 보소. 내 말 잘 알아들을끼요. 그리고 이 선상, 오늘 좋은 일 했소. 안 그랬으면 좀 시끄러웠을 끼요."

그로부터 강산이 네 번 변하는 세월이 흘렀다.

배 선생은 결국 보쌈에 든 처지가 되어–나는 서른 둘, 아내와는 아홉 살 차이가 나니 아내가 과부가 아니지만 써 본 표현이다–나와 결혼식을 올린 것이었다. 그리고 남매를 낳아, 할머니가 이야기하던 '자식 농사'에 비지땀을 흘리고 있다. 막내가 이번에 문을 연 영수 전문 학원이 제대로 궤도에 들어서게 하는 게 급선무다. 그리고 녀석이 장가가서 새 가정을 이루면 그게 결실이다. 이미 저승에 간 할머니는 이러고 있을지 모른다. 거 보소. 자식 농사 힘들다 아닌교?

인숭무레기, 나 자신에게는 이 별칭도 알맞다. 나는 그만큼 어리석고 사리를 분별하지 못한다. 신상○ 군을 만나면, 상세한 후문을 들을 수 있겠지만, 할머니의 지혜가 오늘따라 까마득히 우러러보인다. 무엇보다 경험 부족한 초임 교사의 체벌이 나로 하여금 노총각의 신세를 면하게 해 준 그 중심에 할머니가 서 있었다는 데에 경외감도 갖는다.

신 군이 자식 농사를 제대로 지어왔고, 아직도 현재 진행형임이 틀림없을진대, 할머니에 대한 감사 말씀을 군에게 대신 전해야 하지 않을까? 장소야 어디서든 '사발가' 3절을, 시공을 뛰어넘은 차원에서 군에게 들려주고 싶다. ♪♬**열두 주름 치마폭 갈피갈피 맺힌 설움이/ 초승달이 기울면 줄줄이 눈물 되누나/ 에헤야 데헤야……**♪♫

물론 신바람이 나면 '노랫가락'까지 곁들인다. 3절이다. ♬**무량수각 집을 짓고 만수무강 현판 달아/ 삼신산 불로초를 여기저기에 심어 놓고/ 북당의 학발양친을 모시어다가 연년익수**♪♬♬

참, 신 군은 나도 직접 담임을 한 바 있다. 되새겨보면 주고받을 내용이 하 많을까? 손꼽아 기다리지 않고 어찌 배기랴. 이러다가 우물 들고 마시려 든다는 핀잔을 아내로부터 들을까 적이 염려스러울 수밖에. 그러나 40년 만에 만나고 싶은 제자가 있다는 것은 기쁨이다.

아들 곁에 묻히리라

아버지는 65년에 이승을 하직하셨다. 낯선 땅 삼랑진에 정착하신 지 그리 오랜 세월이 지나지 않아서였다. 고향 무푸롱골 바로 옆에 유택을 마련하여 모셨는데, 마을 어귀에서부터 당신의 마지막 가는 길을 애도하러 몰려나왔던 이웃들의 모습이 아직 눈에 선하다. 그로부터 다섯 해 뒤 엄마도 아버지 뒤를 따라가셨다.

나는 두 분 살아생전에 불효만 저질렀다. 버젓이 교사라는 직업을 가진 자식이, 부모님께 용돈을 한번 제대로 드리지 못했던 게 어찌 회한으로 남지 않을 수 있으랴. 스무 살이 넘어서까지 어리광만 피운 게 고작이었으니, 그런 자식을 두고 어찌 두 분이 눈인들 제대로 감으실 수 있었으랴. 오죽하면 엄마는 숨 거두시기 얼마 전에 내게 이러셨을까?

"야야, 내 없어도 니 살아가겠나?"

두 분 산소에 자주 가 뵙지 못한 데 대해 입이 열 개라도 할 말이 없다. 강산이 다섯 번이나 바뀐 뒤에 밀양 성당 천상 낙원에 편안히(?) 모신 지 1년 남짓, 그 동안 한 달에 한 번씩은 가서 뵈었으니 조금은 마음이 편안함을 느껴 왔다. 일요일이면 오후에 아들 상훈이가 모는 승용차를 타고 가는 게 때론 신바람이 났다고 하자.

엄마 없어도 세상에서 가장 아름다운 아내를 맞아 결혼했고 슬하에 남매를 두었으니 별로 부러울 게 없는 가정을 꾸려나간다고 자부하면서 지냈다. 때론 바깥에 나가 허공에다 대고 엄마를 향해 큰소리(?)를 치곤 했다. 엄마 나 잘 살고 있지예?

자연스레 아주 자연스레 아내와 나는 죽은 뒤에 장례도 치르지 말라고 아들과 딸 사위에게 일렀다. 장기를 기증 서약했으니 그대로 따르면 될 테고, 사체도 대학 병원에 맡겼다가 1년 뒤에 화장하라는 유언, 그게 언제나 유효하다고 여겼다. 내가 거기에 별반 두려움이 없는 건 다 그런 사유가 있어서였다고 하자.

나는 그렇게 망설일 틈조차 없었다. 슬하의 가족들에게 이야기했다.

"네 어미랑 내가 이승을 떠나거든 지체 없이 유언대로 따라 하고, 유골은 할아버지 할머니 밑 칸에 안치하도록 하렴."

삼랑진 오순절 평화의 마을 장애 가족들은 내 영원한 친구들이다. 나를 닮은 그들의 일상을 내려다보기 위해서 뒷산 이름 없는 나무 밑에서 자연으로 돌아가고 싶었던 꿈도 그래서 접었던 터 아니었던가?

묵계 아니 묵계가 그렇게 이루어지는 것을 눈치 채는 것도 기쁨이었다. 내가 가톨릭을 믿기 때문이 아니라, 엄마 아버지와의 재회는 그런 인연을 통해 이루어지리라 확신했기 때문이다. 나는 특히 엄마를 만나면 이제는 눈이 보이실 당신께 달려가 안기고 싶었다. 이렇게 부르짖으며 말이다. 엄마…!!

그 가슴에 안겨 얼마나 울어야 직성이 풀릴까?

그런 중에 청천벽력이 따로 없는 사건이 생겼으니, 아들이 그만 선종(善終)한 것이다. 아들은 정말 착한 성정으로 서른네 해, 이 세상에서 그렇게 짧은 삶을 이어나오다가 아비 어미의 곁을 떠나고 말았다.

아무에게도 알리지 않았다. 내 위로 세 누나 내외와 한 형수가 살아 있으나 부음을 전하고 싶지 않았다. 하룻밤 장례식장에 안치했다가 다음날 바로 밀양 화장장─내 부모님 개장 때처럼─에서 한 줌 뼛가루로 변해져 나온 녀석을 안고 용인으로 올라왔다. 딸이 사는 곳이지만, 전혀 낯선 곳이다.

며칠 녀석을 그렇게 부둥켜안고 지냈다. 아내는 사람의 행색이 아니었다. 넋을 완전히 잃고 있었다. 내가 어쩌다 잠이 들었다가 깨어보면 아내는 사진을 베개 옆에 내려다 놓고 울면서 넋을 놓고 있었다. 목불인견, 그러다가 아내마저 잃는 줄 알았다. 그러면서 드는 방정맞은 생각, 나라도 먼저 숨을 거두면 아들 녀석을 만날 수 있어 좋겠다 싶은 게 아닌가?

그러다가 왕복 두 시간 거리에 있는 추모관엘 학교 후배가 안내해 주어 찾게 되었다. 본래는 자연으로 녀석의 유해가 돌아가길 바랐으나 현장에서 보니 그게 아니었다. 비바람 몰아치는 날 물이 세차게 흘러내리고 흙더미라도 무너지면, 녀석이 너무 무서워할 것 같은 공포에 나와 아내 그리고 딸 내외부터 휩쓸리는 것 같았다. 우리 입에서 동시에 터져 나온 말이다.

"여럿이 한데 모여 있으면, 견디기가 수월할 것 같네. 봉안당에 안치합시다."

다행히 주변 경관도 좋고 밀양 천상낙원보다 찾는 사람이 많아 쓸쓸하지도 않았다. 꽤나 유명한 고인(故人)들, 장동휘 액션 스타, 전 세계 챔피언 최요삼 등도 이웃하고 있어서, 사나이 틈에서 기 좀 펴고 지내리라는 믿음조차 들었다.

이제 나와 아내의 유택은 다시 바꾼 셈이다. 엄마와 아버지는 내가 대신 자주 못 가 뵙는 대신, 사돈 내외가 마주보고 계시니 사위가 제 아내 데리고 가면 될 테다. 이것 또한 나는 주님의 섭리라 생각한다. 비록 내가 선택했지만, 어찌 그렇게 네 분의 유택이 한 공간에서 서로 마주 보게 자릴 잡았다는 말인가.

다시 한 번 고백한다. 내가 밀양 천상 낙원을 마다하고 아들 녀석 곁을 찾아들리라 맹세하는 것은 또 한 번 만고의 불효를 저지르는 결과겠지만, 엄마 아버지가 용서해 주시리라 믿는다. 나는 엄마께 울먹이며 말씀드린다.

"엄마, 상훈이는 갔지만, 남은 자식들이 있습니다. 이들을 위해 모든 걸 바치고, 죽고 나면 상훈이를 통해 엄마 아버지 앞에 갈게요."

애견(愛犬) 장사 지내고, 나는…

금명 중학교에서 전화가 왔다. 11월 27일 두 시간 동안 3학년생 전체를 대상으로 진로에 대한 강의를 해 달라는…. 초등학교에서 43년 동안 근무하다 퇴임한 지 6년 만에, 중학교 학생들 앞에 서게 되다니 꿈만 같다. 담당 진로 부장과 의논이 되었다. '다양한 직업군(職業群)'을 주제로 하자고. 표현이 좀 어울리지 않는 것 같지만, 아직 시간이 있어서 고치면 되겠다.

이상하게도 내 머리 속에 '애견 장례사'라는 다섯 글자가 맨 먼저 떠오른 게 아닌가? '다양한'이란 형용사를 앞세웠다면, 거기 걸맞는 도입 단계에서의 매체가 있어야 하는데 개의 죽음을 들고 나오다니, 몇 시간이 지나도 얼떨떨하다. 그러나 수백 명의 관심을 한 군데로 집약시키기 위해서는 바야흐로 '뜨는' 직업의 대명사 하나가 맞잡이 구실을 충분히 하겠거니 싶다. 그래 조금 안심을 한다. 나는 때로 '개 같은 내 인생'이라며 떠들고, 녀석들과 더불어 지내왔지 않은가, 자그마치 30여 년 동안.

내일 당장 기장에 있는 애견 장례식장 '파트라슈'를 찾기로 하였다. 114에 문의를 했더니 친절하게 대답해 줘서 전화를 걸었다. 박헌수! 7년 전 내가 손녀처럼 아끼던 후로다 2세가 죽었을 때, 염하고 화장하고 유골까지 수습해 가져다 준 바로 그 사람! 그는 돈 되지 않을지 모를 일에 여태껏 매달려 온 거다.

홈페이지 '파트라슈'는 애견 문화를 선도하고 있었다. '파트라슈'의 뚜껑을 열기 무섭게 우군(友軍)을 얻은 기분이 되었다. 개는 이미 거기서 애완이라는 낡은 옷 대신, 반려라는 새 브랜드를 입고 있었다. 너무나 눈물겨운 사연들이 많아 나 자신의 누선이 막힐 것 같다. 옮긴다, 이 땅의 견공들을 위하여.

동물 병원 의사 과실로 갑자기 하늘나라로 간 강아지, 아직 '아이'는 병원에 있단다. 부모(?)의 입장에서 너무 억울해하고 있다. 그러는 중 정신을 차려 파트라슈에서 장례를 치러야 하겠다는 생각 들지만, 여럿을 한꺼번에 화로 속에 집어넣지나 않을까 걱정이 태산이다. 절대 그런 일 없다니 나 자신이 가슴을 쓸어내린다. 우리 집 후로다가 죽었을 때 나와 아내도 마음이 안 놓였었다.

어이쿠 다음엔 기절초풍할 사연이다. 개가 아니고 50그램짜리 햄스터가 '영면'에 들었다나? 절차와 비용에 대해 물었는데, 파트라슈의 대답이 기가 막힌다. 그러나 아름답다, 적어도 뭇 생명을 예찬하는 입장에서 보면. 염습하고 알코올로 사체를 깨끗이 닦은 뒤 삼베로 수습한다. 장례 비용은 기본 20만 원.

평소에 좋아하던 음식이나 물건을 같이 관에 넣어도 되느냐는 또 다른 견주의 질문이다. 갑자기 내 가슴이 저며지는 듯한 느낌이다. 후로다 2세의 어미 후로다 1세가 의사 과실로 숨을 거두었을 때, 백양산 중턱에 매장하면서 그 가슴에다가 빗과 먼저 죽은 혈육을 품겨, 묻은 적이 있어서다. 파트라슈 측은 이런다. 옷이나 간식은 되는데, 플라스틱 종류나 재가 많이 생기는 장난감 등은 불가, 관은 만들어 와도 되고 예식장 측에서는 오동나무로 짠단다.

　화장한 초롱이 사진을 보내 줘서 고맙다는 인사. 그런데 유골 뿌린 곳을 찍은 게 없어서 섭섭하니, 빨리 찾아 메일로 보내 줬으면 하는 간절한 사연을 덧붙였다. 파트라슈는 정중한 사과 다음에 몇 마디 적었다. 사진이 회사 컴퓨터에 분명히 입력되어 있으니 안심하고 기다리라고. 그러고 보니 우리 후로다 2세는 내가 쓴 유머 수필집 ≪개가 들어도 웃을 일≫ 날개에 남아 있다. 부산 일보 옥상에서 이상일 차장이 촬영한 건데, 정말 명견답게 잘 생겼고 영원히 이 세상에 남게 되었다. 다행이다.

　오래 전 전에 땅에 묻었던 강아지를 화장할 수 있느냐는 애타는 사연이다. 나 정말 개를 사랑하노라 하는 사람도 몇 달만 지나면 잊어버리던데, 이 여자분 대단하다. 파트라슈 왈, 가능하긴 하지만 섭섭하게도 알코올로 닦지는 못한단다. 과연 유골이 남아 있을까?

　외국에 머무는 회사원이 급박한 메일을 보냈다. 10년 동안 길러 왔던 애견이 갑자기 죽었단다, 자기 어머니가 근처 야산에 묻었다며 울먹이는 소릴 적었다. 며칠 안에 귀국해서 장례식을 치르고 화장을 하고 싶으니 도와 달라고. 9월 초순 이야기다. 아직 여름인데 사체가 부패했을 것도 같지만 고집을 꺾지 않는 걸 보니 어지간하다. 알코올로 닦고 염습하는 거 외는 모든 게 가능하단다.

　강아지가 아파서 불길한 예감이 든다고. 유골함을 미리 걱정한다는 사연이다. 도자기로 만든 것을 선택할 모양인데, 어쩌면 좋겠느냐 묻는다. 그런데 8월 18일 올린 글 치고는 조회수가 너무 많다. 우리 문인 협회 홈 페이지를 능가한다. 애견가가 문인보다 더 홈페이지 활용도가 높다? 그런 가정도 가능하겠다. 파트라슈는 식장에 한번 방문하여 의논하기를 청한다.

'아이'가 암에 걸렸다니 이를 어쩌나? 온 가족이 눈물을 흘리며 지켜보는데, 1개월 시한부 생명이란다. 만약 아무도 없는 시간대에 이승을 하직한다면? 대책이 없다는 것이다. 그리고 밤중에 그런 일이 벌어졌을 때, 출장을 와 줄 수 있느냐고 묻는다. 파트라슈에게 이번엔 내가 실망했다. 아침 9시부터 저녁 6시까지 근무하기 때문에, 그 아홉 시간 외는 움직이기 힘들다니. 다만 사정에 따라 조절은 가능하다니 그걸로 위안을 얻을 수밖에.

12년 동안 길러 온 두 마리 애견이 근래 기운이 없고 잘 먹지 않는단다. 그러면서 만약 그 둘이 유명을 달리하면 쓸쓸할 거 같아서, 그제 다른 강아지 한 마리를 분양 받아 왔단다. 나는 처음엔 적이 놀랐다. 두 마리가 아직 살아 있는데, 새로운 녀석과의 사랑? 나는 불가할 것 같다. 파트라슈의 입을 바라보자. 사람도 늙으면 식욕도 떨어지고 전신이 쇠약해지는 법, 건사하기에 따라 회복될 거란다! 12살이라, 사람으로 쳤을 때 여든을 넘긴 나이다. 나도 두 마리의 애견과 그 주인을 위하여 기도에 동참하겠다.

어느 누구는 6년 전에 땅에 묻은 강아지가 아직 눈에 밟힌다는 사연, 그로 인해 우울증을 앓고 있다나? 다시 화장하고 장례를 치르고 싶은데… 어쩌면 좋겠느냐고. 유골 안치는 하지 않고 산이나 바다에 뿌리고 싶다는 것, 이럴 경우에는 파트라슈가 눈에 번쩍 뜨일 정답을 못 내는 모양이다. 그저 비용만 간접으로 언급해 두었다. 위로의 이야기가 부족한 것 같아 안타까웠다.

어쨌든 나는 쾌재를 불렀다. 이만하면 됐다! 제목과 조회수를 보고 눈에 확 들어오는 경우를 예로 들었는데, 모두가 상상을 초월하는 애틋함으로 점철되어 있지 않은가? 짐작하건대 어떤 수업에서도 애견 장례사의 경우를 도입 단계에서 적용시킨 경우가 없었으리라. 어느 정도 자신감이 붙는다. '개타령'을 배워 불렀으면 금상첨화일 것 같다.

마지막 덧붙이고 싶은 얘기. 나는 내가 죽고 난 뒤의 장례에 대해서만은 이상할 정도로 태연하다. 딸 내외나 아들, 손자 종빈이에게 불효라는 죄책감을 갖게 하지만 않는다면, 장기며 사체 다 기증하고 1년 뒤에 극비리에 화장터로 가고 싶다. 유서에도 그렇게 적어 뒀다. 나는 지금 결코 저녁 굶은 시어머니 상을 하고 이 말을 하는 게 아니다. 지극히 편안한 마음으로 이 졸고의 매듭을 짓는다.

이 세상 모든 생명에 대한 예찬이 어쩌고저쩌고 하며 마치 소신이나 피력하듯이 적어도, 여기서만은 우쭐대고 싶지 않다. 그저 나 자신 애견과 한 방에서 지낸 30년 세월의 무게가 느껴질 따름, 그 여파가 자라나는 청소년들의 직업관에 조그마한 영향이라도 미치게 하고 싶은 몸부림일 따름이다. 그거 하나 믿고 이리저리 뒹굴어 보았다. 내일 현장에서는 조금 절박한 심경에 빠지리라.

타관 타면서 살아남기 연습

용인이다, 경기도. 꿈속에서조차 생각하지 못했었던 여기에 올라온 지도 어느덧 한 달이 넘었다. 아내와 나는 파김치와 하나 다름없다. 어찌한단 말인가?

겨우 일어나 밖으로 나가 봐야 우리 눈에 모두가 맥쩍게 보일 따름이다. 30년 동안 살아왔었던 부산을 떠나 타관에서의 겪는 삶에 대한 두려움? 물론 그런 탓도 있으리라. 그러나 역시 우리 곁에 아들이 없는 것이다.

세상을 여태껏 헛살았다는 자괴지심에 빠지기 일쑤다.

타관에서 버스에 오르내리는 것조차 혼란스럽다. 나는 부산에서야 지독하다는 소릴 들을 만큼, 고집스레 지하철을 이용했다. 그러다 보니 '환승'의 뜻도 몰랐고, 그걸 해 보지도 않았다. 그래 하차하는 사람들이 카드를 단말기에 대면, 환승이라는 자동 응답을 하는 걸 참 신기하게 듣기만 했다. 아내도 나를 닮아 카드 이용에 서투를 수밖에 없었다. 여기선 버스 노선도 모르는 데다 승차할 때만 카드가 필요한 줄 알았더니, 운전기사의 말에 의하면 그게 아니란다. 내리면서 카드를 한 번 더 호주머니에서 꺼내야 하는지 그것조차 몰랐다는 말이다. 갈팡질팡, 실소가 절로 나온다.

처인구에서 가장 번화한 곳이 김량장동이라던가? 거기 재래시장이 있어 아내와 나는 마치 하릴없는 사람이 되어 가물에 콩 나듯 걸음을 한다. 아들딸이 어렸을 적 아내와 함께 부산 영도 봉래동 시장에 드나들던 생각이 나서 눈물이 흐른다. 그로부터 서른 개 성상을 보냈었다. 그런데 한 달 전, 그 아들이 그만 저승엘 갔다. 아들의 죽음은 모든 것을 앗아가 버렸다. 그야말로 처연한 심사다. 태양은 한 달 전이나 다름없이 중천에 떠 있지만, 포도(鋪道)엔 짙은 그림자만 깔려 있다.

머리도 깎지 못한 채, 꾀죄죄하고 협수룩한 옷차림을 하고 구청 민원실에 들른 적이 있다. 노인들과 28년을 보낸 나로서는 도무지 이해되지 않는 직원들이 원망스러웠다. 아들 관련 서류를 떼는 것까지는-유정안이라는 담당자가 있어- 좋았는데, 이걸 팩스로 보내려 아무리 애를 써 봤으나 안 된다. 그런데 아무도 도와주기는커녕 거들떠보지도 않는 것이다. 설움과 울분이 북받쳐 올라 마침내 버럭 고함을 질렀다. 그제야 나이든 여직원이 달려와서 사과를 한다. 나는 물에 빠진 사람인데, 손에 잡힐 지푸라기 하나 보이지 않는다. 내가 살던 부산 북구라면? 꿈에서조차 생각 못할 일을 이렇게 처참히 겪었다.

그래도 노인들을 보면 비로소 동류의식을 갖는다. 정감이 간다는 말이다. 저자를 보면서, 어쩌다 말투에서 고향 사투리가 남은 할머니를 만나면 얼마나 기쁜지 모른다. 나는 그제야 타인과의 '다변(多辯) 환자(?)'가 된다. 아내는 그런 나를 물끄러미 바라보다가 이윽고 진지한 표정으로, 참 신기한 사람이란다, 내가 말이다.

며칠 전, 시청에 바람 쐬러 간 적이 있다.

먼발치에서 몇 번 보긴 했지만, 우리 아파트 바로 옆에 자리 잡은 시청엔 노인들이 구름처럼 모여 있었다. 항상 그렇다고 누가 귀띔했다. 어림

잡아 수백 명? 복지 시설에서 그들에게 다양한 프로그램을 제공한다는 것이다. 노인 학교 비슷한 것도 있는 듯, 강당에서 요란스레 트로트 가요가 끊임없이 이어져 나오고 있었다. 아내와 나는 2,000원 짜리 점심이 있다는 소리에 귀가 솔깃해져 표를 사서 기다렸다. 서로의 체취가 섞바뀌어 있는 속에서 문득 부산에서 28년 동안 노인 학교에 몸담아 왔다는 그리움이 몰려오는 것이었다. 가벼운 신음소리가 새어 나왔다.

가끔 아파트 가까이 흐르는 금학천 옆으로 나 있는 산책길로 접어든다. 아내와 같이. 혹은 나 혼자. 가끔은 손자 종빈이를 데리고. 물은 비교적 맑아 피라미들이 헤엄치고, 여기저기 청둥오리가 서너 마리씩 노닐고 있다. 주위엔 꽃밭이 끝없이 펼쳐졌고, 6월 초여름을 맞아 온갖 꽃들이 만발해 있다. 아마 열대여섯 종류는 되리라. 벌과 나비가 무리지어 날아다닌다. 중류쯤 되는 곳에 자리 잡은 징검다리를 찾아 앉는다. 바람소리 물소리가 어우러져 귓전에서 맴돈다. 찔레꽃 흰 꽃잎이 하염없이 한둘씩, 그러나 끊이지 않고 진다. 그러나 거기 취하기커녕 울컥 설움만 몰려오고, 두 뺨을 타고 흐르는 눈물이 그칠 줄 모른다.

근래 딸 내외와 손자의 존재 의미를 자꾸 키우려 애쓴다. 말이 나왔으니 말이지만 이 청천벽력 앞에 그들마저 아내와 나에게 소홀히 했다면, 짐작컨대 우리에게 '지난 한 달'이라는 과거도 없었을지 모른다. 아내와 내게 그들은 정말 잘해 주는 것이다. 그러나 손자가 입버릇처럼 들먹이는 '우리 가족 여섯'에서, 내 아들은 사진 몇 장으로만 곁에 있으니…….하루에도 몇 번씩 우리가 훌쩍일 수밖에 없는 이유다.

어딜 가 보았자 아는 사람은 없다. 내 가족 아내와 딸 내외, 손자를 제외하고선. 인구 90만이라던가, 용인시의. 4/900,000이라는 분수 앞에 어안이 벙벙해지는 하루 해를 맞는다.

이걸 그래도 희망이라고 해야 하나? 손자 종빈이가 아침 9시 넘어 어린이집에 갈 때, 같이 배웅하러 나온 할머니나 새댁들과 안면을 익혀나가는 중이니……. 마중할 때도 마찬가지지만, 아직은 내가 꾸어다 놓은 보릿자루와 진배없다. 그래도 손자가 제 친구들이랑 놀이터에서 미끄럼틀이라도 타는 걸 보면서, 이웃이라는 개념을 형성시켜 가는 중이다.

그러나 딸 내외까지 출근한 뒤라, 34평 공간이 덩그런 직육면체라는 느낌 앞에 넋을 잃는다. 아들의 사진 앞에서 아내와 내가 펑펑 울기라도 해야 하는 시각이 그렇게 무심히 다가온다. 아들 없는 세상, 어찌 단 몇 시간인들 견뎌낸단 말인가. 그리고 얼마나 많은 세월이 흘러야 이 상처가 아물까?

그래도 아내와 나는 부둥켜안고 위로를 한다. 우리 숨이 붙어 있는 동안, 집에서 딸 내외며 손자 종빈이의 뒷바라지를 하자며. 예를 들어 청소며 설거지, 빨래, 정리 정돈 등등. 식사 준비 외엔 그나마 역할 분담이다. 일부러 땀을 흘려서라도 거기 몰두해야 해야 한다. 조금이라도 살림을 규모 있게 사는 걸 보여 주는 게 가장 값진 유산일 테고.

이 너른 용인 바닥, 이러다가 바깥과 완전 차단된 생활을 한다? 해도 그건 아내와 내게 부여된 운명으로 받아들일 수밖에. 다행히 이제 성당에 나간 지도 대여섯 번이라, 거기서 두서너 교우들의 얼굴을 익히고 있는 중이다. 무엇보다 주님이 거기 계셔 그분을 통해 내 아들의 목소리를 듣는 것 같은 착각에 빠지는 게 좋다. 엄마, 아부지……. 아들은 항상 나를 아부지라고 불렀다.

일요일엔 다섯 가족이 아들의 유택에 간다. 아내와 내가 타관 타면서도 살아남을 수 있을지 모른다는 의구심을 약간은 덜어 준다. 세월이 약이라 했지, 아마도.

죽어서 한 마리 개가 되어도

　이영묵 몬시뇰님으로부터 핀잔 아닌 핀잔을 받은 적이 있다. 왜 '목
(牧)' 자를 아호―나는 문단의 한 자리를 비집고 들어앉아 있는 위인이어
서 아호라는 말 자체가 너무 버겁지만, 그분이 그랬으니 옮길 따름이다―
에다 끌어다 쓰느냐고. 오히려 움찔 놀라지 않은 건 내 둔감 탓이었다고
하자.

　내 아호(호)는 이미 이승을 떠난 한학자이자 서예가인 외우 조영조 형
이 지어준 건데, 그도 당시 불자였던 내가 개종하리라곤 꿈에서도 생각
하지 못했던 모양이다. 나는 어쨌든 황감하여 몇 번이나 고개를 숙였다.
그로부터 40개 성상을 보낸 지금, 나는 절이 아닌 성당에 나가고 있다.
그러다가 다른 인연이 있어 이 몬시뇰님을 만나게 된 것이다.

　그분이 '목(牧)'에 민감할 수밖에 없는 이유는 충분하다. 만약에 목자
(牧者)라 해보자. '양을 치는 사람' 아니면 '신앙생활을 보살피는 성직자'
를 말한다. 전자도 버겁지만 후자는 나와는 얼토당토않다고 할 만큼 거
리가 있다. 그분이 나를 앞에 앉혀 놓고

　"어디라고 감히 목(牧)이오?"

고 한들 내가 뭐랄 것인가? 개신교 목사(牧師)도 같은 앞 글자니, 뒤늦었

지만 아찔하기도 했다. 가톨릭 신자가 된 내가 사목(司牧)이라는 말이 두려운 이유도 자연히 밝혀진 셈이다. 사제가 신자를 지도하여 구원의 이끄는 일! 일반 신자들이 맡는 성당 사목 위원도 그래서 내게는 합당치 않다. 하기야 이런 우스갯소리도 있긴 하더라만.

'미래 사목 연구소'의 신부에게 어느 땅꾼이 편지를 보냈더라는 것이다. 자기는 뱀을 잡아 30여 년 동안 생계를 유지하는 사람인데, 모두로부터 손가락질 받는 처지에서 사목(蛇目), 즉 뱀눈을 연구하는 단체가 있다는 소문에 너무 기뻐 소식을 전한다는 것.

70년대 말 경재 선생과 나는 동시에 아팠다. 나는 그저 시름시름 앓았고, 그는 몇 번 죽을 고비를 넘긴 터였다. 그 무렵 그가 '목추(牧秋)'를 건네준 것이다. 유감스럽게도 그 근거를 나는 기억하지 못하고 있다. 하나 친구라기보다 스승과 같은 존재였기 때문에, 그의 말을 좇을 수밖에. 30년 만에 천주교 몬시뇰님한테 브레이크가 걸릴 줄은 둘 중 어느 누구도 짐작조차 못했다.

고심 끝에 자작한 호가 견지로(犬之勞)─견마지로에서 말 馬만 뺀 것─와 귀향견(歸鄕犬) 등이었다. 하느님을 임금님으로 보고 그분께 충성한다는 뜻이 전자요, 후자는 내 잔뼈가 자란 삼랑진의 오순절 평화의 마을에 원장신부님과 함께 분양받아 온 삽살개를 연상시킨 산물이다. 워낙 셰퍼드에 심취했던 때도 있었던 터라, 목양견(牧羊犬)도 떠올렸으나, 목(牧) 자가 또 발목을 잡는 게 아닌가! 견지로와 귀향견, 철저하게 개의 이미지를 풍기는 아호를 쓰다 보니 때로는 우스갯감이 되기도 했다. 어쩔 수 없이.

아들이 34세를 일기로 이승을 하직하였다. 아들의 세례명은 라파엘이었다. 아들은 테니스를 좋아하여, 세계적인 선수 이름을 대부(代父)와 의

논하여 선택했지만, 또 다른 이유야 있다. 언제나 라파엘 대천사처럼 맑고 깨끗한 외모와 착한 마음씨, 게다가 제 생일과 하루 차이나는 9월 29일이라는 영명 축일……. 말하자면 선택의 여지가 없이 아들은 라파엘이었다.

아들의 선종 후 벌써 한 달 반이 넘었다. 참 이상한 게 있다. 아내와 나는 우리가 살아 있다는 사실, 그게 이해되지 않는다. 아무리 고통도 은총이라 했고, 남은 딸 내외와 외손자가 있다지만. 제삼자의 입장에서 관망해 보면 과연 우리가 아들을 잃은 부모인가 싶은 의아심이 생길 정도다. 나쁘게 말해서 밥알이 곤두설 정도로 자신이 얄밉다는 뜻이다.

전 가족이 이 곳 용인에서 함께 찾은 곳이 삼가동 성당이었다. 성전에 들어서기 무섭게 나는 장승처럼 우뚝 서고 말았다. 주님 고상 뒤를 그림으로 장식하였는데, 아! 세 천사가 구름 한가운데에 머무르고 있는 게 아닌가? 눈시울이 젖고 입에서 가벼운 탄사가 터져 나왔다.

"아, 라파엘(천사)!"

그리고 일곱 마리의 비둘기와 열두 마리의 양……. 그들은 하늘과 땅을 가득히 채우고 있었다. 구름을 뚫고 햇살은 강렬하고 눈부시게 내리쏟아지고. 나는 신앙 경력에 비해 많은 성당을 드나들었는데-노인 학교 때문에-그런 벽화는 처음이었다.

이윽고 양떼를 바라보았다. 그 중 둘은, 어디선지 나는 목자(牧者)의 목소리를 들으려는 듯, 무리와는 달리 고개를 돌리고 있는 것이었다. 길을 잘못 찾아든 것 같기도 하고. 그만 또 눈물이 흘러 무릎을 적셨다.

나는 내 임의로 어느 새 그 양떼 옆에 개 한 마리를 그려 넣고 있었다. 저들 중 어느 한 마리가 라파엘이라면? 나는 한 마리 개, 목양견이 되어 지켜 주고 싶다는 생각이 얼핏 들어서이다.

라파엘은 생전 개를 참 좋아하였다. 내가 문단 말석에나마 버티고 앉아 있는 것도 라파엘이 보이지 않는 성원을 보내 준 덕분인지도 모른다. 나와 함께 줄기차게 집에서 개를 길렀고, 그 미물의 탄생에서부터 생장(生長), 그리고 환토의 과정을 라파엘은 지켜보았다. 유모견까지 데려다 한 달 보름 동안, 두어 평짜리 방에서 뒹굴면서 어미 잃은 강아지를 살려 내던 아비의 극성을 라파엘은 이해하였다. 그런 하찮은 이야기를 다듬지도 못한 채 글로 나타내면 라파엘은 박수를 보냈다. 찬바람 몰아치는 날 죽은 어미개와 강아지를 한 자리에 묻고 내려오면서 같이 울기도 하였다.

어디 개뿐이랴. 라파엘은 병아리 한 마리와도 이별하는 데 오랜 시일을 보내야 하는 '천사'였다. 길 잃은 고양이를 데려 왔는데, 다시 제 자리로 돌려보내느라고 가족 모두가 혼이 난 적이 있다. 그 다음날 87명 노인들을 인솔하여 대만으로 떠날 준비하느라 잠을 못 이루고 있을 때였다, 하필이면.

그러나 라파엘의 진정한 사랑의 대상자는 가족이었다. 내가 아프지만 않았더라면, 라파엘은 멋진 대학 생활을 하고 낭만도 즐겼으리라. 힘들게 학업을 마칠 리도 만무했고. 나의 닦달을 라파엘은 말없이 받아들이기만 했다. 제 어미와 누나 내외, 조카를 끔찍이도 아꼈다. 오순절 평화의 마을에 들러 장애 형제의 검정고시 대비 지도에 열정을 쏟던 라파엘…….

그러나 지금 라파엘은 저승에 있다. '성전 벽화의 개 한 마리'는 성전에서의 환상 아니면 환각일 따름이다. 그래도 거듭 말하지만 쉬 버릴 수 없는 소원(?)이 있다. 내가 죽어 라파엘을 다시 만나게 된다면, 라파엘을 지켜 주는 한 마리 개가 되어도 좋다는……. 그 착한 라파엘은 주님 포도밭 일꾼이고, 나는 때로는 굶어가면서라도 라파엘 시중을 들었으면 한다. 라파엘이 이 노래를 불렀으면 얼마나 신이 날까? 우리 가족이 다시 만나고 말이다. ♬ ♪**나는 주님 포도밭 추수 일꾼 되어/ 주께서 원하는 일 찾아하리다/ 주저리 열매 익어 거두어들일 때/ 버려진 이삭 없게 살펴봅니다……** ♪♬

언젠가는 이영묵 몬시뇰님을 뵙고 이승에서 다시 목양견(牧羊犬)이라는 아호를 쓰게 됨을 양해해 달라고 조르고 싶다. (걸핏하면 저승 노인 학교장이 되고 싶다는 얘길 했는데, 글쎄다. 가벼운 입놀림에 대한 회개가 필연코 따라야 할까?)

그분의 현존

딸애 李 클라라 지현이는 경기도 여주 여중에서 과학을 가르치고 있다. 이규정 스테파노 학장님이 추천서에 서명을 해 주시는 등 성원을 보냈으나, 사학인 안법 고등학교 채용 고시에서 낙방을 한 뒤 두어 해 지나서 정식 교사로 임용된 바 있다.

그 전에, 여담이지만 함부로 뱉을 수 없는 사건이 있었다. 면접 고사에서였다던가? '식사후 기도문'을 외워 보라는데 그만 말문이 막혔다는 것이다. 결과는 최종 3명 중 기존 기간제 교사가 낙점을 받았다더라.

맞벌이를 하니 얼마나 행복한가? 게다가 둘 사이에 난 아들, 그러니까 내 외손자는 제 어미 아비가 길러 주겠다, 경제적으로 안정이 되어가기 시작하겠다! 신바람이 절로 났을 것이다.

그런데 그만 딸애가 교회에 나가는 둥 마는 둥 하고선 냉담 비슷한 신앙생활을 한다는 걸 내가 눈치챘다. 그러는 나도 이런 저런 핑계로 신앙생활을 게을리하기 예사였다. 제일 큰 잘못은 본당 미상에 예사롭게 빠지고, 시각 장애 복지관이나 평화의 마을 혹은 다른 본당을 기웃거린 것이다. 반성하지만, 때로는 세속적인 공명심(?)까지 끼어들어 나를 괴롭혔다. 오랜만에 만난에 교우들이 묻는다. 왜 그렇게 안 보이냐며,

다시 아파 누운 줄 알았다는 둥 짐짓 걱정스런 말을 건넨다. 나는 때로 꿀 먹은 벙어리가 되기도 했다. 가끔은 '평화의 마을'이란 다섯 음절로 이실직고(?)한다. 아내도 덩달아 냉담을 몇 개월씩 해대니 이건 천주교 신자라고 말하기조차 부끄럽다.

딸애는 용인에서 고속도로 위를 승용차로 달려 출근한다. 50분 거리니 부담이 아닐 수 없다. 왕복 100분, 예사로운 노동이 아니지 않은가? 그런데도 1년 7개월 동안 주님의 은총을 입어, 무탈하게 지내왔다.

그런데 근래 녀석이 출근 중에 그만 교만한 생각이 든 것이다.

"하느님, 저를 이렇게 안전하게 지켜 주시니 감사합니다."

라는 기도를 입에 달고 살아야 할 녀석이 잠시 옆길로 새고 말았으니…. 순간적으로 녀석은 의심을 한다. 하느님이 정말 계시기나 할까? 내가 보기엔 그건 차라리 푸념(?)이었다. 그러고 나서 며칠 동안 정상적인 출퇴근을 했단다.

그러다가 9월 초순 어느 날 아침 며칠 전 그 교만을 떨던 고속도로 위의 그 장소에서 순간적으로 끼어드는 승용차를 피하려다 그만 핸들을 뺏기고 만다. 바로 중앙 분리대를 들이받고, 아반테 승용차는 팽그르르 도로 위에서 맴돌았다. 에어백이 터지고 천지가 아뜩한 중에 기어 나왔는데, 마침 가까이 뒤따르던 차가 없어서 추돌은 면했다. 그제야 녀석은 주님께 너무나 죄송하다는 마음이 들었더라나? 그리고 순간적으로 튀어 나온 기도!

"하느님 감사합니다."

가벼운 부상이었으니 얼마나 다행인가, 아니 큰 은총인가? 급히 용인까지 가서 확인을 하는 등 법석 끝에 아내와 나는 두 다리 뻗고 잘 수 있었다. 아직도 어리둥절한 느낌을 지울 수 없지만, 추석 때 내려와서 사나흘 보내고 다시 출근을 한다. 하느님 현존을 녀석은 그렇게 체험했다. 덕분에 아내도 냉담을 풀고 오늘 저녁부터 교회에 나간다.

시련이나 고통도 은총이라 했다.

나는 어느 본당 교우가 눈을 다쳤다기에 섬뜩한 느낌이 들었었는데, 3주일 만에 성전에서 만났다. 그가 하는 말이 너무나 충격적이었다.

"주님께서 그나마 한쪽 눈을 남겨 주셨으니 얼마나 감사한지 모르겠습니다."

물론 직장에도 못 나가는 그 형제, 부인이 벌어서 살림을 꾸려나가고 자신은 매일 미사에도 빠지지 않는단다. 그를 우러러보지 않을 수 없다.

이번 일을 통해 느끼는 게 너무나 많다. 나 같은 사람에게도 의도적으로 주님이 고통을 주시는구나! 오늘 따라, 오래 전 사투를 벌이고 있을 때 박송죽 자매님이 보내 주셨던 편지의 한 구절이 생각난다.

형제님에게 심부름을 시키기 위해 주님이 우선 고통을 주시는 겁니다.

당시엔 참 이상스럽게 생각이 들었었는데, 지금 '품삯'을 받으면서 노인 학교 등에서 강의-수업이란 말에 정감이 가지만-를 한다. 치유가 되었다는 뜻이다. 가끔은 섭리에 고개를 숙이면서도. 낙타와 바늘구멍이 생각나는 건 무슨 까닭일까?

신(新) 형님 론

삼랑진에 자주 간다. 스무 해 넘게 살았었던 곳이라, 아는 사람이 많을 수밖에. 역에서 내려 내 잔뼈가 굵었었던 사거리까지 가는 동안에 그들과 목례를 나누거나 손을 잡기도 한다. 호칭이 아직도 마치 '입에 발리기라도 한 듯', 형님일 경우가 많다.

삼랑진 별난 곳, 거기서 잔뼈가 굵었으니, 그러니 '형님'은 항상 여기저기 오가는 말이었다. 회자(膾炙)? 그렇다, 그런 표현을 해도 괜찮을 정도로. 중언부언하는 꼴이지만, 나도 젊었을 땐 힘깨나 썼다. 따라서 '형님'과 더불어 사는 게 일상이었다.

그 연장선상이었으리라. 삶의 터전을 부산으로 옮기고 나서도 걸핏하면 내 입에서 '형님'이란 소리가 나왔으니. 후배한테서 또 그렇게 불리어지길 은근히 바랐다. 글쎄, 공인(公人)의 처지에서 보면 그게 때로 어처구니가 없을 법하건만, 내 악습(?)은 고쳐지질 않았다. 형님, 형님, 형님…….

그러다가 일흔에 가까워지자, 비로소 형님의 허실에 대해서 조금은 생각을 달리하게 되었다. 하나의 사건이 있었다. 내가 종교를 바꾸면서, 나보다 두 살 연장인, 나이로 따지면 말 그대로 형님인 분과 인간관계를 갖게 되었다. 그는 심한 장애를 갖고 있었으니, 뇌졸중 후유증으로 팔다리를 제대로 가누지 못하고, 따라서 걸음걸이조차 무척이나 부자연스러웠다. 설상가상, 실어증까지 앓았던 탓으로 의사 표현이 힘들 정도였다. 나는 그분을 너무나 자연스럽게 불렀다. 형님!!

그런데 그가 너무나 당연하다는 듯이 내게 심하게 하대를 한 것이다. 그것도 '하게' 정도가 아니라 '해라'였으니. 예를 들면 다음과 같은 말투가 비일비재했다는 뜻이다. 사무실에 이 서류 내 대신 좀 갖다 주라.

미리 대비를 못한 나로서는 적이 당황할 수밖에. 나는 후회할 겨를도 없이 은근히 부아가 치밀어 오르는 느꼈다. 나는 혼잣말로 중얼거렸다. 아무리 옛날에 중소기업체를 운영했다지만, 사귄 지 얼마 됐다고 반말이야 반말. 왕년에 주먹깨나 썼다면 또 모르지만.

나는 순간 삼랑진을 떠올리고 있었던 것이다. 거기서는 그렇게 통용되니까.

며칠 뒤 나는 그를 아파트 입구에서 만났다. 그는 풀이 죽어 있었다. 얼굴도 많이 그릇되었고. 외면을 하려다가 인사를 건넸더니 무척이나 반가워하면서 깍듯이 존댓말을 쓰는 게 아닌가? 그의 얼굴 표정에서 쓸쓸함이 묻어났다. 나는 겸연쩍은 표정을 지을 수밖에. 이윽고 밀려드는 부끄러움, 나는 고개를 들 수 없었다. 편견이 덜하다고 자부하던 나의 교만이 적나라하게 드러나는 순간이었다.

얼마 뒤 나는 '형님'으로 인한 갈등을 나는 또 한 번 겪게 된다.

내가 진심으로 형님이라 부르고 싶은 분이 있으니 부산 대학교에서 정년퇴임한 김천혜 교수다. 나보다 서너 살 연장이고, 학교 선배다. 게다가 문단에 나보다 훨씬 먼저 나왔고, 그 중량감은 나 같은 게 비교가 될 수 없으니 사실 그 근처에 가기도 조심스러운 그런 분이다. 어느 날 나는 용기를 내어 그에게 말했다. 형님이라 부르고 싶다고 말이다. 그는 수월하게 승낙해 주었다. 대신 그걸 실행에 옮기려니 장애가 따랐다. 만날 기회도 그렇게 많지 않은 데다가, 그는 여전히 나에게 깍듯한 말투를 썼기 때문이다. 지금은 시도를 포기할 정도라 오히려 맘이 편하다. 결론은? 그래 차라리 옛날처럼 교수님이 낫겠다!

그러던 중 오늘 낮 나는 아주 특별한 사람을 만났다.

어느 중소기업체 사장. 그는 중씰한 것 같은—그러니까 나이 쉰 살 이쪽저쪽인—외모인데도 패기가 만만하였다. 첫눈에 나는 그에게서 이상한 매력을 느꼈다. 입이 무거운 그였지만, 흘리는 그의 이야기를 통해서 그가 해군 특수부대, 그러니까 UDT 출신이라는 것을 짐작했다. 천안함 사건으로 순직한 한주호 준위, 산악인 엄홍길의 이름도 간혹 그의 입에서 들먹여졌으니. 엄홍길이 UDT 출신이라는 건 웬만한 사람은 다 아는 터라 새삼 놀랄 필요는 없다손 치더라도……. 그들과 형님 동생이라 부른다더라. 평소와는 달리 나는 소주를 두어 잔 걸쳤겠다. 그래 얼굴까지 불콰해져서 그의 무용담에 쉽게 동화되었다. 분위기가 무르익다 보니, 나도 모르게 주먹이 불끈불끈 쥐어졌다.

그 앞에는 해군 사관학교 출신인 예비역 중령도 앉아 있어서—해사(海士) 생도들의 교육도 여간 '빡세지' 않은 모양이더라—나는 참 묘한 기분에 빠져들어야만 했다. 자리를 같이한 또 한 사나이는 또한 자부심 강한 육군 특공대 출신인데, 둘은 묘하게도 극도로 말을 아끼는 게 아닌가? 분명 다음에 그들 앞에서 귀를 기울일 때가 올 것이지만, 우선 좀 섭섭했다. 사단 사령부 부관부에서 행정을 보다가 일반 하사로 군복을 벗은 나야 맞장구나 칠 수밖에.

세 사나이. 선후배를 엄격히 따지는 그들의 세계에서, '형님'이 어떻게 존재하는지 알고 싶었지만, 약속이나 한 듯이 그들은 좀처럼 말문을 열지 않았다. 물론 고의적으로 발뺌을 하는 건 아니지만.

그래, 그냥 주워들어서 어렴풋이 짐작하는 정도라는 고백을 전제로 여기 옮겨보자. 그들의 세계에서의 '형님'과, 내 몸에 배어 있는 '형님'에는 엄청난 간극(間隙)이 있었다. 형님이면 다 형님인가? 뭐 이런 표현이 가능할 정도로. 그들 중 누가 형님과 행님, 성님, 그리고 선배님에 대한 나름대로의 개념(?)을 설명하는데, 나는 짐작하기 어려웠다.

자, 나는 내일이면 삼랑진에 간다. 역에서 내리기 무섭게 선후배들을 만날 텐데 약간 부담이 된다. 여전히 형님? 약간 쑥스러울지 모르지만, 고향에선 당분간은 순리에 따라야 할 것 같다. 그래도 이 말만은 하고 싶다. 어제는 참 새롭고 멋진 날이었다고.

서모(庶母)님의 이름자

내가 여태껏 가르친(?) 노인 학생 수를 인원으로 셈해 본다. 100×1,500, 그러니까 100명이 모인 자리에서 수업을 1,500회 했다면, 연(延) 150,000명이 되는 셈이다. 물론 단순한 계산일 수도 있지만, 더 복잡한 함수 관계가 도사리고 있으니 깊이 생각하면 오히려 머리가 아플 뿐. 이건 어쩌면 우스개일지 모르는데 얼핏 떠오르는 게 그들의 이름이다.

나 원, 복수란 여학생이 이름이 왜 그렇게 많은지…… 내가 운영한 노인 학교에서만 해도 나는 18년 동안 '복수(福守)'를 다섯이나 만났다. 김복수, 손복수, 황복수, 문복수, 최복수.

김복수 학생은 이×우(李×雨)라는 내 형님의 부인이니 형수가 되는 셈이었다. 육군 상사로 제대한 형님은 어찌나 성격이 괄괄한지 그가 '노인 강령' 등을 선창하면 나머지 학생들이 절절 매는 시늉이라도 해야 했다. 그 탓으로 김복수 학생(형수)은 마음고생이 심했다.

문복수 학생은 나를 거의 맹목적으로 신뢰했다. 객관적으로 나와 아내를 비교하면, 내가 기우는데도, 둘 사이를 종속(從屬) 관계로 치부했다. 아니 드러내 놓고 그렇게 떠들고 다니는 것이었다. 한번은 구포 시장에서 만났더니 그 많은 사람들이 모인 가운데서, 아내더러 하는 말이 이랬었다. 니한테 호박이 넝쿨째 들어왔능기라!

손복수 학생은 혀를 내두르게 할 만큼 인색했었다. 그런데 대만에 머무를 때 맥주 한 상자를 내는 바람에 87명의 동료들이 부어라마셔라 파티를 열 수 있었다. 그의 말이 아직도 귀에 쟁쟁하다. 좋다 오늘 기마이 (일본 말로 선심?) 한 번 썼다 아니가.

최복수 학생은 거리 질서 캠페인을 나간다는 말을 어디 캠핑 간다는 걸로 잘못 알아들었는데…… 마침내 며느리를 졸라 새 옷 한 번을 얻어 입고 약속 장소까지 나왔으니 <부산일보>의 안테나에 잡히지 않을 도리가 없었다.

황복수 학생은 인물 좋고 성품 착하기로 이름났었다. 저승에 먼저 가서 날 기다리기로 한 지 몇 년째, 성당 노인 학교에 수업을 하러 갔더니 따님이 인사를 하는 게 아닌가? 그 조우(遭遇)에 모두가 뜨거운 박수를 보내 주었다.

그런가 하면 생각만 해도 폭소가 터지는 이름이 있었다.

대만 여행단에 내외가 있었는데, 할머니의 이름이 송또분이었다. 그리고 할아버지는 김또출. 세상에 또 자(字) 항렬(?)을 갖고 사는 부부가 있다면서, 동료들이 4박 5일 내내 박장대소를 했다 해도 과언이 아니다.

금곡 성당에서 아내와 함께 노인들을 대상으로 한글 교실을 연 적이 있었다. 1년 동안. 가장 부지런한 할머니가 있었는데, 단연코 모범생이었다. 그런데 그 이름이 김또분, 송또분과 성만 다를 뿐이지 나머지는 똑 같다. 일고여덟 명이 모인 자리에 나는 무슨 전가의 보도나 되는 것처럼 '또' 하나를 수시로 휘둘러 모두의 주름살을 폈다. 생사의 고비를 넘나들던 때였는데, 그런 나에게조차 '또'는 청량제였다.

다시 대여섯 해가 흘러 나는 건강을 회복했다. 마침내 소원대로 나는 시경계를 허물고 멀리 진영 노인 대학에까지 드나들게 된다. 거긴 여기 부산과는 달리 아직 노인 학생들이 시골냄새가 나고 내 정서와 겹쳐지는 데가 많다. 대중가요라도 신곡보다는 흘러간 옛 노래를 좋아하고……. 목이 터져라 '물레방아 도는 내력', 이런 걸 열창한다. 모두가 휩쓸려 세상 근심 걱정 다 날릴 수 있다. ♫♪**벼슬도 좋다지만 나는야 싫어/ 정든 땅 언덕 위에 초가집 짓고/낮이면 밭에 나가 길쌈을 매고 밤이면 사랑방에 새끼 꼬면서/ 새들이 우는 속을 알아보련다**♪♫

얼마 전 나는 진영 노인 대학에서 큰 사건(?)을 일으킨다. 그 날도 열기로 가득한 교실 분위기에 내가 먼저 도취해서 떠들다가, 그만 '또 자(字)' 이름들을 들먹이기 시작한 것이다. 앞서의 네 사람까지는 그런 대로 이해를 한다손 치더라도 마지막 '또'와 관련된 이름은 어쩌면 불효의 극치를 보여주는 빌미가 될 줄 모르는 것이었다.

누구나가 알다시피 '결초보은'이라는 고사성어에는 '서모(庶母)'가 나온다. 주인공의 아버지가 서모를 순장(殉葬)시키지 말고 개가를 허락하도록 유언한다. 그 이야기를 하다 말고 나는 어쩌다 그만 내 서모(님)의 이름자를 그 많은 학생들에게 입 밖으로 실토하고 말았으니……. 그대로 여기 적어 본다. 여러분 놀라지 마십시오. 서모 이름은 '박또금'이었습니다. 김또출, 송또분, 김또분, 박또금.

당연히 웃음바다가 되었다. 그러나 다음 순간, 나는 엉거주춤 교실 안이 돌아가는 형편을 살피기에 앞서 엄마와 아버지께 불효를 저지른 것 같아 섬뜩한 느낌에 빠졌다. 내가 어릴 때라 직접 보지 못해서 그렇지 누나의 말에 의하면, 시각 장애인인 엄마가 그 서모(님) 바람에 속을 많이 끓이셨더란다. 가출을 시도하신 것도 여러 번이었고.

그런데 나는 단순히 노인 학생들을 웃기려고 서모까지 들추어 낸 것이다. 생전 아버지의 고뇌를 짐작할 수 있음에도-서모의 슬하에 자녀 셋이 있었고 전부 내 손위였다. 엄마 아버지의 유택을 옮기면서 뗀 제적부(除籍簿)를 통해 알았다-두 분, 아니 세 분을 욕되게 해 드렸으니 그야말로 소탐대실이 아니고 무언가?

그게 내게 충격이었을까, 그로부터 제사 때 서모님 밥 한 그릇 더 떠 올리는 일에 의미를 부여한다. 큰절을 올리면서 아버지와 그분 사이에 난 형님과 누님들의 근황을 궁금해할 수밖에. 이 세상에 내가 한 번도 못 만난 2촌들과 가족들이 살고 있다!

그리고 보니 내 실언에 대해 웅절거리는 것만이 능사가 아닌 것 같다. 그들을 위해 가끔 기도라도 할 수 있다면, 저승에 계신 세 분이 내 잘못을 용서해 주실지 모른다.

아무튼 노인 학교 새 학기가 내일 모레 시작된다. 기왕지사, 이름으로 학생들을 웃기려 든다면? 색다른 소재를 하나 찾아보자. 우리 나라에서 긴 이름 둘이 이렇다 하더라.

황금독수리온세상을놀라게하다(14자)

박하늘별님구름해님보다사랑스러우리(17자)

그 정도로는 어림없다면? 하는 수 없지 뭐. 상대는 노인 학생이니까. 그들을 웃기는 게 급선무라, 그 옛날 텔레비전 '밑바닥'에서 주워들었었던 이 엉터리를 이름이라고 우기는(?) 도리밖에. 노래로 부르자!

♫♪ 김수한무 거북이와두루미 삼천갑자동방삭 치치카포 사리사리센타 어리워리 세브리캉 모두셀라 거북이 허리케인에 담벼락 서생원에 고양이 고양이는 바둑이 바둑이는 돌돌이…(73자?) ♫♪

다시 만날 희망의 끈을 붙잡고

대여섯 해 훌쩍 남았나 보다. 나는 덕천동 김 안과(김경우)에서 그야
말로 청천벽력이나 다름없는 선고를 받고 있었다.

"시신경이 함몰되기 시작한 것 같습니다. 서둘러서 시설이 나은 안과
로 가 보세요."

눈앞이 캄캄하지 않을 수 없었다. 그렇잖아도 신체의 모든 부위며 장
기가 망가지고 있는 중인데, 눈까지 멀게 된단 말인가? 평생 앞을 보지
못하시다 돌아가신 엄마도, 저승에서 땅을 치고 통곡하며 울부짖으실
것 같았다. 불쌍한 내 새끼야.

아내와 함께 소개장을 들고 큰 안과를 찾는 수밖에. 부산 대학교 교수
로 있다가 개업한 이상○ 원장한테서 오랜 시간 검진을 받았다. 소견은
김 원장과 일치하였다. 근래 눈을 혹사시킨 일이 있느냐고 묻기에 나는
사실대로 털어 놓았다. 2년 넘게 ≪성경≫ 필사에 매달려 있었다고. 아
내가 옆에서 눈물을 글썽이며, 부연 설명한다. 한번 필기구를 잡으면
몇 시간이고 놓을 줄 모른다고. 그리고선 말꼬리를 흐린다. 일에 빠지면
거기서 빠져나오지 못합니다.

맞는 말이다. 나는 그렇게 살아왔었으니까.

‘성경 필사’는 그런 몇 가지 운명 중 한 갈래였다. 속절없이 나를 옭아 맨. 그러다 구원을 받을 수 있다는 강박 관념이 그 틈새를 비집고 들어왔고. 어느 선배 교우의 간접 권유도 한몫 했다.

어느 날 교리 교육을 마치고, 문방구에 들렀다. 400자 원고지 묶음이 보이기에 그걸 몽땅 보따리에 싸 달라고 했다. 엄청난 양이었다. 주인의 눈이 휘둥그레졌다. 고개를 갸웃거렸음은 물론이고. 성당에 필사 따로 노트가 있다지만, 거기 한눈도 팔지 않았다. 그리고 필기구는 네임카드 펜(유성). 나아가 원칙을 정했는데 지금 생각해 봐도 아찔하다. 절대로, 그러니까 단 한 자도 흘려 쓰지 않는다. 틀린 글자가 나오면 그걸 화이트 따위로 지우고 다시 덮어쓰는 일도 하지 않으리라. 그러니까 <구약 성경>과 <신약 성경> 등 모두 76권을 거기 옮기고, 마침내 산더미처럼 높이 쌓아 놓는 게 목표였던 셈이다.

거의 필사적이었다. 책상을 창가로 밀어다 놓고, 걸상에 앉아 작업을 시작하면 몇 시간이고 그 일에 매달려 있기 일쑤였다. 아내가 마치 심통을 부리듯이 일부러 소릴 내며 빨래를 턴다든지 하는 것 따위조차 기웃 거릴 엄두가 나지 않았다. 이태쯤 지났을까? 정대현 시인이 찾아와서 그 처절한 모습을 보고 하는 말이다.

“형님, 어느 스님이 사경(寫經)을 하다가 눈이 멀었다는 얘기도 못 들으셨어요?”

그가 돌아간 뒤에 나는 충격에 빠져들었다. 그렇잖아도 시야가 흐려지는가 하면, 글자가 둘로 겹쳐지는 걸 느끼던 참이었기 때문이었다. 하나 역시 나는 미련을 떨치지 못하고, 틈만 나면 성경을 펼친 채 원고지 메우기와 씨름하였다.

그러기를 또 한참, 마침내 막다른 골목이다 싶다는 불길한 판단이 들고 나서야, 안과에서 사형 선고를 받은 것이다. 공포와 절망의 구렁텅이는 나 자신을 책할 여유조차 주지 않았다. 집에는 그동안의 결실이 몇 권의 복음서와 사도행전, 서간(書簡) 등으로 제본되어 있었다. 그리고 오경(五經)과 역사서−내 신앙의 사표라 할 수 있는 이규정 교수의 언질을 받고, 도중에 신약으로 건너뛰었다− 몇 권도. 나는 멍한 눈으로 그것들을 바라볼 수밖에.

그러나 어쨌든 나는 필기구를 꺾어야만 했다. 아무리 생존을 위한 몸부림이지만, 시력까지 잃을 수야 없지 않은가. 엄마의 그 불행한 일생이 누선을 자극하는가 싶더니, 끝내 몇 방울 눈물을 원고지 위에 떨어뜨렸다.

몇 달 그렇게 쉬었다. 무위도식이라도 하는 것 같은 참담함을 떨쳐내지 못한 채. 안과에 갔더니 김경우 원장이 놀라며 하는 말이다.

"드문 경우인데요. 시신경이 거의 정상으로 돌아 왔어요. 안압이 약간 높긴 하지만, 정상에 가깝습니다."

그러나 다시 필사를 시작하기는 너무 두려웠다. 하기야 당시만 해도 얼마나 더 살 수 있을 것 같지도 않았으니, 매사에서의 의욕 상실은 당연했다.

그러고서 다시 흐른 세월이 대여섯 해, 너무나 많은 일을 겪으며 목숨을 부지해 왔다. 기쁨과 슬픔과 괴로움이 점철된……. 딸을 시집보내 떡두꺼비 같은 손자를 낳아 맡겨 주는 바람에, 꼬박 다섯 해를 아내와 함께 키웠다. 아비의 잘못으로 너무나 힘들게 공부하던 아들도 드디어 대학 졸업을 했다. 내 건강이 완전 회복되어 아프기 전보다 더 왕성하게 바깥으로 뛰어다녔다. 이 속물이 드러내 놓고 자랑하고 싶을 정도로 가족들은 화목했다.

이런 걸 들먹인다면 욕 얻어먹기 십상이지만, 내 발이 공중에 떠 있는 시간이 더 많아졌다. 전동기 신부(神父)가 운을 떼는 바람에 그게 동기가 되어 초량 시각 장애인 복지관에서 한 달에 한 번씩 노래로 형제자매들을 위문하기에 이르렀고. 앞 못 보는 사람들과의 어깨동무, 그건 때로는 엄마와의 재회를 의미하는 것이기도 했다. 예순 다섯 해, 당신께 저지른 불효 때문에 곰곰 반추해 보기도 두려웠지만.

그러던 내가 이 세상에서 가장 큰 불행을 당할 줄이야……. 지난 4월 말, 어쩌면 그만 아들을 먼저 저승으로 보내고 만 것이다. 아들에게 그만큼 무리인 줄 모른 채 부담만 지운 죄인 중의 죄인인 이 아비. 내 자책으로 끝날 수 없었다. 풍비박산이 된 폐허와 같은 아들의 흔적 앞에서 가족들은 넋을 잃고 있었다.

울다가 울다가 보니 어느 날 아내와 나는 딸이 사는 용인의 삼가동 성당의 성전에 앉아 있었다. 이 세상에서 나와 가족들이 기댈 수 있는 오직 한 분, 주님이 십자가에 못 박혀 우릴 내려다보고 계신다! 순간 일말의 편안함이 가슴속에서 싹을 틔우는 걸 느꼈던가?

나는 망설이지 않고 다시 ≪성경≫ 필사에 손을 댔다. 몇 년이 걸릴지도, 도중에 다시 시신경이 망가질지도 모르지만 신부님 말씀대로 그게 중요한 기도일 바에야, 그 일을 내 십자가로 여기지 않고 어찌 배기랴. 나는 다시 한 번 혼신의 힘으로 그걸 짊어질 결심을 한 것이다.

아들이 언젠가 '창세기' 필사본을 보고 밝은 미소를 짓던 모습을 떠올린다. 그 순간 내 가슴을 파고들던 감동을 나는 잊을 수 없다. 아들은 대신 영어를 워낙 좋아해서 나보다 더 많은 대학 노트에 겨자씨를 뿌린 것 같이 작은 글씨를 박아 넣었으니, 차라리 그게 아들에게는 신앙이었다고 할까?

논리의 비약이라고 해도 어쩔 도리가 없는 것, 나는 근래 기도 중에 특히 ≪성경≫ 필사를 통해 아들을 만난다. 이 세상에 태어나서 죄와는 담을 쌓고 살았었던 아들, 그 아들과 우리 가족이 만나 영원한 삶을 더불어 살 수 있다는 희망의 끈을 놓고 싶지 않다. 옛날과 달리 아내도 부지런히 거들고 딸 내외도 동참한다. 심지어는 여섯 살배기 손자도.

아무리 늦은들 다섯 해 이상이야 걸리진 않으리라. 그 동안에 수없이 아들을 면전에 둘 수 있으니 좀 좋은가. 도중 내 눈이 멀어버린다 쳐도, 그로부터의 내 여생은 엄마를 닮을 수 있어서 별로 두렵지 않다.

그래 나는 아내의 언질(?)을 바야흐로 귓전으로 흘리며 혼란에 빠진다. 아들의 주보(主保) 성인 라파엘은 실명한 임금의 시력을 회복시켜 준 천사라나? 무지막지하다 소릴 듣더라도 내가 성경 필사에 매달리는 명분이라 하자.

죽어서 개가 될지라도

2011년 9월 20일 1판 1쇄 발행

지은이·이원우 | 발행인·이선우
펴낸곳·도서출판 선우미디어
등록 | 1997. 8. 7 제300-1997-148호
110-070 서울시 종로구 내수동 75 용비어천가 1435호
☎ 2272-3351, 3352 팩스: 2272-5540 sunwoome@hanmail.net
Printed in Korea ⓒ 2011 이원우

값 12,000원

ISBN 89-5658-283-1 03810